KB058974

⑦

어서 오세요 실력지상주의교실에 **키누가사 쇼고** 지음
토모세 슌사쿠 일러스트

조민정 옮김

야마다 알베르트

C반의 험한 일 담당.
류엔에게 푹 빠져서
늘 따라다닌다.

카네다 사토루

학력이 높은 C반 학생.
반의 참모 역할을 맡
았다.

시이나 히요리

소설을 좋아하는 C반 학
생. 말랑말랑한 분위기의
소녀로, 감정을 별로 겉으
로 드러내지 않는다.

"아니야.
나도 즐거웠어."

그런 대화. 뒤돌아보니 이치노세와
사카야나기라는, 평소에 보기 드문
조합이 있었다.

"오늘은
같이 가줘서 고마워,
사카야나기."

"이걸로 **끝**나지 않아.
널 **철저**하게 **망가뜨려** 줄 거다."

"이제 좀 기억나냐?
네가 전 학교에서 받았던 세례를."

"시, 싫어……!"

귀를 틀어막았다.

마치 소녀가 유령을 겁내듯.

하염없이 몸을 바들바들 떨었다.

어서 오세요 실력지상주의교실에

어서 오세요
실력지상주의 교실에
7

키누가사 쇼고 지음 | **토모세 슌사쿠** 일러스트 | **조민정** 옮김

c o n t e n t s

커버 그림, 본문 일러스트 | **토모세 슌사쿠**

○류엔 카케루의 독백

내가 이상한 놈이라는 사실을 자각한 건 초등학교에 입학한 직후였다.

소풍 간 곳에서 발견한 커다란 뱀 한 마리.

반에 한바탕 소란이 일어났던 것을 기억한다.

멀찍이 둘러싸고 환호성을 터트리던 녀석, 겁에 잔뜩 질린 녀석, 또는 아무런 관심도 없는 녀석.

반응은 천차만별이었지만 일관적으로 공통점이 있었다.

아무도 그 뱀을 배제하려고는 하지 않았다는 것이다.

어른조차 냉정함을 잃고 다른 사람에게 도움을 청해야 한다며 연락하기 바빴을 뿐.

나는 근처에 있던 커다란 돌을 들어 그 뱀의 머리를 찍어 눌렀다.

물릴지도 모른다는 공포는 없었다.

난비하는 비명, 당황해서 허둥대는 교사.

그런 건 아무래도 좋았다.

모두가 두려워하는 뱀을 물리치고 영웅이 되고 싶었던 것도 아니다.

그저, 왜 그렇게 무서워하는지 의문스러웠을 뿐이다.

내 안에 있는 미지의 존재와의 첫 접촉.

그리고 동시에 알았다.

상대가 굴복하는 순간, 대량의 아드레날린이 분비되어 뇌 안을 가득 채운다는 사실을.

이것이 내 최초의 명확한 승리였다.

'공포'와 '유열'은 표리일체.

종이 한 장 차이인 세계에 있다.

이 세계는 '폭력'에 의해 지배된다.

이 세계의 '실력'은 '폭력'의 정도에 따라 결정된다.

있는 힘을 다해 살점을 짓이기고 갈기갈기 찢어놓은 뱀 사체를 보며 나는 유열(愉悅)을 느꼈다.

하지만 다수는 이질적인 존재를 향해 적의를 드러내는 법이다.

그날 이후 안팎으로 많은 적이 등장했다.

때로는 집단으로 나를 에워싸고 무조건 폭력을 가한 적도 있었다.

도저히 저항할 수 없는 힘 앞에 무너지고 만 적도 한두 번이 아니다.

그래도 나는 두렵지 않았다.

어떻게 복수해서 역전할지만을 생각했다.

그리고 끝에 가서는…… 모두가 내 앞에 납작 엎드렸다.

진정한 실력자란 비할 데 없는 폭력을 지닌 인간이다.
또한 '공포'를 극복한 인간이다.

그런데 여기서 한 가지 문제가 생겼다.

그것은 내가 실력자가 되어가면서 점점 싹을 드러내기 시작했다.

하루하루 어렵지 않게 유열을 느끼면서 그와 동시에 지루해졌던 것이다.

결국 내 적수는 존재하지 않는다, 라는 지루함.

나의 이 깨달음을 뒤집어엎어 줄, 그런 존재.

만약에 있다면── 그건 '죽음'뿐이리라.

이름	아미쿠라 마코
반	1학년 B반
학적번호	S01T004741
동아리	무소속
생일	10월 2일

평가	
학력	C
지성	C+
판단력	D
신체능력	C
협조성	B+

면접관 코멘트

매사 진지하고 한결같은 태도를 높이 평가합니다. 장점인 협조성을 계속해서 키워 나가고, 반의 일원으로서 공부에 더욱 힘쓸 것을 기대합니다.

담임 메모

항상 밝고 이치노세 그룹과 친하게 지내는 모습이 보입니다. 힘든 일이 있을 때도 친구들과 서로 의지하며 하루하루 성장해가는 모습을 엿볼 수 있어요.

○한겨울의 발소리

12월도 절반이 지났다.

계절이 바뀌는 속도는 빨라서 이제는 완연한 겨울이 되었다. 목도리와 장갑, 긴 양말로 무장한 학생들도 당연하다는 듯 늘어났고, 오늘은 금방이라도 눈이 내릴 것처럼 하늘이 흐렸다.

생각해보면 나는 태어나서 지금까지 단 한 번도 눈을 보지 못했다.

물론 텔레비전이나 책에서 보긴 했지만, 직접 만져서 피부로 느낀 적은 없다. 올해 이 지역에 눈이 내릴지 어떨지는 몰라도 체험해보고 싶긴 하다.

방과 후 케야키 몰 안의 한 귀퉁이. 학생들이 애용하는 휴식 공간에 모인 D반 멤버는 나와 사쿠라 아이리, 하세베 하루카, 그리고 유키무라 케세이까지 총 네 명이었다. 케세이의 진짜 이름은 테루히코지만, 본인의 희망도 있어서 우리들 사이에서는 케세이로 통한다. 우리 넷은 최근 들어 자주 어울려 다니는 멤버. 일주일에 두세 번은 아무 때나 모여 별 목적도 없이 수다를 떤다. 시간은 그때그때 다른데 두 시간 정도 떠들 때도 있는가 하면 30분도 채 안 되어 해산할 때도 있다. 도중에 돌아가고 싶으면 돌아가도 된다. 어쨌든 별로 부담 없이 만날 수 있는 멤버들이었다. 하지만 그런 멤

버들도 금요일 방과 후만은 평소보다 긴 시간을 함께 보내
곤 했다.

그 이유는 지금 이 자리에 없는 다섯 번째이자 최후의 멤
버. 미야케 아키토에게 사정이 있었기 때문이다.

"결국 어느 반에서도 퇴학자가 나오지 않았어. 슬슬 C반
같은 데서 나오지 않을까 생각했는데 말이야. 우리가 만든
문제는 그리 쉽게 풀 수 있는 게 아니었어."

C반 여학생들이 때마침 우리 앞을 지나가기도 해서 케세
이가 말을 꺼냈다.

"C반이 우리보다 더 공부를 못 하는 것 같은데."

휴대폰을 만지작거리며 하루카가 바로 대답하더니 한 가
지 사실을 알렸다.

"미얏치가 이제 곧 온대. 지금 동아리방에서 나온 모양이야."

아무래도 우리가 기다리는 사람과 대화중이었던 모양이
다. 그룹에서 유일하게 동아리 활동을 하는 아키토는 방과
후에 도저히 바로 올 수 없었다.

"하지만 어쨌든 시험에서 이겼으니까 괜찮지 않아……?
그리고 다른 반이라도 퇴학자가 나오는 건 썩 달갑지 않아."

난폭한 것을 좋아하지 않는 아이리가 솔직한 마음을 털어
놓았다.

"그야, 사이좋게 지내면 그보다 더 좋은 일은 없겠지만.
우리 학교의 구조상 그것도 어렵지 않아? 윗반을 노린다는
건 다른 반을 밀어내야 한다는 거니까."

가혹하지만 하루카의 말이 옳았다. 그 말을 들은 케세이는 순수하게 감탄했다.

"맞아. 아이리가 하고 싶은 말이 뭔지도 알겠지만, 다른 반을 밀어내지 않으면 우리 반이 밀릴 뿐이야. 이 학교에서 승리한다는 건 나머지 세 반을 희생양으로 삼는다는 뜻이지. 우리가 희생양이 될 필요는 없어."

"그건, 그렇지……."

케세이의 살짝 거칠어진 말투에 풀이 죽는 아이리.

"예를 들어서 말이야, 숨겨진 비책 같은 건 없을까? 마지막 시험에서 반 포인트가 전부 똑같아지게 만든다거나. 그래서 경사스럽게도 전부 A반으로 졸업하는, 그런 일은?"

"진짜 좋은 생각이야!"

"안타깝지만 그건 무리라고 생각해."

하루카의 기발한 아이디어에 그렇게 답하며 아키토가 합류했다.

"어떻게 그렇게 단언할 수 있어?"

"선배들이 말하는 걸 들은 적 있어. 마지막 시험에서 동률이 되었을 경우에는 순위를 정하는 특별시험을 추가로 치러야 한다는 것 같더라."

"무슨 시험인데?"

"그건 나도 몰라. 어디까지나 소문이고, 과거에 반 포인트가 동률이었던 적은 없는 모양이라서."

대충 엿들었을 뿐, 아키토도 자세한 내용은 모르는 건가.

하지만 한 가지 유익한 정보임은 틀림없다.

"그렇게 엿장수 마음대로는 안 된다는 거네. 흥미로운 아이디어 같았는데."

"결국 A반이 될 수 있는 건 한 반뿐이라는 얘기겠지."

"그나저나 미얏치. 오늘 연습은 어땠어?"

하루카가 아키토에게 질문을 던졌다.

"뭐가?"

"음. 그러니까 활의 상태라든가."

"그냥 똑같아. 좋지도 않고 나쁘지도 않고. 너, 딱히 궁금하지도 않으면서 묻지 좀 마라."

"뭐 어때. 친구끼리 할 수 있는 흔한 대화잖아?"

"그렇다면 궁도에 관한 지식 정도는 있겠지?"

의심스러워하면서도 의자에 앉는 아키토.

"지식이랄 게 뭐 있어. 그냥 활을 쏴서 목표물을 맞히는 경기잖아?"

"아니 물론 대강은 그렇지만…… 아이고, 됐다."

아키토는 자세하게 설명하려다가 그만두었다.

"뭐랄까. 태어나서 지금까지 궁도에 흥미를 가져본 적이 없어서. 뭘 어떻게 잘못하면 그쪽 방향으로 가게 되는지 궁금해."

하루카에게 궁도의 길은 잘못된 방향인 모양이었다. 그야 물론 화려한 스포츠는 아니라고 생각하지만, 개인적으로는 관심이 간다. 그래도 단 한 번도 활을 만져본 적 없는 학생이 많지 않을까?

"하긴 왜 궁도를 하는지 궁금하긴 해. 이 학교에서 특별히 인기 있는 것도 아니잖아."

두 사람의 대화를 듣고 있던 케세이도 질문했다.

"중학교 때 나를 많이 챙겨줬던 선배가 궁도부였어. 그래서 나도 시작해볼까 생각한 것뿐이야. 특별히 깊은 이유는 없어."

"뭔가를 시작하는 계기란 다 그런 거라고 생각해."

아이리도 조심스레 대화에 동참했다. 최근 들어 자주 볼 수 있는 광경이자 반가운 징조다. 아이리가 대화에 끼어들었다고 해서 아무도 깜짝 놀라거나 놀리지 않았기 때문에 그렇게 자연스레 비집고 들어올 수 있었겠지.

"아이리는 취미가 디지털카메라였나? 요새 유행하잖아? 나도 그쪽이 훨씬 더 이해가 가는데."

"여자들 특유의 인스타그램 취미인가? 난 잘 이해가 안 가는데."

케세이는 공감할 수 없는지 다소 부정적으로 말했다.

"앗, 그거 남녀차별이야. 지금은 남자들도 꽤 많이 하는 것 같던데?"

"……그런가? 자기 개인 정보를 올리는 건 좀 그렇지 않나?"

"나도 좀 이해가 안 된다. 키요타카는? 그거 하냐?"

"아니, 나도 그쪽으로는 전혀."

이 학교에서는 외부와의 연락을 금하고 있기 때문에 SNS

등 메시지성이 짙은 것은 재학생들끼리만 연결되어 있다. 그래도 만족한다면 별로 참견할 일은 아니다.

"키요뿅은 겉으로 봤을 때 그런 거 안 할 것 같아. 그런데 인스타그램을 하고 있다고 하면 오히려 확 깨는 느낌? 아이스크림을 들고 위로 올려다본다거나 한밤중에 수영장에서 파티를 즐긴다거나. ……그런 거 있어?"

"아니."

즉시 부정해두었다. 나중에 이상한 캐릭터가 붙으면 곤란하다.

"그러는 너는 해? 인스타."

"전혀 안 하지. 귀찮기도 하고, 남들한테 나를 보여주기도 싫어."

"완전 동감이다."

하루카의 일축에 고개를 끄덕이는 케세이. 그 말을 들은 아이리는 아무도 눈치채지 못했지만 결정적 한 방을 세게 얻어맞은 듯 보였다. 지금은 쉬고 있어도 셀카나 SNS 업로드가 취미였으니까.

"요새 그런 게 유행이라니까 별로 이상할 건 없지."

살짝 옹호해주었다. 아이리가 괜히 의기소침해져도 좀 그러니까. 본인은 감출 생각이었겠지만, 내 말을 신경 쓰고 있는 게 빤히 보였다.

그런 옹호 하나에도 아이리가 일일이 표정으로 반응한 탓인지 하루카와 다른 아이들 역시 금세 눈치챈 모양이었다.

"내가 유행에 둔하다는 건 나도 잘 아니까 반론 못 하겠네. 인스타 좋아하는 사람 있으면 미안해."

손을 스윽 들어 사과하는 하루카.

"내가 싫어한다고 해서 유행하거나 남이 좋아하는 걸 무조건 부정하는 건 바보나 하는 짓인데. 생각이 짧았어."

케세이도 뒤이어 사과했다. 주로 아이리에게.

아이리는 마음이 놓인 듯 가슴을 쓸어내렸다.

"갑자기 주제를 바꿔서 미안한데 좀 신경 쓰이는 일이 있었어."

이야기가 일단락되려고 할 때쯤, 아키토가 말을 꺼냈다.

말투에 짜증이 살짝 묻어났는데, 주위를 노려보며 이렇게 말했다.

"요즘 들어서 C반이 좀 수상하지 않아?"

"C반? C반이야 늘 수상한데. 뭐야, 무슨 일인데?"

동그랗고 큰 눈동자를 가진 하루카가 이상하다는 듯 고개를 갸우뚱거렸다.

나는 아키토의 시선이 어디를 향해 있는지 이해했다.

바로 요 며칠 우리 뒤를 끈질기게 따라다니는 녀석들이다. 아키토도 눈치챈 모양이다.

지금도 한 남학생이 몰래 우리를 훔쳐보고 있다.

C반의 류엔 추종자 중 하나인 '코미야'이다.

우리 그룹을 감시하고 있는 게 틀림없다.

하지만 거리도 나름대로 떨어져 있고, 우리가 캐물어 봐야 감시하고 있다는 물증이 있는 것도 아니다. 우연이 자꾸 겹쳤을 뿐이라고 주장하면 더는 몰아붙일 수 없다.

오히려 자칫 잘못하면 시비를 건 우리가 악역이 될지도 모른다.

아키토가 굳이 말하지 않는 건 아직 확증이 없어서겠지.

그보다 더 큰 문제는 우리 그룹을 감시하는 사람이 'C반 이외'에도 더 있다는 거다. 아키토도 거기까지는 알아차리지 못했다.

"저번 스터디 때 C반 녀석들이 우리한테 시비 걸었었잖아?"

페이퍼 셔플로 치러진 필기시험, 그 대책을 세우기 위한 스터디 도중에 공공장소인 카페에 C반 학생들이 나타나 갑자기 우리 그룹에게 시비를 걸어왔다.

그리고 지금에 이르기까지 그 시비는 미행이라는 형태로 계속 이어지고 있다.

"류엔이랑 시이나 무리 말이지. 혹시 또?"

"맞아. 멤버는 예전이랑 조금 달라졌지만. 오늘 궁도부에 이시자키랑 코미야가 왔었어. 견학하고 싶다니까 선배들이 흔쾌히 받아들였는데 말이야, 시종일관 나만 노려보는 바람에 얼굴 따가워서 아주 혼났다고."

그렇군. 그러니까 아키토의 뒤를 밟아 코미야가 여기까지 따라왔다는 건가.

이시자키가 없는 건 다수는 미행에 적합하지 않아서겠지.

아키토는 남들보다 배로 류엔의 감시를 받아 피해를 입었던 모양이군.

"동아리에 관심이 있어서 그런 게 아닐까?"

류엔의 생각 따위 알 리 없는 아이리가 그렇게 말했다.

"그럼 다행이겠지만. 전혀 그런 분위기가 아니었다고."

아키토는 뭉친 어깨를 어필하기라도 하듯 팔을 크게 휘익 돌렸다.

류엔의 압박은 연일 계속되었으며 점점 강도가 세졌다.

직접 말을 걸지는 않았지만, 류엔의 기분 나쁜 웃음소리가 들리는 것만 같은 착각마저 들었다.

조금씩, 아주 조금씩 네놈을 막다른 곳으로 내몰아주마. 그러한 류엔의 강한 의지가 드러나고 있었다.

"뭔가 당하진 않았어? 야유를 퍼부었다거나, 활시위를 당기는 순간 재채기해서 방해했다거나. 아니면 돌멩이를 던졌다거나."

"아무리 그래도 고문 선생님이랑 선배들이 있는 앞에서는 아무것도 못하지. 연습이 끝날 무렵에는 돌아갔어."

그날 이후 개인적으로는 특별히 이상한 일은 일어나지 않았지만, 나를 주시하고 있다는 건 명백하다. 카루이자와에게도 누군가 붙어 있다고 봐야 하리라.

이미 녀석은 나를 포함해 몇 명 정도로 타깃을 상당히 좁혔을 터다.

앞으로 하나만 더, 결정적인 증거를 손에 쥔다면 나를 찾아낼 것이다.

그리고 그 결정적인 증거를 가진 사람은 '카루이자와 케이'이다.

하지만 쉽사리 실행에 옮기지 않는 건 신중하게 생각하고 있다는 증거이리라.

카루이자와에게 내 존재에 대해 캐묻는다 해도 정면으로 덤벼서는 성공할 리 없다.

그럼 류엔은 어떤 방법을 써서 마지막 퍼즐조각을 찾아 맞출까.

지금까지 녀석의 행동 패턴을 보면 상상하기 어렵지 않다.

문제는 그것이 '언제'인가이다.

내가 그런 생각을 하는 사이에도 아키토를 비롯한 아이들의 대화는 계속해서 이어졌다.

케세이는 C반이 자꾸 집적거리는 이유를 이렇게 결론지었다.

"D반의 성장과 관련 있지 않을까? 입학하자마자 반 포인트가 0이 되었던 우리가 어느새 C반을 턱밑까지 바짝 쫓아왔잖아. 이번 페이퍼 셔플 결과도 있고, 어쩌면 3학기부터 우리가 드디어 C반으로 올라갈지도 몰라. 그러니 얼마나 애가 타겠어."

케세이가 냉정하게 C반의 행동 이유를 추측했다.

"듣고 보니 그러네. 그렇게 무시했던 우리가 자기들을 추월할 것 같으니까."

"하지만…… 사실은 추월하지 못했지?"

아이리가 반 포인트 발표 때를 떠올리며 묻자 케세이가 대답했다.

"그래. 12월 초에 발표된 반 포인트는 D반이 262. C반이 542. 280 포인트의 차이가 있었지."

그리고 페이퍼 셔플 시험에서 우리 D반은 직접 대결하게 된 C반과의 싸움에서 이겨, 보란 듯이 반 포인트를 획득했다. C반의 100포인트가 D반으로 넘어와 총 200 포인트의 차이가 좁혀졌다. 이제 남은 차이는 불과 80 포인트.

하지만 이 단계까지는 여전히 C반이 앞섰다.

그런데—— 여기서 C반에 시험과는 별개의 사건이 일어났다.

"C반에 중대한 위반 행위가 있었던 모양이야. 자세한 내용은 발표되지 않았지만 반 포인트가 100점 깎이는 무거운 벌칙이 내려졌어."

바로 며칠 전, 학교 측의 대략적인 설명을 들었던 것을 기억한다.

"무슨 짓을 저질렀기에 그렇게 큰 벌을 받는 걸까. C반답기는 하지만 말이지."

어이없어하는 하루카였지만, D반은 안타깝게도 다른 반을 비웃을 수 없는 입장이다.

시험이었다고는 해도 입학한 지 한 달 만에 1,000이나 되는 반 포인트를 잃었으니 말이다.

"어떤 이유든 자멸한 영향은 커. 앞으로 무사히 끝난다면 겨울방학이 지나고 3학기부터는 우리가 C반으로 승급될 가능성이 높아."

케세이가 우쭐하지 않고 이야기를 매듭지었다.

"그게 미얏치한테 접근하기 시작한 원인이라고?"

"부정할 근거는 없지."

상식적으로 생각했을 때, C반을 통솔하는 류엔의 입장에서 강등은 달가운 이야기가 아니다.

무슨 수를 써서라도 지금의 위치를 유지하기 위해 D반의 약점을 찾겠지.

그렇게 생각하면 이야기의 앞뒤가 맞다. 이 자리에 있는 나 이외의 다른 멤버들은 모두 같은 생각이었다.

"반 변동은 이 학교에서 피할 수 없는 문제지만, 그리 빈번하게 일어나지 않는다고 생각해. 그렇다면 처음에 엄청 뒤처졌던 D반이 치고 올라오는 건 C반 입장에서 조바심 날 이유가 되고, 그렇게 성장한 이유를 알아내려 한다고 생각하면 말이 되지."

"평소에 기고만장하달까, 리더잖아, 류엔은. 완전히 체면 구긴 거지."

"그렇군. 녀석들이 필사적인 이유도 이해되긴 하네."

자존심이 갈기갈기 찢겨 분통을 터트리는 류엔의 모습이 떠올라 막힌 속이 뻥 뚫리기라도 했는지 아키토 역시 동의했다.

"하지만 말이야. 우리가 딱히 뭘 한 건 아니잖아? 문득 정신을 차리고 보니 어느새 차이가 그렇게 좁혀졌다고 할까. 왜 그럴까? 역시 C반이 혼자 넘어져서인가?"

하긴 우리 반 아이들 대부분은 수면 아래에서 벌어진 대결에 대해 모르고 평소와 다름없이 시험에 임했다.

차이가 좁혀진 이유를 모르는 것도 무리가 아니다.

"D반에 한해 생각하면 무인도 시험에서 다른 반한테 이겼잖아. 12간지 시험에서는 류엔한테 당했지만, 저번 페이퍼 셔플에서는 우리가 되갚아줬으니까. 반면 C반은 반 포인트를 경시하는 면이 있었지?"

"무인도에서도 받은 포인트를 초반에 다 써버렸고 말이야."

"그러니까…… C반의 자멸?"

"그렇게 볼 수도 있겠지. 이번 위반 행위도 자멸이고."

여름방학 초반에 실시된 무인도 특별시험. 각 반마다 공평하게 시험 전용 300 포인트가 지급되어, 일주일간 그 포인트를 사용해서 시험을 클리어 하는 내용이었다. 그렇게 해서 남은 포인트는 전부 시험 종료 시에 반 포인트로 환원되었다. D반을 포함해서 다른 반이 1 포인트라도 더 많이 남기려고 지혜를 짜내는 동안, 하루카의 말대로 C반은 초반에 300 포인트를 몽땅 다 써버렸다.

"그러니까 결과적으로 우리 D반이 차이를 확 좁힐 수 있었지."

우리 D반은 우여곡절은 있었지만 225 포인트를 남기는데 성공했다.

"그건 그런데. 그렇게 할 만하지 않았나 하고 생각한 적은 있어. C반은 포인트를 펑펑 쓴 만큼 휴가를 만끽했으니까. 그 고생을 안 겪어도 되었던 건 살짝 부럽기도 해."

"바보 같아. 류엔은 터무니없는…… 아니, 사람이 해선 안 될 행동을 하는 게 멋있어 보인다고 착각하고 있는 애야. 그렇게 해서 반이 졌으니 아무 의미도 없지."

A반으로 올라가기 위해 반 포인트를 늘려 나간다. 그런 강한 의지를 가진 케세이의 입장에서는 반 포인트를 내팽개치는 것 따위 도저히 이해 못 할 기이한 행동으로 보일 뿐인 것 같았다.

하지만 무인도 시험에서 류엔이라고 아무 의미 없이, 지급된 포인트를 낭비한 건 아닐 것이다. 실제로 류엔은 모든 포인트를 다 썼지만, 실컷 쓴 화장실과 텐트, 남은 식량 등을 전부 A반에게 넘겼다. 천하의 류엔이 아무 대가도 없이 제공했을 거라고는 도저히 생각할 수 없다. 즉, 반 포인트를 잃은 대신 다른 뭔가를 틀림없이 얻었을 것이다.

물론 그게 신뢰나 우정 같은 눈에 보이지 않는 개념은 절대 아니리라. 반 포인트를 잃으면서까지 얻은 것. 프라이빗 포인트 말고 뭐가 있겠는가.

그 사실을 아는 학생은 별로 없는 만큼 케세이도 모르는 부분이기는 하지만.

"남자들은 좋겠다, 여러 가지로 즐거워 보여서. 안 그래?

아이리?"

"으, 으응. 그러게. 굉장히 고생했던 애도 몇 명인가 있었는데. 조금만 더 늦었으면 나도 큰일 날 뻔했을지 몰라……."

그렇게 말한 아이리는 얼굴을 붉히며 고개를 푹 숙였다. 어느 정도 여자애들을 배려한 무인도 시험이었는데, 그래도 남자보다 훨씬 힘들었던 건 사실이겠지.

"뭐가 타이밍이 조금만 더 늦었으면 큰일 날 뻔했다는 거야?"

여자애들의 사정을 전혀 이해하지 못한 케세이가 이상하다는 듯 아이리의 얼굴을 들여다보았다.

"그, 그게."

아이리는 도저히 여자의 그날과 관련 있다고 말하지 못하고 시선을 회피했다.

그 상황을 지켜본 하루카가 케세이에게 신랄한 코멘트를 날렸다.

"뭐랄까, 유키무. 순진하다고 해야 하나, 무지한 면은 의외로 귀여운 포인트이긴 하지만, 이번만큼은 눈치 좀 있어라, 응? 하는 느낌이야."

"……도대체 뭔 소리야?"

센스가 없는 건지 정말 모르는 건지는 차치하고, 아키토가 케세이의 어깨를 부드럽게 두드렸다.

"사람한테는 여러 가지 사정이 있다는 얘기야."

"전혀 감도 안 오는데. 여러 가지라는 게 뭐야?"

케세이가 눈치 없이 계속 여자애의 사정에 대해 파고들려고 하자, 아키토가 화제를 전환했다.

"호리키타가 류엔의 필사적인 작전을 간파했기 때문에 D반이 이긴 거지? 만약 아무도 몰랐다면 D반도 리더를 들켰을 가능성이 높았지?"

내게 확인을 구하는 아키토를 향해 순순히 고개를 끄덕이며 대답했다.

"그렇게 됐다면 지금의 이런 상황은 없었겠지."

"흥청망청 쓰고 즐기다가 마지막에 가서 제일 유리한 부분만 냉큼 가로채려고 한 거지? 모두 기권했다고 겉으로 꾸미고. 그런데 섬에 남는 사람이 꼭 류엔일 필요가 있었어? C반의 리더니까, 눈에 안 띄는 인물을 남게 하는 게 좀 더 확실하지 않았을까?"

그런 하루카의 추리도 전혀 틀린 것은 아니다.

하지만 그건 모든 반에 해당하는 이야기이기도 하다. 눈에 띄는 인물이 리더라고 처음에는 생각하지만, 누구든 리더로 지명할 수 있는 이상 의심이 가는 게 당연하다.

애초에 섬에 남아 있다는 확신이 없으면 류엔을 리더라고 지명할 수 있는 학생이란 존재하지 않는다. 가령 남아 있다는 사실이 판명되어도 지명당할 위험성이 높지 않았으리라. 존재감이 적은 C반 학생이 따로 숨어 있을 가능성도 배제할 수 없었다. 지명해서 얻는 장점보다 정답이 빗나갔을 때의 단점이 더 큰 시험. 결국 결정적인 증거를 잡지 않는

한, 누구도 확신을 가지고 지명하기란 불가능하다.

"야, 키요타카. 호리키타한테 들은 정보를 우리한테도 알려줄래?"

케세이가 진지한 표정으로 호소했다.

"그게 무슨 말이야?"

"류엔이 무슨 생각을 하고 있고, 앞으로 어쩔 속셈인지 알고 싶어. 체육대회 때랑 페이퍼 셔플 때를 생각하면 지금부터는 반이 단합할 필요가 있어."

"나도 이시자키 무리한테 감시받아서 기분 나빠. 그건 찬성이다."

아무래도 지금까지보다 더 힘을 모으는 것이 중요하다고 깨닫기 시작한 모양이다.

지금까지 반 내의 문제에 별로 관심 없었던 아키토와 하루카 역시 같은 의견 같았다.

"나도 대충 들은 게 전부인데……."

호리키타를 부를까 하고 제안하기도 전에 케세이가 먼저 말했다.

"일단은 그걸로도 충분해. 알려주라."

네 사람이 일제히 시선을 보냈다. 묘하게 부담스럽다.

"알았어. 대신 틀린 부분이 있어도 책임 못 져."

그렇게 미리 양해를 구한 나는 호리키타와 공유한 무인도 사건을 아이들에게 하나하나 설명해주었다. 물론 전부 나 혼자 벌인 일이지만, 표면상으로는 호리키타 혼자 생각하고 행동한 것으로 해두었으니까 말이지.

섬에 숨어 있던 류엔이 무전기를 써서 스파이와 연락했다는 사실. 이부키 이외에 다른 반에도 잠입한 스파이가 있었으리라는 것. 그리고 선상 시험 이후로 류엔이 호리키타에게 집착하기 시작했다는 것. 배에서는 류엔이 시험 공략법을 찾아내 승리했다는 것 등을 이야기했다.

체육대회 때 류엔이 호리키타를 무너뜨리려고 시도했던 것이나 쿠시다의 배신에 대해서는 당연히 덮었다.

"대충 이 정도라고 할까. 너희가 아는 거랑 별반 다르지 않을 텐데."

새로운 정보를 얻지 못한 케세이는 깊은 고민에 빠진 듯 팔짱을 꼈다.

"의문인 건 하루카도 말했듯이 왜 굳이 류엔이 섬에 남았느냐는 거야."

"호리키타의 말로는 류엔이 아무도 못 믿기 때문이라는 이유가 유력하대. 다른 반의 정보를 모으면서 추리해야 하니까, 다른 애가 맡기에는 짐이 너무 무겁잖아."

스파이를 통솔하기 위한 지휘, 추리력. 며칠 동안 최소한의 장비만으로 섬에 남아야 하는 인내와 체력, 게다가 여기서는 말하지 않았지만 커넥션이 있는 A반과의 연대를 취해줄 인물이어야 한다.

그러니 류엔이 아니면 불가능한 작전이라고 말해도 과언이 아니리라.

만약 학생 전원이 모인 후에 리더를 지목하는 형태였다면 류엔도 이 작전을 쓰지 않았겠지. 하지만 무인도에서 나눠준 매뉴얼에는 최종일의 점호가 끝난 후 리더를 지목한다고 명기되어 있었다. 즉 각 반이 집합하기 전에 치러진다는 소리다. 류엔은 그 부분을 눈여겨보고 작전을 세웠을 것이다.

　"역시 호리키타구나…… 난 미처 거기까지 알아차리지 못했어. 처음부터 다른 반 리더를 알아맞히는 걸 내팽개친 거나 마찬가지고, 상황을 깊이 알아보려고 하지도 않았어."

　덤덤하게 반성하는 케세이와 아이들.

　"하지만 무리도 아니지 않아? 식량 문제랑 위생 문제도 있었던 데다가 매뉴얼이 불에 타기도 하고 속옷을 도둑맞기도 하고, 우리 D반 일만으로도 정말 정신없었잖아. 도저히 다른 반을 살필 여유가 없었어."

　무인도에서의 일을 회상하는 아키토. 케세이 역시 꺼림칙하다는 듯 기억을 더듬기 시작했다.

　"정말 힘들었어, 이제 와서 생각해 보니까."

　"그나저나 정말 대단해, 호리키타는. 그 시험에서 거기까지 알아내다니."

　순수하게 감탄했는지, 아이리가 호리키타를 칭찬했다.

　"류엔의 작전을 꿰뚫어 본 호리키타니까 마크당하는 것도 수긍이 가."

　"실제로 지금도 계속해서 집적대는 모양이더라."

　여기서는 부정하지 않고 있는 그대로 말해주기로 했다.

그리고 이렇게 보충 설명을 달았다.

"12간지 시험에서도 같은 그룹이 되어서 한바탕 말썽부린 것 같던데."

"무인도랑 선상에서 있었던 일은 대충 잘 알겠어. 그런데 요즘 들어서 류엔 패거리가 D반의 다른 애들한테도 집요하게 시비 거는 건 왜 그러는 걸까? 일부러 궁도부까지 찾아와 내 모습을 확인하다니, 예삿일은 아닌 것 같은데."

호리키타가 표적이 된 건 이해했어도 당연히 그런 의문이 들겠지.

"뭔가 D반의 약점을 찾아내려고 하는 건지도 몰라. 호리키타는 빈틈이 없으니까. 주변부터 무너뜨리려는 작전이라든가."

"아, 그럴 수도 있겠네……."

이렇게 해서 류엔의 행동 이유도 케세이 무리에게 대충 전해지지 않았을까.

"키요뽕 여자친구, 좀 하네에."

하루카가 감탄하며 농담을 던졌다.

"마음대로 여자친구라고 하지 마라."

"마, 맞아. 키요타카한테 실례라고 새, 생각해."

"오호호, 미안 미안."

굳이 사족을 달자면, 호리키타한테도 실례니까. 나 따위와 커플이 된다면 말이다.

아무리 오해라지만 스도가 들으면 길길이 날뛰며 화낼 이야기다.

"여자친구는 아니어도 혹시 좋아하는 거 아니야? 아니면 따로 여자친구가 있니?"

"좋아하지도 않고 다른 여자친구도 없어."

"그래? 그럼 우리 모두 올해는 론리 확정이야."

"론리?"

"주위를 좀 둘러봐. 이제 곧 크리스마스잖아."

케야키 몰 안 음식점 앞에 배치된 벤치에 앉은 채로 하루카가 중얼거렸다.

과연 그녀의 말처럼, 학교 안 시설이라고는 생각하기 힘들 정도로 크리스마스 장식 준비에 한창이었다. 이따금 커플로 보이는 학생들도 스쳐 지나갔다.

"별로 특별한 날도 아니잖아. 그냥 평범한 하루인데."

"유키무한테는 그럴지 몰라도 여자애들 사이에서는 의외로 힘들다니까."

"소, 소문도 많이 나고⋯⋯."

"맞아 맞아. 누가 누구랑 사귄다더라, 하룻밤을 같이 보냈다더라 뭐 그런? 좋아서 솔로로 있는 건데 괜히 불쌍한 눈으로 쳐다보기도 하고."

"⋯⋯고작 고등학교 1학년이야, 우리는. 학생의 본분은 공부라고."

"상상이라도 했니? 얼굴이 빨개졌는데."

"시끄러워."

"그나저나 이 망고주스 너무 달아. 너 마셔라."

아키토가 우웩 하고 토하는 척하면서 나에게 컵을 내밀었다.

"맛있는데."

하루카가 믿을 수 없다며 깜짝 놀랐다.

"참고로 말하는 건데 D반도 겨울방학 동안에 이런저런 일이 일어날 거라고 생각해, 난."

"그 말은…… 누가 누구랑 사귀게 된다는 뜻?"

몹시 흥미롭다는 듯 아이리가 하루카에게 물었다.

"아마도. 사귀기 시작하는 커플도 있는가 하면 깨지는 커플도 나올걸. 크리스마스에는 이런저런 일이 일어나기 마련이니까."

하루카는 지금까지 그런 커플을 수도 없이 봐오기라도 했는지 고개를 마구 끄덕였다.

"사귀기 시작하는 애들은 그렇다 치고, 깨진다는 건 뭐야? 지금 우리 반에 커플이라고 하면 히라타랑 카루이자와밖에 없잖아?"

아직 목구멍에 망고의 단맛이 남아 있는지 목을 누르며 묻는 아키토.

참고로 나도 지금 마시고 있는데 엄청나게 달다.

"꼭 그렇다고 말할 수는 없지. 미얏치가 모르는 곳에서 의외의 커플이 생겼을지도 모르잖아. 연애는 반 안에서만 성립하는 게 아니거든. 만약 좋아하는 아이가 있다면 누군가에게 뺏기기 전에 얼른 나서야 해."

"공교롭게도 내 연인은 궁도만으로 충분해."

"헉. 그렇게까지 열을 올리는 것도 아니면서 말은 잘하네. 훌륭해!"

"……시끄러워."

살짝 부끄러웠는지 아키토가 멋쩍어하며 시선을 피했다.

그런가. 벌써 크리스마스가 다가오고 있는 건가. 지금까지 나와는 거리가 멀었던 만큼, 아무리 해도 다른 세상 이야기로만 들린다.

"어쨌든 나는 동아리 가야 해. 겨울 방학 동안에도 쉴 리 없고. 여자친구라도 있으면 이야기가 달라지겠지만, 아직까지는 그럴 예정도 없어."

"만들고 싶은 의지는 있다는 말씀?"

인터뷰처럼, 하루카가 손으로 마이크를 만들어 아키토에게 내밀었다.

"이케 무리처럼 떠들고 다닐 생각은 없지만, 남자나 여자나 비슷하겠지."

연애 자체에 흥미가 없는 녀석은 별로 없다는 걸 말하고 싶은 모양이다.

"……하긴, 이상적인 남자가 있으면 부정은 못 하겠네. 유키무는 의외로 연애 자체를 부정하는 파처럼 보이는데, 유키무를 좋아하는 애가 나타나면 어떻게 할 거야?"

"어떻게 할 거냐니…… 나랑 그 상대의 관계에 따라 달라지겠지, 그거야."

"아, 귀여우면 무조건 사귀는 게 아니고? 흠흠, 바른생활 소년이시네."

"시끄러워."

하루카에게 놀림 받아 마구 휘둘리는 두 남자.

"키요타카 군은 크, 크리스마스 때 계획 있어?"

옆에 앉아 있던 아이리가 갑자기 내게 물었다.

"우왓, 아이리, 키요뽕한테 데이트 신청하는 거야? 대담 해라~."

"아, 아니, 그런 게 아니야! 아니라니까?!"

"하지만 그것밖에 없잖아? 키요뽕이 조금 전에 막 여자친 구가 없다고 말했는데."

"그런 게 아니라, 그, 그냥 그날 뭘 할 건지 물어본 거야. 크리스마스에 혼자 뭐하고 보내는지 궁금해서."

하긴. 사귀는 사람이 있으면 데이트라도 하겠지.

하지만 솔로일 경우는 어떻게 시간을 보내는지 나도 궁금 하기는 하다.

"그건 그래. 미얏치는 동아리 하러 가겠지만, 유키무는 뭐 할 거야?"

"난 공부나 할까. 3학기에 예정대로 C반으로 올라가면 쫓 는 입장뿐 아니라 쫓기는 입장도 되잖아. 우리 반에 성적 낮 은 애들이 많은 이상, 필기시험만이라도 이끌어줄 수 있게 해놓고 싶어."

적재적소, 자신이 가장 빛날 수 있는 부분에서 반에 공헌

하고 싶다고 생각하는 모양이다.

하루카와 아키토에게 공부를 가르쳐 주면서 자신감이 붙은 것 같다.

"그렇게까지 공부하는 노력은 난 못 할 것 같다. 너만 믿는다, 케세이."

"믿는 건 좋은데 만약 A반으로 졸업하게 돼서 임의로 희망하는 곳에 들어갈 수 있더라도, 자기 힘으로 성장하지 않으면 자멸하는 미래만 기다리고 있을걸."

케세이는 단순히 A반으로 올라가는 것만 생각해서는 안 된다고 주장했다.

"그건 그래. 그 높이에 어울리는 능력이 없으면 금세 무너지고 말 거야."

"그런데 만약 그렇다면 A반으로 졸업하는 의미가 옅어지는 거 아니야?"

아키토는 이해는 가지만 불만도 좀 있는 듯했다.

A반으로 졸업할 즈음에는 모두 그에 어울리는 능력을 갖추게 된다.

그런 계획을 학교 측에서 세운 것은 아닐까.

지금은 아직 뭐라고 말할 수 없지만.

"그래서 아이리가 궁금해하는 키요뽕은? 크리스마스 때 역시 혼자 보낼 거야?"

"응. 특별한 계획은 없어. 방에 얌전히 있지 않을까?"

"크리스마스도 그저 똑같은 휴일이라는 거네."

12월 22일이 종업식. 크리스마스도 금세 찾아오겠지.

"후…… 후훗."

그런 대화를 지켜보던 아이리가 무슨 생각을 했는지 혼자 살짝 웃었다. 필사적으로 웃음을 참으려고 했지만, 참지 못하고 새어 나온 모양이다.

"뭐가 이상해?"

"미, 미안. 아니 난 그냥, 즐거워서…… 그랬더니 나도 모르게 웃음이 나서."

"즐거워서, 웃음이 났다고?"

잘 모르겠다며 고개를 갸우뚱거리는 하루카와 아이들.

어느새 아이리의 눈가에 눈물이 살짝 맺힌 것처럼 보이기도 했다.

"지금까지 이런, 즐거운 시간을 보낸 적이 없었거든. 나, 지금 엄청 즐거워."

아이리는 가슴 속에 숨겨둔 마음을 솔직하게 털어놓았다.

"시시콜콜한 잡담만 하고 있는데."

"그래도 좋아. 이런 이야기를 나누고 싶었거든."

"뭔지 잘 모르겠지만 그렇다면 다행이네. 나도 즐겁고."

하루카가 그렇게 이야기를 매듭지었다.

그리고 다음 화제로 넘어갔다.

"모처럼 이렇게 모였으니까 다 함께 저녁 먹고 돌아가지 않을래?"

특별한 반대 의견 없이, 우리는 무리 지어 이동하기로 했다.

그때 내가 모두에게 말했다.

"나 잠깐 화장실 좀 다녀올게. 먼저 출발할래?"

"그럼 여기서 기다릴게."

"아니야, 슬슬 붐빌 시간대니까 가서 미리 줄 서는 게 효율적일지도 몰라. 내 자리도 부탁한다."

그 말에 다들 납득했는지 케야키 몰 안의 레스토랑으로 발걸음을 옮겼다. 아이리가 나 없이도 어느 정도 행동할 수 있게 되어 가능한 상황이다.

코미야는 내가 화장실에 간다고 판단하고는 아키토 무리의 뒤를 따라붙었다.

그룹의 뒷모습과 코미야를 지켜본 나는 화장실과는 정반대 방향으로 걷기 시작했다.

그리고 조금 전까지 우리가 대화를 나눴던 휴식 공간에 앉아 있는 한 여자애에게 다가갔다.

"잠깐 나 좀 볼까?"

나는 일인용 의자에 앉은 그녀에게 말을 걸었다. A반의 카무로였다. 그녀는 휴대폰을 만지고 있는데, 마치 내 존재가 보이지 않는다는 듯 경직된 몸을 움직이지 않았다.

"거기 너한테 말하고 있는데."

다시 한번 말을 걸었다.

"······나? 왜?"

고개를 살짝 들더니, 그제야 내가 있는 걸 알았다는 듯이 굴었다.

나는 몇 걸음 더 걸어 카무로의 옆에 있는 또 다른 일인용 의자에 앉았다.

　둘 사이에 불편한 공기가 감돌았다.

　"요즘 들어서 내 주위를 자꾸 맴도는 것 같은데, 무슨 용건이라도 있어?"

　"뭐? 무슨 소리를 하는 거야?"

　"어제 방과 후 귀갓길. 이틀 전 케야키 몰. 나흘 전 케야키 몰. 엿새 전 귀갓길. 일주일 전 귀갓길. 우연이 너무 많이 이어지는 것 같은데."

　나는 휴대폰 화면을 그녀에게 보여주면서 사진을 재빨리 넘겼다.

　"어, 언제 이걸⋯⋯."

　따라다니는 모습을 몰래 촬영한 것이다.

　"미행하는 쪽 입장에서는, 내가 쳐다보려고 할 때 나를 보지 않는 법이지. 그러니까 내가 사진 찍는 걸 몰랐던 것도 무리는 아니야."

　"따라다닌 게 뭐? 문제 있어?"

　"별로. 내가 직접 피해를 입은 것도 아니고, 딱히 그만두라고 말할 생각은 없어."

　"그렇겠지. 우연이니까."

　"다만, 보스가 이 상황을 알면 어떻게 생각하려나."

　"보스? 그게 뭐야. 영화를 너무 많이 본 것 아니니?"

　"그럼 사카야나기한테 보고하기로 할까? 네 미행은 영 아니라고."

"······잠깐만."

의자 팔걸이를 짚고 일어서려는 나를 카무로가 불러 세웠다.

그 태도만 봐도 지금 상황을 반기지 않는다는 걸 잘 알 수 있었다.

"아주 푹 빠졌나 보군, 사카야나기에게. 매일같이 긴 시간을 미행하라고 하는데도 시키는 대로 순순히 하고 있다니. 사이가 어지간히 좋나 봐?"

"웃기지 마. 그런 녀석을 따르고 싶다고 생각할 리 없잖아."

"그런 부분까지 거짓말 할 필요는 없는데. 실제로 학생의 귀중한 시간을 써가며 지루한 미행을 하고 있잖아. 사카야나기를 신뢰하고 존경하니까 가능한 일이지."

"절대 그렇지 않아. 지금 당장이라도 인연을 끊고 싶을 정도라고."

강렬하게 토해내듯 카무로가 짜증을 냈다.

"그럼 어째서 사카야나기의 지시에 따르는 거지?"

"이유가 뭐든 무슨 상관이야."

"만약 선의로 하는 게 아니라면 약점이라도 잡혔나 보네."

"······하고 싶은 말이 뭐야."

"네 서툰 미행을 사카야나기에게 알릴게. 그럼 녀석의 수족으로 움직이기에 넌 능력이 부족하다는 사실이 드러나겠지. 네가 잡힌 약점이 서서히 영향을 줄지도 몰라."

"협박하는 거야? 너까지 나를."

'까지'인가. 역시 사카야나기는 카무로를 움직이려고 어떠한 약점을 쥐고 있는 게 분명하다.

그냥 떠본 말인데, 이렇게 냉큼 걸려들 줄이야.

"그런데 넌 뭐야. 사카야나기의 표적이 되다니 좀 이상한데?"

"글쎄. 그 이유는 나도 잘 모르겠다."

사카야나기의 진짜 의도는 카무로도 모르는 모양이지만 한 가지 사실은 알게 된 듯하다.

"류엔이 찾고 있는 D반 애가 바로 너지? 그것 말고는 생각할 수가 없어."

"그렇다면 어쩔 건데?"

나는 굳이 부정하지 않았다.

"네가 지금 날 협박하고 있는데, 나야말로 마음만 먹으면 류엔한테 다 말할 수 있거든?"

"협박하려고 했더니 되레 날 협박하는 건가. 그럼 이렇게 하자."

나는 카무로에게 한 가지 제안을 했다.

"앞으로도 계속 마음대로 미행해도 좋아. 일절 간섭하지 않을게. 그리고 사카야나기에게도 말하지 않을게. 대신이라고 말하긴 뭣하지만, 나에 대해서는 사카야나기 이외에는 말하지 말아줬으면 해."

"교환 조건인 거야?"

"그리 나쁜 이야기는 아닌 것 같은데."

"……하긴 그래. 나도 류엔 녀석한테는 흥미 없으니까."

카무로는 내 제안을 받아들였는지 고개를 끄덕이며 자리에서 일어났다.

"오늘은 이만 돌아갈게. 피곤하니까."

그렇게 말하고는 곧장 케야키 몰의 출구 쪽으로 향했다.

"성가신 약점을 잡힌 모양이군, 저 녀석도."

하지만 이제 어리석은 참견은 하지 않겠지.

일단 이걸로 됐다고 생각해둘까.

나도 모르게 류엔에게 정체가 새어나갈 수 있다. 그렇게 걱정했던 점은 이제 별문제 없을 것 같다.

이름	야마다 알베르트
반	1학년 C반
학적번호	S01T004708
동아리	무소속
생일	1월 16일

평가

학력	C-
지성	C
판단력	C
신체능력	A
협조성	B

면접관 코멘트

말수가 적고 얌전한 학생처럼 보이지만 과거에 상급생과 싸움을 일으킨 전력이 있습니다.
따라서 학교 측도 감시를 강화하여, 훌륭한 학생으로 성장하기를 기대합니다.

담임 메모

특기인 영어를 구사하는 재능과 성실한 수업 태도는 높게 평가할 만합니다. 하지만 국어와 수학이 많이 취약하므로 취약 과목의 개선이 필요해 보입니다.

○재회와 이별 통지

"아, 제기랄. 뭐야, 저 녀석들은——."

이제 막 등교한 스도는 마구 짜증 내며 자기 자리를 지나쳐 호리키타 쪽으로 다가왔다. 머리끝까지 화가 난 표정이었다.

"내 말 좀 들어 봐봐, 스즈네."

"무슨 일인데."

눈앞까지 왔으니 무시할 수도 없어 호리키타가 대화에 응해주었다.

"C반 놈, 그러니까 류엔 말이야. 아침 댓바람부터 나한테 트집 잡는 거야. 복도를 걸어가고 있는데 방해하기나 하고. 진짜 열 받아."

"폭언을 퍼붓거나 손이 올라가거나 하진 않았겠지?"

호리키타가 살짝 노려보자 스도가 곧바로 반론에 나섰다.

"안 했다고. 그냥 무시하고 왔지."

"그래. 내가 지시한 대로 잘 넘긴 모양이구나."

어쨌든 문제를 일으키지 않아 다행이었다.

"그런데 뭐야, 지시라니?"

스도에게 물어 보았다.

"스즈네가 그랬거든. 대처하기 힘들면 일단 무조건 무시하라고."

그건 적확한 충고군. 경솔하게 반론하라고 시켰다간 불에 기름을 붓는 격이니까.

그럴 바에야 차라리 스도가 스트레스를 받더라도 참는 게 제일 낫다.

"뭐, 억지로 지나치면서 어깨는 좀 부딪쳤지만. 다른 반 애들도 내가 트집잡힌 건 알고 있었으니까 괜찮겠지?"

"그래. 그걸 물고 늘어지진 않을 거야."

그쪽도 일단 학교와 학생회를 끌어들여 소동을 일으켰으니까 말이지.

맞거나 했으면 모를까, 강제로 돌파한 것 정도는 괜찮으리라.

"그래서 걔가 뭐라고 했는데?"

"원숭이다, 바보다, 뭐 그런 어린애들이나 할 소리. 자꾸 싸움을 걸더라고."

스도는 주먹으로 다른 쪽 손바닥을 때리며 분노를 발산했다.

어제 궁도부에 모습을 드러낸 것의 연장전인가.

"아키토…… 그러니까, 동아리 활동 중이던 미야케 쪽에도 C반 애들이 따라붙었던 모양이야."

"미야케한테도? 요즘 들어서 꽤 활발히 움직이는 것 같네."

"노리는 게 뭘까? 나를 함정에 빠트렸을 때처럼 또 그런 사건이라도 일으키려는 건가?"

"글쎄. 지금은 뭐라고 단정할 수 없어. 그래도 대책을 마련해둘게. 오늘처럼 똑같은 일을 또 당하더라도 절대 손대면 안 돼."

"알았다니까. 난 너랑 한 약속은 절대 안 깨. 만약에 맞는 다고 해도 얌전히 굴게."

예전에 C반과 갈등이 있었을 때에 비하면 스도의 말에 상당한 무게가 실려 있었다.

그걸 이해했기 때문에 호리키타 역시 순순히 받아들인 것 이리라.

보고를 끝마친 스도는 그것만으로도 만족했는지 자기 자리로 돌아가 이케 무리와 잡담을 시작했다. 그 모습을 지켜보며 호리키타가 말했다.

"스도가 드디어 남들처럼 평범해진 걸까."

"그러게. 말투는 다소 거칠지만, 그 정도는 허용 범위에 들어가겠지."

"저 애도 슬슬 다음 단계로 올라갈 필요가 있어 보여."

그렇게 말한 호리키타는 갑자기 노트를 꺼내 펜을 움직이기 시작했다.

"뭐야, 다음 단계라는 게?"

노트를 들여다보려고 하자 탁 덮는 호리키타.

"그건 다음에 차차 얘기할게. 지금 풀어야 할 건 스도의 문제가 아니야."

스도만 신경 쓰고 있을 때가 아니라고, 살짝 말을 덧붙였다.

무슨 생각을 하고 있는지는 모르겠지만, 나야 아무래도 상관없다.

최근 들어서는 호리키타가 스스로 생각해서 움직이는 일이 늘어났다.

스도, 히라타 등과 조금씩 소통할 수 있게 되었기 때문이리라.

"그나저나 아주 활발하네, 류엔. 페이퍼 셔플이 끝난 직후이기도 해서 얌전히 있을 줄 알았더니, 곧바로 새로운 뭔가를 꾸미기 시작했다는 건가?"

"하지만 좀 이상하지 않아? 지금은 특별시험 기간도 아닌데."

"이제 와서 돌이켜 생각해보면 그 애는 시험 때만 싸우는 게 아니었어. 스도 폭행 사건 때도 그렇고, 포인트를 서로 빼앗을 수 없는 장외전을 좋아하나 봐."

그런 거, 일일이 말하지 않아도 알고 있지 않아? 하고 확인하는 눈빛으로 나를 쳐다보았다. 물론 모르는 척하면서 흘려 넘겼다.

"그러면 이번 목적은 뭘까?"

"너 정말 모르는 거야? 아니면 페이크?"

"그게 무슨 말이야? 난 아무것도 모르겠는데."

"그 애는 뒤에서 D반을 조종하는 인물을 찾아내려고 하고 있어. 그래서 앞뒤 가리지 않고 움직이기 시작한 거야."

"그러니까 너 말이지?"

내 말에 호리키타가 무섭게 노려보았다.

"이제 날 방패막이로 삼는 건 류엔한테 하나도 안 통해."

내 거짓말을 상대도 해주지 않고 진지하게 말을 이었다.

"어째서 그렇게 단언하지?"

"만약 다른 애들처럼 아직도 내가 모든 것을 움직이고 있다고 생각한다면 당연히 나한테 접촉해오는 게 정상이지. 하지만 이번에 난 아무 일도 당하지 않았어."

지금까지 집요하게 호리키타를 고집했던 류엔이 더는 그러지 않는다고 말하고 싶은 모양이다.

"그건 생각하기 나름 아닌가? 경솔하게 시비 걸지 말자고 생각하는 건지도 모르잖아. 주변부터 차츰 공략하려는 목적일 수도 있고."

"그럴까? 난 그런 생각은 안 드는걸. 나한테 흥미를 잃었다거나."

"류엔한테 관심 받는 게 영 싫지는 않았던 건가?"

"그런 의미가 아니잖아. 한 대 맞고 싶니?"

"아니."

이 녀석은 진심으로 찰 게 분명하니 확실하게 거부해둔다.

"우리 반의 어둠의 주인공이 멍청하게도 그 아이에게 찍힌 게 아닐까? ……그런데 어물쩍 넘기는 거야 상관없지만, 이런 데서 계속 말 시키지 말아 줄래?"

쿠시다를 포함하여 많은 반 아이가 자리에 앉아 있는 홈룸 시간 전, 우리의 대화에 귀를 기울이는 사람은 없다고 해도 하긴 여기서 할 만한 이야기는 아니다.

"그나저나 류엔을 아주 잘 이해하게 됐군. 아, 아까처럼 놀리는 의미는 아니야."

또 째려볼 것 같아서 허둥지둥 말을 덧붙였다.

"그 애의 방식은 기본적으로 같아. 성공하든 실패하든 비슷한 싸움 방식을 전개하지. 몇 번이고 당하다 보면 싫어도 학습하게 되어 있어. 그러니까 그 애를—— 쿠시다를 페이퍼 셔플 때 이용해오리라는 걸 예상했어. 물론 그렇게 되지 않는 게 제일 이상적이었다는 건 굳이 말할 필요도 없지만……."

누구든 반에서 배신자가 나오길 바라지 않는다. 쿠시다가 D반을 배신하지 않았더라면 지금까지 치른 시험에서도 이렇게까지 고전하지는 않았으리라.

호리키타는 그렇게 생각하고 있었다.

하지만 모든 일은 생각하기 나름이다. 쿠시다라는 내부의 적을 이용할 수 있기에 류엔이 방심한 부분이 있다. 만약 달리 쓸 만한 장기 말이 없었다면 아마도 다른 수를 생각했을 것이다.

결과적으로 쿠시다의 존재는 좋든 나쁘든, 적의 공격 패턴을 좁혀준 셈이기도 하다.

"유일한 오산은 아니지만, 페이퍼 셔플에서 난 류엔의 허를 찌를 생각이었어."

"실제로 그렇게 했잖아."

"응. 그래서 시험공부를 소홀히 해서 C반의 누군가가 퇴학당할지도 모른다고. 그렇게 생각했는데, 역시 너무 안일한 생각이었던 것 같아."

완벽한 문제와 해답을 구하면 공부할 필요가 없다. 그래서 방심했던 C반에서 퇴학자가 나와도 이상하지 않았다는 이야기겠지.

케세이 일행도 그랬다. 역시 다들 생각하는 건 똑같군.

"C반에도 머리 좋은 녀석은 있을 테니까. 류엔과 다르게 서포트했다고 생각하는 게 맞겠지."

"그래. 보이지 않는 곳에서 노력했다면 칭찬해줘야 하려나."

어쨌든 류엔은 호리키타의 배후에 숨어 있는 존재를 알아내고 싶어 좀이 쑤시는 모양이다.

그걸 위해서라면 학교에 찍히는 것도 감수할 수 있다.

그런 각오가 엿보이는 행동으로 느껴졌다.

"앞으로 그의 집요한 시비는 점점 더 심해지겠지."

"나랑은 상관없는 이야기야. 선두에 서는 건 네 역할이니까."

"그건 나도 알아. 네가 날 억지로 끌어들여 앞세우는 것도 운명이라고 생각하니까."

"의외로 잘 받아들이는군."

"받아들이는 것 말고 달리 선택지가 없으니까. 이제 와서 없던 일로 할 순 없잖아?"

긍정적인 태도는 좋다. 원래 호리키타가 가진 잠재능력은 나쁘지 않다. 히라타처럼 타인과 소통을 잘 해내는 능력만 갖춘다면 지금의 지위에 어울리는 존재로 거듭나리라.

"그래서—— 방법은 생각해뒀어?"

"뭐가?"

"류엔의 탐색에 맞설 작전이 있는지 묻고 있는 거야. 지금 손써두지 않으면 돌이킬 수 없는 사태로 번지고 말 거야."

아무래도 호리키타 나름대로 내 정체가 탄로 나는 것을 염려하는 듯했다.

하지만 그럴 필요는 전혀 없다.

"아무 생각도 없는데."

"넌 또 그런 식으로……."

아무것도 알려주지 않을 거구나, 하며 깊은 한숨을 내쉰 호리키타는 노골적으로 짜증을 드러냈다.

"그럼 이야기를 좀 바꿀게. 아직 그쪽 모임에 참여하니?"

"그쪽이라면 케세이 무리를 말하는 거야? 무슨 문제라도 있어?"

"별로 유익한 그룹처럼 안 보여서. 원래는 하세베랑 미야케가 약한 과목이 한쪽으로 너무 편향되어 있는 바람에 만든 스터디 그룹이잖아? 시험이 없는 지금은 딱히 필요 없지 않니?"

"유익한지 아닌지로 판단하지 않았어. 편하고 좋아, 그 녀석들이랑 있으면."

호리키타와 있을 때는 아무래도 자꾸 A반을 목표로 하는 방향의 이야기밖에 나오지 않으니까 말이지.

원래 그 부분에는 흥미가 없기 때문에 호리키타와 아무리 가까이 있어도 소용이 없다.

만약 호리키타가 그런 반끼리의 경쟁과는 상관없이 내게 말을 걸어온다면 그때는 케세이 무리와 똑같이 대할 수도 있겠지만 말이지.

"……너는 나한테 협력해주는 거지?"

"하고 있잖아. 최대한으로 말이야."

하지만 납득이 가는 표정은 전혀 아니었다.

1

오전 수업이 끝나고 점심시간에 접어들었다. 아키토나 케세이를 불러서 같이 점심을 먹을까 고민하고 있는데 옆자리의 주인이 나를 지그시 바라보았다.

"뭐야. 설마 아침에 했던 얘기를 계속하려는 건 아니겠지?"

"아니야. 너한테 부탁이 있어."

"귀찮은 일이라면 패스할게."

"귀찮은 일이라는 건 부정 못 하겠네. 하지만 시간은 별로 안 드는 일이야."

그렇게 말한 호리키타는 가방에서 책 한 권을 꺼냈다.

"너 지난주에 내가 읽고 있던 이 책, 읽고 싶다고 하지 않았어?"

도서관 도장이 찍힌 책을 책상 위에 올렸다.

"『안녕 내 사랑』인가."

레이먼드 챈들러가 쓴 명작이다.

예전부터 관심이 있어 몇 번인가 도서관을 찾았지만, 이상하게도 이 학교에서 인기가 있는지 늘 대출 상태였다. 이제 슬슬 그냥 사버릴까 하고 포기하려던 참이다.

"무슨 수로 빌렸어? 혹시 그거 나 빌려줄 거야?"

반납하자마자 다른 사람이 빌려 가리라는 건 쉽게 예상이 간다.

확실하게 빌리려면 좀 치사하지만 먼저 빌린 사람에게 직접 받는 게 가장 좋다.

"네가 원한다면 그럴 생각이야. 참고로 오늘이 반납일이야. 그러니까 일단 도서관에 가서 반납한 다음 네가 다시 빌려가지 않을래?"

"반납하는 게 귀찮아서 나보고 대신 반납해달라는 거야?"

"어차피 내가 반납해도 네가 도서관에 가야 한다는 사실은 달라지지 않잖아? 오히려 효율성만 따졌을 때는 옳은 판단이라고 생각하는데."

그건 그렇다. 호리키타가 반납하는 수고만큼은 덜어줄 수 있다.

책을 빌릴 때는 학생증이 필요하니까, 내 이름으로 다시 빌려달라고 하는 건 불가능하다.

반대로 반납만 할 때는 아무것도 제시할 필요가 없다.

"물론 거절한다면 난 그대로 도서관에 가서 직접 반납할 거야. 인기 있어서 구하기 힘든 이 책이 다음에 네 손에 들어올지는 잘 모르겠지만. 시간을 아낌없이 낭비해서 도서관에 드나들 생각이라면 그래도 상관없어."

아무리 생각해도 비효율적이지? 하고 마구 압박을 준다.

읽고 싶어 하는 나에게 호리키타가 나름대로 베푸는 친절인가.

"……알겠어. 그럼 고맙게 받아들일게."

"잘 부탁해."

그렇게 말한 호리키타가 내게 책을 건넸다.

"오늘 중이라면 점심시간이든 방과 후든 네가 원하는 시간에 반납해도 되니까. 하지만 반드시 처리해줘야 해. 연체되면 네가 책임져야 할 거야."

"알았다고."

도서관에서 책을 빌린 적은 없지만 그 구조는 파악하고 있다.

빌리는 것 자체는 무료여도, 연체하면 프라이빗 포인트가 깎이는 구조일 것이다.

"쇠뿔도 단김에 빼랬지. 지금 바로 다녀올게."

그 편이 호리키타도 안심이 될 테고, 귀찮은 일일수록 뒤로 미루지 않는 게 좋다.

2

이제 막 점심시간에 들어간 도서관은 의외로 남들이 잘 모르는 좋은 곳이었다.

관내는 음식물 반입 금지이므로 식사 장소로 이용할 수 없기 때문이다. 지금도 몇몇 이용자밖에 없어서, 반납 절차가 순조로울 것 같았다.

"이왕 왔으니까 다른 책도 몇 권 빌려 갈까……."

한 권이든 두 권이든 반납에 드는 수고는 같다.

책을 반납하기 전에 읽고 싶은 책부터 골라 볼까.

나는 『안녕 내 사랑』을 한 손에 들고 미스터리 코너를 돌았다.

이왕이면 탐정물로 한두 권 정도 골라야지. 레이먼드 챈들러의 작품이면 더욱 좋겠다.

미스터리 코너에 도착한 나는 한 소녀를 발견했다.

열심히 손을 뻗어 자신의 키보다 높은 책장에 꽂힌 책을 뽑으려고 하고 있었다.

책의 위치가 애매해서 닿을 듯 닿지 않았다.

조금만 더 뻗으면 닿을 것 같아서 발 디딤판 사용을 거부하고 있었다.

남자나 여자나 얼마든지 일어날 수 있는 일이지.

뽑으려고 하는 책은 에밀리 브론테의 『폭풍의 언덕』이었다.

문학사에서도 유명한 브론테 세 자매 중 둘째가 쓴 작품이다.

아니, 물론 줄거리 면에서는 미스터리의 느낌이 있지만, 장르는 연애물이 아닌가?

나는 옆에서 끼어들어 여학생이 손을 뻗은 『폭풍의 언덕』

을 대신 뽑았다.

"괜한 참견인지는 모르겠지만."

그 순간, 모르는 여학생인 줄 알았는데 알고 보니 낯익은 인물이라는 사실을 알았다.

"넌 C반의……."

시이나 히요리.

얼마 전 류엔과 함께 우리 앞에 모습을 드러냈던 학생이다.

그녀는 아무 말 없이 내 얼굴을 쳐다보더니 그제야 나를 기억해낸 듯했다.

"너는…… 아야노코지, 라고 했었나?"

상대도 내 이름을 기억하고 있던 모양이다.

묘한 접촉 방식이었던 것까지 감안하면 필연이라고도 할 수 있지만.

"아아. 일단 이거."

책을 건네주었다.

"고마워."

"좋아하는 거야? 브론테?"

"개인적으로는 좋아하지도 싫어하지도 않아. 그저 장르가 다른 책이 꽂혀 있어서 올바른 위치에 꽂으려고 한 거야."

"그렇군……."

아무래도 같은 생각을 하고 있었던 것 같다.

"그런데 네가 들고 있는 건……『안녕 내 사랑』이네. 명작이지."

시이나의 눈동자가 반짝거리는 느낌이었다.

"오늘 친구한테 빌리는 데 성공했어."

"그거 행운이구나. 2학년들 사이에 레이먼드 챈들러 붐이 일어나서 줄곧 쟁탈전이 계속되었던 모양이야. 나도 읽어보고 싶었지만 오늘도 없어서……."

"미안하다. 빌린 애한테 바로 빌려서."

"괜찮아. 저번에 한 번 읽어봤고, 이 책을 찾다가 또 다른 책을 만날 수도 있으니까. 이 학교 도서관의 장서량은 규모가 엄청나. 열심히 읽다 보면 어느새 졸업이 코앞까지 올 것 같아."

그녀는 브론테 책을 손에 쥐고 살짝 미소 지었다.

"……그런가. 그럴 수도 있겠다."

과연 이곳에는 상당량의 책이 꽂혀 있다.

꼭 원하는 책을 못 읽어도 시간은 얼마든지 때울 수 있다는 건가.

"방해해서 미안하다."

귀중한 점심시간이다. 밥보다 우선해서 이곳에 왔을 정도이니, 다른 반 학생과의 잡담으로 시간을 빼앗기는 것은 바라던 바가 아니리라. 나는 자리를 피해주기로 했다.

"저기. 그거 말고도 책을 찾으러 온 것 아니야? 반납이랑 대출만 하러 온 거면 바로 접수창구로 갔을 테니까. 온 김에 다른 책도 빌리려던 거지?"

발걸음을 돌리려던 나를 시이나가 불러 세웠다.

"다음에 다시 올까 하고── 그런데 뭐하는 거야?"

먼저 말을 건 시이나는 내게서 시선을 떼고 미스터리 코너를 보고 있었다.

"도로시 세이어즈 시리즈는 다 읽었니?"

"아니. 크리스티는 읽었는데 도로시는 아직 본 적 없어."

"그럼── 그렇지, 『시체는 누구?』를 강력 추천할게. 피터 윔지 경 시리즈의 첫 번째 작품인데 한 번 읽으면 시리즈를 전부 읽고 싶어질 게 분명해."

그녀는 그렇게 말하며 책장에서 해당하는 책을 뽑아 내게 내밀었다.

"으음⋯⋯."

영문을 알 수 없는 전개에 당황한 나는 뭐라고 대답해야 할지 몰라 고민에 빠졌다.

"내 마음대로 계속 얘기해서 불편하니?"

딱히 막 끌리는 책은 아니었지만 여기서 거절할 만큼 용기 있는 나도 아니었다.

일단 빌리는 것 자체는 공짜니까 그냥 따라주기로 할까.

"아니. 좀 당황한 건 사실이지만. 모처럼이니까 빌려볼게."

"그게 좋을 것 같아."

무슨 속셈인지 시이나는 기쁜 표정을 지으며 눈을 가늘게 떴다.

"점심 아직 안 먹었지? 괜찮으면 같이 먹지 않을래?"

"⋯⋯어?"

책을 추천받았을 때보다 더욱 이해가 안 가는 전개다.

우연히 맞닥뜨렸다고는 해도 류엔의 지시가 있었다고 보는 게 좋을지도 모른다.

하지만 여기서 내가 승낙하든 거절하든, 시이나가 품을 결과는 똑같다.

어느 쪽을 선택해도 어중간하다고 판단할 게 뻔하다.

"C반에는 소설을 즐겨 읽는 애가 없어서 말할 상대가 없거든."

내가 대답하지 않자 기다리다 못해 시이나가 그렇게 말했다.

"여러 가지로 문제가 되지 않을까? 지금 C반은 눈에 불을 켜고 D반의 누군가를 찾고 있는 거 아니야? 나까지 포함해서 용의자 취급을 한다고 생각했는데."

시이나는 아마도 나 아니면 케세이가 호리키타의 뒤에 숨은 인물 후보라는 소리를 듣고, 깊이 파보라는 의뢰를 받았을 것이 틀림없다.

그렇지 않고서야 갑자기 등장해서 접촉 따위 해올 리 없다.

여기서도 깊이 관여하려고 하는 건 그런 이유일 가능성이 높다.

어떤 의미에서 보면 류엔보다 더 꺼림칙한 존재다. 시이나 히요리에 관해서는 완전한 미지수.

지금까지 치른 시험에서 존재조차 인지하지 못했다.

카루이자와를 이용하면 어느 정도의 정보 수집은 가능하겠지만, 류엔에게 찍힌 지금은 함부로 움직이게 할 수도 없다. 내 이용 범위에 있는 멤버는 모두 작은 커뮤니티만 이루고 있어서 시이나에 대해 자세히 알아내기 힘들다.

케세이와 하루카, 물론 호리키타도 다른 반의 정보 수집에는 약하다.

히라타를 움직이게 할 수도 있지만, 그 녀석은 기본적으로 중립이고 나를 어떻게 생각하는지 아직 판단이 서지 않아 함부로 부탁하고 싶지 않다.

적어도 지금 이 타이밍에서는 말이다.

"걱정하지 마. 그땐 류엔 때문에 형식적으로 움직인 것일 뿐이야. 난 원래 싸움 따위에 아무 흥미도 없어. 아니면 나랑 이야기를 나누는 게 너한테 문제가 될까?"

"아니, 그렇지는 않아. 네가 괜찮다면 특별히 더 말할 건 없어."

"다행이야. 그런 시시한 일 때문에 무의미하게 반끼리 균열이 생기는 건 썩 달갑지 않거든. 모두 사이좋게 지내는 게 제일 좋으니까."

균열이라. 원래 서로 경쟁해야 하는 학교 구조상 그건 피할 수 없다고 생각하는데.

그래도 학생 대다수는 당연하다는 듯 평범하게 서로를 대하고 있지만. 히라타와 쿠시다가 남녀 불문하고 인기가 있듯, 원래는 '친구'에 벽 따위는 생길 수 없다.

"그럼 가볼까? 지금도 계속해서 시간은 흘러가고 있으니까."

도서관에 있는 시계를 쳐다보았다.

"일단 접수창구에 가서 이것 좀 빌리고."

어쩌다 찾아온 도서관에서 이런 전개가 펼쳐질 것을 누가 예상했겠는가.

3

우리 두 사람은 학교 식당으로 이동했다. 점심시간이 시작된 지 벌써 20분 이상 지나서 많은 학생으로 붐볐다. 하지만 대부분 먹고 있는 도중이거나 이제 막 다 먹은 후였기 때문에 식권 판매기 앞에 줄 서 있는 학생은 거의 없었다. 나는 오늘의 정식을 대충 골랐는데, 여기서부터가 길었다.

시이나는 고르기 힘든지 버튼 앞에서 손가락을 상하좌우로 움직이며 망설였다.

"잠깐만 기다려줘……."

그 말에 얌전히 기다리기를 약 2분. 드디어 결심했는지 나와 똑같은 것으로 골랐다.

"좀 고민해버리고 말았네."

"괜찮아. 뒤에 기다리는 줄도 없으니까."

그리고 곧 카운터에 정식 두 개가 완성되어 나왔다.

시이나는 정식이 올려진 트레이를 드는 것을 힘들어했다. 도서관에 들고 온 책가방을 식당까지 가져왔기 때문이다.

"가방 불편하지? 내가 들어줄게."

"아니야, 그렇게 힘든 걸 부탁할 수는……."

"괜찮아. 트레이랑 같이 들고 가다가 넘어지기라도 하면 더 큰일이니까."

"미안해……."

미안하다는 듯 내민 가방을 받아 드니 생각보다 무거웠다. 교과서라도 들어 있나?

"무겁지? 정말 고마워."

우리는 최대한 밀집된 곳을 피해서 빈자리에 마주 보고 앉았다.

그리고 둘이서 천천히 늦은 점심식사를 시작했다.

"평소에도 주로 학교 식당에서 점심 먹어?"

"아니. 기본적으로는 아침에 편의점에서 먹을 걸 사서 교실에서 먹을 때가 많아. 아야노코지는 학교 식당을 자주 이용해?"

"편의점 건 맛이 없기도 하고, 역시 갓 만들어 나오는 게 좋아서."

들어가는 수고도 가격 대비 맛도 나쁘지 않다.

시이나는 젓가락을 쥐고 교양 있게 반찬을 입으로 가져갔다.

그 동작을 보고 있자니 감탄사가 나왔다. 젓가락을 쥐는 법이 아주 정갈하다.

"음, 그렇구나…… 학교 식당, 정말 맛있네. 잘 기억해 둘게."

"혹시 여기서 처음 먹어본 거야?"

"들켰니?"

"식권 판매기 앞에서 망설이기도 해서 혹시나 했는

데……."

2학기도 벌써 끝나가는 이 마당에 학교 식당에 처음 오는 학생은 흔치 않은데.

"전부터 궁금하기는 했는데, 처음에 갈 계기를 잃어버리니까 점점 더 멀어지더라고. 이번 기회에 한번 용기를 내봤어."

그런 기분은 왠지 이해될 것 같기도 하다. 평소에 가지 않는 시설에 갑자기 가려면 용기가 좀 필요하다. 그곳의 사정을 모르니까 당황하게 된다. 단골들과 대조적으로 아무것도 모르는 내 모습을 보여주고 싶지 않은 자존심이 마음속에서 스톱을 외친다.

나도 처음에는 편의점에서 드립 커피를 사는 것에도 저항감을 느꼈다.

얼음만 든 컵으로 순조롭게 커피를 만들 자신이 없었기 때문이다.

하지만 막상 뚜껑을 열어보니 의외로 별거 아닌 경우가 대부분이었다.

"그럼 이번을 계기로 앞으로는 올 수 있게 됐을지도 모르겠군."

"응."

그 후로 우리는 대화도 하는 둥 마는 둥 식사를 끝마쳤다.

후발조였기 때문에 식사를 마칠 때 즈음에는 학생들이 대부분 식당을 빠져나간 후였다. 일부 이야기꽃을 피우거나 느릿느릿 먹는 학생들도 곳곳에 남아 있긴 했지만.

"아까 도서관에서 한 이야기 말인데, 괜찮으면 이거 읽어 보지 않을래?"

그렇게 말하며 시이나가 가방을 테이블 위에 올렸다.

쿵, 하고 겉보기와는 딴판인 중저음이 울렸다.

"이 중에 읽어본 책 있어?"

가방에서 책 네 권을 꺼냈다. 이러니까 가방이 무겁지.

윌리엄 아이리시에 엘러리 퀸, 로렌스 블록에 아이작 아시모프라니.

"상당히 훌륭한 초이스군……."

모두 다 왕년의 명작 미스터리 소설이다.

"알아?"

"나도 미스터리를 꽤 좋아하는 편이라서."

"그렇구나."

시이나가 기쁘다는 듯 손바닥을 모으며 활짝 웃었다.

그때 문득 책에 위화감을 느꼈다.

"이거, 그런데 도서관 책이 아니네."

"전부 내 책이야. 언젠가 비슷한 취미로 대화를 나눌 수 있는 사람이 나타났을 때 빌려주려고 항상 들고 다녔어. 처음에는 한 권뿐이었는데, 빌려줄 상대를 찾아내기 전에 점점 늘어나고 말았어."

"……그래?"

생각보다 좀 엉뚱한 아이 같다.

"사양 말고 뭐든 좋으니 골라 봐."

"그럼…… 읽어본 적 없는 엘러리 퀸으로."

"자, 여기."

이게 연기라면 놀라운데, 아무래도 그런 느낌은 들지 않는군.

순수하게 책을 좋아해서 나오는 행동으로밖에 보이지 않는다.

그나저나 묘한 곳에서 묘한 인연을 맺게 되었다.

물론 C반 측에서 친 덫이라면 경계해야 하겠지만, 이번만큼은 완전한 우연이라고 할 수 있으리라.

나중에 돌려주기로 약속했을 때 즈음 점심시간의 끝을 알리는 종소리가 울렸다.

4

방과 후가 되자 늘 그렇듯 휴대폰 그룹채팅방에 알람이 떴다.

'케야키 몰에 올 수 있으면 와. 늘 모이는 거기로.'

하루카가 보낸 가벼운 내용의 메시지였다.

답장을 쓰려고 휴대폰 버튼을 누르려던 순간, 옆자리의 주인으로부터 말로 된 칼날이 날아들었다.

"히죽거리는 얼굴, 보기 기분 나빠."

"누가?"

"너 말이야. 굳이 말하지 않아도 자각 정도는 있을 거 아냐?"

"적어도 나만은 히죽거리지 않았다고 자신 있게 말할 수 있는데."

입꼬리가 올라간 기억이 없기 때문이다.

"나보다 더 진지한 건가 아니면 멍청한 건가…… 네 내면에 대해 말하고 있잖아."

아무래도 호리키타는 친구가 보낸 채팅을 보고 내가 기뻐하고 있는 걸 알아차린 모양이다.

"너도 많이 동화됐구나."

그런 말을 슬쩍 내뱉은 호리키타는 가방을 들고 혼자 돌아갔다.

"히죽거리고 있다, 라."

물론 친구의 연락을 받아 기분이 괜찮았던 건 사실이지만 내 표정을 보고 멋대로 추측한 해석이 '히죽'이라면, 무슨 이유인지 몰라도 호리키타의 입장에서 그건 기분 좋은 일이 아니었나 보다.

나와 외톨이 동맹을 계속 유지하고 싶었나…….

나는 얼른 돌아갈 채비를 마치고 교실을 나왔다.

다른 평범한 그룹이라면 교실 안에서 말을 걸어 함께 목적지로 향할 테지만, 강제력이 없는 우리 그룹은 별로 그렇게 하지 않는다.

어디까지나 오고 싶은 사람만 원하는 타이밍에 모이는 것이다.

케야키 몰의 늘 만나는 장소에 도착하자 모두 집합해 있었다.

"아키토, 동아리는 어쩌고?"

"……오늘은 땡땡이쳤어."

"또 C반 녀석들이 궁도장에 나타난 모양이야. 때리거나 맞거나 하진 않은 것 같지만……."

보아 하니 약간의 실랑이는 있었던 듯하다.

"오늘은 영 할 마음이 안 생겨서 쉬겠다고 선배한테 말해 놨어. 우리 동아리는 꽤 느슨한 편이거든."

쉬는 건 좋은데 너무 정직한 이유를 댔군.

뭐, 하긴 컨디션이 나쁘다고 거짓말했다면 여기도 못 왔으려나.

"진짜 진지하게, C반의 폭거를 슬슬 막지 않으면 곤란할 것 같아. 동아리에도 지장이 간단 말이야."

"선생님께 상담이라도 한 번 해보면 어때?"

하루카가 조언했지만 아키토는 고개를 가로저었다.

"C반의 감시를 받고 있어요, 하고 말해봐야 무슨 뾰족한 수가 있겠냐? 출입 금지 장소면 모를까, 궁도부를 견학하는 건 자유니까."

설령 그게 거의 거짓말이라고 해도 계속 견학하러 온다고 문제될 것은 없다.

"그건 그래. C반, 진짜 사람 성가시게 하네. 아, C반 이야기가 나와서 말인데. 나 봤어, 봤어. 이야~ 대통령, 얄미워 죽겠네."(큰 활약상을 펼친 인물을 칭찬하는 말)

지금이 어느 시대인지 알 수 없는 옛 유행어를 붙이며, 팔꿈치로 내 옆구리를 쿡 찌르는 하루카.

"봤다니, 뭘?"

"뭐냐니, 키요뽕이 C반의 시이나랑 단둘이 밥 먹고 있는 모습 말이야."

……그렇군. 학교 식당에서 봤나.

넓다고는 해도 후반부에는 사람이 거의 다 빠졌으니까 말이지. 이상한 일도 아니다.

"아이리가 그걸 자꾸 신경 쓰는 바람에 밥풀을 마구 흘렸거든."

"으악! 그건 말 안 하기로 약속했잖아, 하루카!"

"아, 그랬나? 그럼 방금 한 말은 취소."

취소한다고 말하면 바로 잊을 만큼 뇌가 단순하게 생겨먹지는 않았다.

하지만 이렇게 해서 한 가지 사실을 알게 되었다.

오늘 모인 건 이 이야기를 하고 싶어서인 게 분명하다고.

"설마 크리스마스를 코앞에 두고 급하게 연애를?"

"그런 거냐? 키요타카. 너는 그런 속세에 물든 짓은 하지 않을 줄 알았는데."

케세이가 살짝 화난 말투로 말했다.

"안일해, 너무 안일해, 유키무. 남자와 여자는 결국 연애하게 되어 있는 거야. 아니 그리고 속세에 물든 짓이라는 발언, 너무 촌스러워. 요새 애들은 네가 생각하는 것보다 더 빠르거든?"

"빠르다는 게 뭐야, 빠르다는 게. 우린 이제 겨우 고등학교 1학년이라고."

"저기 말이야, 고등학교 1학년 때 처음 연애하는 건 너무 늦은 거라니까? 내가 초등학생일 때 같은 반 애들 중에는 벌써 중학생이나 고등학생이랑 사귀는 애도 있었는데."

그런 하루카의 충격적인 발언에 케세이가 입을 쩍 벌리고 아연실색했다.

"드, 듣도 보도 못한 소리군."

"그건 유키무가 주변에 관심이 없어서 그런 거야. 같은 학년 남자애는 어린애 같아서 흥미를 못 느끼는 여자애가 많으니까."

그럼 초등학생이 어린애가 아니면 뭔가 싶지만, 나 역시 케세이와 마찬가지로 세상 물정을 너무 모르는 것뿐인지도 모른다. 그래도 정정하고 싶은 부분은 정정해야만 한다.

"멋대로 열 올리고 있는 시점에 이렇게 말해서 미안한데, 난 그런 마음 들뜨는 이야기랑 전혀 무관해."

"그래? 쑥스러워서 감추고 있는 게 아니라?"

"그, 그것 봐. 난 그럴 거라고 말했는데 하루카가 믿어주지 않아서."

"점심시간에 도서관에 갈 일이 있었어. 거기서 우연히 시이나가 말을 걸었거든. 아키토가 동아리에서 이시자키 무리에게 찍힌 것과 같은 일이라고 생각해. 나한테도 이것저것 묻더

라. 괜히 거절했다가 쓸데없이 찍히는 것도 싫어서……."

지금 이야기의 흐름상으로도 그렇게 말해두는 편이 훨씬
진실미가 있다.

게다가 거짓말도 아니고.

우연한 만남이기는 했지만 나를 탐색하려 했을 가능성이
크다.

"마침내 아야노코지도 마크 당한 건가. 우리 D반한테 추
월당하는 게 그렇게도 심기에 거슬렸나, 류엔 녀석."

자신 말고도 피해가 퍼지는 것을 다시금 실감하고 분개하
는 아키토.

하지만 케세이는 다른 방향으로 이번 미행 문제를 고민하
기 시작했다.

"아니, 그렇지 않을지도 몰라. 요즘 들어서 D반에 숨겨진
책사가 있다는 소문이 돌고 있잖아? 지금까지는 전혀 신경
쓰지 않았는데, 류엔이 우리를 미행하는 이유는 그것 때문
일지도 몰라. 아야노코지, 시이나가 뭐라고 물었어?"

"네 말이 맞아, 케세이. 내가 혼자 있으니까 말 걸기 쉽다
고 생각했겠지. 다른 시시콜콜한 이야기도 했지만, 책사가
어떻다든가 뭐 그런 것을 몇 가지 질문했어."

"그, 그랬구나. 데이트가 아니었구나."

전혀 상관없는 부분에서 가슴을 쓸어내리는 아이리.

"하지만 짐작 가는 바가 없으니, 아무리 물어봐도 대답해
줄 수가 없지. 솔직히 정말 힘들었어."

"그렇게 말하는 것 치고는 꽤 즐거워 보이던데?"

"노골적으로 싫은 티를 낼 수는 없잖아. 동급생인 건 변치 않는 사실이니까."

하루카는 여전히 의심스러워했지만 케세이는 곧바로 생각을 전환한 모양이었다.

"하루카가 말하는 연애에 대해서는 제쳐두고, 어쨌든 C반이 좀 신경 쓰이네. 엿들은 건 미안한데 스도도 시비 걸린 일을 두고 호리키타한테 상담하던 것 같았거든."

아무래도 오늘 아침 스도의 말을 케세이가 들은 것 같았다.

"넌 괜찮아? 케세이."

아키토가 걱정해주었지만, 케세이는 생각에 잠긴 동작을 취했다.

"아직까지 직접적으로는 아무것도. 그래도 신경 쓰이는 일이 없었다고 말하면 거짓말이 되려나."

그리고 회상하듯 마음에 걸리는 부분을 털어놓았다.

"요즘 들어서 C반 애들을 보게 되는 기회가 늘어난 것 같아. 그동안 신경 쓰지 않았는데, 하나같이 죄다 류엔 추종자 무리였어. 어쩌면 나도 감시당했던 건가."

그럴 가능성이 아주 높겠지.

"그렇구나…… 하지만 난 아무 일도 당하지 않았는데?"

아이리가 기억에 없다며 조심조심 손을 들었다.

"나도."

하루카도 덩달아 손을 들었다.

보통은 자신이 누군가에게 미행당하고 있다고 꿈에도 생각하지 못할 것이다.

하물며 모두 전혀 기억에 없으니 당연하다.

"케세이처럼 아직 눈치채지 못했을 뿐이지 누군가가 감시하고 있을지도."

"허억~. 그거 스토커 아냐? 기분 나빠."

물론 남자가 여자를 집요하게 따라다니면 여러 가지 문제가 발생하기 마련이다.

류엔이 대책에 만전을 기했다면 여자애를 붙였을지도 모르지.

"감시당하고 있다, 라. 어쩌면 그랬던 건지도……."

이야기를 경청하고 있던 아키토가 손을 입가로 가져가며 왠지 짐작 가는 구석이 있다고 말했다.

"동아리가 끝나고 나서 너희랑 합류하는 시간은 대체로 늦잖아?"

"그렇지, 6시 넘어서거나 7시 넘어서?"

"그런데 유독 C반 애들이 많다는 생각이 들었거든. 저번에 케야키 몰에서 합류했을 때도 코미야가 있었잖아. 그리고 지금도 말이야."

그룹 안에서도 아키토는 특히 명석하고 관찰력이 예리하니까.

하루카가 대놓고 주위를 둘러보려고 해서 아키토가 말렸다.

"티내지 마. 노리는 게 뭔지 모르니까 반응하지 않는 편이 좋아."

아키토가 말리지 않았다면 내가 말렸을 것이다.

괜한 화근이 늘어날 수 있는 행동은 최대한 피하는 게 좋겠지.

"하, 짜증 나."

감시하고 있는 게 분명한 코미야를 향해 하루카가 거침없이 독설을 퍼부었다.

"아니, 그런데 정말일까? D반에 숨겨진 책사가 있다는 얘기."

하루카도 진짜라고 믿은 건 아니었는지, 아직까지도 반신반의했다.

"신경 쓰는 만큼 손해야, 하루카. 류엔은 아무렇지 않게 거짓말하는 애니까. 정말 그런 녀석이 있는지 없는지는 아무도 모를 일이지."

아키토는 그렇게 말하며 이야기를 근본적으로 부정했다.

하지만 케세이는 다른 형태로 생각한 모양이었다.

"류엔도 생각하고는 있을 거야. 그런 녀석이 있다고 생각하니까 우리 뒤를 따라다니는 거겠지. 류엔의 말대로 D반의 책사가 정말 있다면, 그게 누굴까?"

"뭐야, 그런 인물이 있다고 생각하는 거야?"

"안 그럼 지금 하는 행동의 의미를 알 수 없잖아."

아키토는 퍼뜩 납득할 수 없는 모양이었다.

"류엔의 생각에 의미가 있으면 좋겠는데 말이지."

지금까지 몇 번이나 생트집을 잡혀서인지 아키토는 의심하고 있었다.

"키요뽕은 어떻게 생각해?"

미리 예상했던 질문이 역시 날아왔다.

"실제로 찾고 있는 인물이 있는지 없는지와는 별개로 하더라도 미행하는 이유는 그게 맞겠지."

각자의 의견을 전부 들은 하루카가 팔짱을 낀 채 입을 열었다.

"호리키타가 아닌, 지금까지 치른 시험에서 활약한 사람이라는 거지? 유키무라든가? 머리 좋잖아. 실제로 시험에서도 늘 상위권이고."

"난 아무것도 하지 않았어. 무인도에서도 12간지 시험에서도 휘둘리기만 했는데."

한심한 이야기지만, 하고 반성하면서 케세이가 한숨을 푹 쉬었다.

"그럼 코엔지는? 성격은 그래도, 머리 좋고 운동 잘하고."

"그거야말로 아니지. 하루카가 말한 대로 그 성격에? 반을 위해 움직일 녀석으로 보이냐?"

협조성 결여 면에서는 호리키타보다도 훨씬 위, 구름까지 뚫고 올라갈 정도니까 말이지.

"하지만 그건 그러기 위한 페이크라든가?"

"전대미문의 성격이, 만든 캐릭터라고?"

"진짜 모습은 냉정하고 침착한 책사. ⋯⋯이건 아니야?"

모두가 일제히 고개를 가로저었다.

"절대 아니야. 그 녀석은 그게 진짜 모습이야."

안 지 꽤 오래되었으니 코엔지라는 사람은 그 모습이 진짜인 게 틀림없다.

"애초에 성격을 제외하더라도 코엔지가 책사일 가능성은 극히 낮아."

근거가 있는 듯 의미심장하게 케세이가 말했다.

"그 녀석은 무인도 시험 첫날에 기권했어. 그러니까 싸움이 어떻게 돌아가고 있는지 전혀 알 수 없었어. 만약 무인도 시험 때 호리키타 이외에 책사가 있었다고 치면 코엔지는 성립할 수 없어."

"오, 그렇구나. 설득력이 있네, 유키무."

"다만 이 이야기는 완전한 억측에 불과해. 류엔의 말처럼 책사가 정말 있다는 게 전제로 깔려 있으니까. 게다가 그 책사가 모든 시험에 관여했을 때의 이야기야. 가령 실제로 존재한다고 해도 무인도 시험 때는 관여하지 않았을지도 몰라. 전부 억측이지."

"그렇구나. 하긴 그렇겠어."

"하지만 난 왠지 그 책사라는 녀석이 우리 반에 있는 것 같은데."

"왜 그렇게 생각해? 케세이."

계속 의심하는 아키토에게 케세이가 말을 이었다.

"그냥 왠지. 굳이 말하자면 D반이 이 정도로 발전했으니까, 라고 해둘까."

"하지만. 류엔은 어째서 그 책사가 호리키타는 아니라고 주장하는 걸까?"

아무도 알 수 없는 일이어서 순간 대화가 끊겼다.

"어쩌면 히라타인 거 아냐? 무인도 때도 호리키타가 충고를 들었다는 말을 하지 않았었나?"

"사실은 뒤에서 히라타가 지시를 내렸다는 거야?"

"그런 걸 할 녀석으로는 안 보이는데. 절대 아니라고도 말할 순 없나."

최종적으로 주변에서 거론된 유력 후보는 히라타였다.

"그렇지만 히라타는 틀림없이 류엔의 주시를 받고 있을 텐데."

"힘들겠어…… 열 명 넘게 마크 당하면."

보통 그렇게 많은 사람에게 감시당한다면 마음 편히 있을 시간도 없겠지.

아키토가 이시자키에게 시달리듯 히라타에게도 분명 누군가가 붙어 마크하고 있겠지만, 히라타는 간섭하지 않고 그냥 내버려 둘 사람이다.

쓰러트려야만 하는 상대에게도 마음 쓰는 그 모습이 눈에 선하다.

그런 나는 최근 들어 히라타와는 거의 접촉하지 않았다.

류엔 무리가 탐색하고 있는 지금 같은 상황에서는 행동에 제약이 있는 것도 사실이다.

아무 의미 없이 먹잇감을 던져줄 필요는 없다.

"저기, 있지, 키요타카 군."

모두의 이야기를 듣고 있던 아이리가 주뼛주뼛 입을 열었다.

"응?"

"기분 나쁘게 생각하지 말고 들어줬으면 좋겠는데…… 혹시 그 책사라는 거, 실은 키요타카 군을 말하는 거 아니야?"

그 말에 나머지 세 사람도 일제히 나를 쳐다보았다.

"왜 그렇게 생각했는데?"

"그게, 그게 그러니까…… 키요타카는 언제나 냉정하고, 머리도 좋고…… 믿음직, 스러우니까…… 호리키타한테 이런저런 조언을 해주지 않았을까, 하는 생각이 들어서……."

"키요뽕도 시험 성적이 좋았나?"

"좋지도 나쁘지도 않은 걸로 기억하고 있어."

안경을 스윽 올리는 케세이.

순진무구하달까, 반끼리의 뒷사정까지는 모르는 아이리로서는 악의 없는 발언이었으리라.

"미, 미안해. 왠지, 그냥 그런 생각이 들었을 뿐이야…… 자기도 모르게 한 충고 때문에 류엔의 표적이 된다면 너무 가여울 것 같아서……."

"미안하지만 난 항상 호리키타한테 충고를 받는 입장이야."

"뭐, 키요뽕은 좀 미스터리어스한 요소도 있으니까 말이지. 호리키타와 가깝다는 것도 고려하면 상황이 상황인 만큼 의심 받아도 이상하지 않나?"

"그럴…… 지도 모르겠군. 시이나가 직접 말을 건 것도 그렇고."

지금까지 책사 존재 자체에 부정적이었던 아키토가 한 가지 결론에 도달했다.

"하긴 아야노코지를 의심하는 게 앞뒤가 맞긴 해. 사실은 책사가 존재하지 않는데 호리키타의 옆에 있어서, 있을 리 없는 책사가 있다고 착각했을 수도 있지 않아?"

"그렇다면 재난인데, 키요뽕."

"……정말 그렇군."

"착각한 류엔의 철저한 마크라니. 상상하기만 해도 우울해진다. 혹시라도 힘든 일 생기면 주저 말고 우리한테 말해."

아키토가 그렇게 말하며 내 어깨에 손을 얹었다.

"응. 그렇게 할게."

하지만 언제까지고 이대로 계속 미행당하기만 할 리는 없다.

류엔은 반드시 좋은 기회라고 판단한 타이밍에 총공세를 퍼부으리라.

5

다음 날 방과 후. 나는 이상하게 뭉친 어깨를 주무르며 아무도 모르게 한숨을 내쉬었다.

어깨가 뭉친 건 반에서 어떤 인물의 행동이 수상한 데에 원인이 있었다.

그런 내 걱정 따위 알 리도 없이, 예상하지 못한 손님이 다가왔다.

그녀는 치맛자락을 휘날리며 내 바로 앞에서 걸음을 멈추었다.

"저기, 아야노코지. 오늘 시간 돼?"

그렇게 내게 말 건 사람은 같은 반 사토였다.

"혹시 괜찮으면 같이 차라도 한 잔 마시고 돌아가지 않을래?"

오른손 검지로 머리카락을 파스타처럼 빙빙 감으며 말했다.

뭐랄까 대담…… 적극적인 아이라고 말하지 않을 수 없다.

이 사토라는 여학생은 예전에 내게 고백? 비슷한 것을 한 적 있었다.

그러니까 이건 데이트 신청인 거겠지.

옆자리의 주인 호리키타는 딱히 신경 쓰지 않고 돌아갈 채비를 끝마친 후 교실을 나간 반면, 아야노코지 그룹의 다른 멤버들은 왠지 상황을 살피는 듯한 기색이었다.

왜 잘나가는 여학생 사토가 아야노코지랑 얘기하고 있는 거지? 하고 말이다.

특히 하루카는 다른 여자애들이 그러하듯 흥미진진해하고 있지 않을까?

"아……."

오늘은 특별한 예정이 없다. 그룹 모임도 강제 참가의 성격이 없기 때문에 신경 쓰지 않아도 된다. 멤버들의 시선은 마음에 걸리지만 그건 별로 대수롭지 않다.

"안 될까?"

긍정적인 대답이 곧바로 돌아오지 않자 사토가 조금 불안해하며 다시 물었다.

"미안하다, 사토. 오늘은 좀."

잠시 고민했지만 결국 거절하기로 했다.

그 이유는 어깨가 뭉치게 된 원인에 있다.

오늘 아침부터 방과 후에 이르기까지 이따금 내게 보내온 시선이 영 꺼림칙했던 것이다.

사토와 말하고 있는 이 순간에도 시선이 계속 나를 향하고 있다.

수업이 끝난 교실에 계속 남아 있는 차바시라 선생님.

본인은 무덤덤하게 남은 사무를 처리하는 척하고 있지만, 그렇게 연기하는 와중에도 나를 지켜보고 있는 건 명백했다.

어떤 이유가 있어서 나와 얘기하고 싶어 하는 의도가 느껴졌다.

"그, 그래? 그럼 다음에 봐, 아야노코지."

낙담한 사토한테는 미안하지만 오늘은 운이 나빴다.

나는 사토의 배웅을 받으면서 돌아가기 위해 복도로 나갔다.

이걸로 문제는 해결되……기는커녕 위험이 금세 눈앞까지 찾아왔다.

나와 거의 동시에 교실을 빠져나온 차바시라 선생님이 뒤를 쫓아왔던 것이다.

역시 내게 볼일이 있었던 건가.

사토의 제안을 거절한 게 정답이었던 모양이다.

나는 일부러 눈에 띄는 교실 복도를 피해 현관으로 멀리 돌아가는 계단 쪽을 향했다.

"……아야노코지."

인기척이 줄어들자 차바시라 선생님이 거리를 좁히고 내게 말을 걸었다.

"저한테 무슨 하실 말씀이라도?"

"그래. 날 따라와. 할 얘기가 있으니."

"그건 어렵겠는데요. 호리키타랑 약속이 있어서요."

적당히 거짓말로 둘러대고 벗어나려고 했다.

"나도 교사로서 부주의한 행동은 하고 싶지 않지만, 어쩔 수 없는 사정도 있어."

늘 감정을 드러내지 않는 차바시라 선생님이 웬일로 나약한 표정을 지었다.

"좋은 예감이 안 드는데요."

"미안하지만 너한테 판단할 권리는 없어. 아주 중요한 이야기야."

따라가고 싶지 않았지만 교사의 지시이니 따라야 하지 않겠는가.

다소의 저항도 허무하게, 나는 차바시라 선생님의 뒤를 따르기로 했다.

학생들이 있는 공간을 벗어나 찾아온 장소.

"응접실? 굳이 이런 데서 할 이야기인가요? 진로상담을 하기엔 아직 이른데요?"

"곧 알게 될 거야."

농담을 섞어 보았지만, 고작 학생의 질문에는 대답해주지 않을 모양이다.

그나저나 마음에 걸리는 건 문 너머보다 일단 차바시라 선생님 쪽이다.

차분함은 온데간데없고 어딘지 초조해 보인다고 할까.

문 너머에 있는 상대가 내가 상상한 그 인물이 맞는다고 해도, 이렇게까지 노골적으로 태도가 이상해지다니 좀 마음에 걸린다. 평소에도 냉정하지 않은 교사라면 모를까, 차바시라 선생님은 그 카테고리에 들어가지 않는데 말이다.

내 의문을 알아차리지도 못하고 차바시라 선생님은 응접실 문을 노크했다.

"교장 선생님. 아야노코지 키요타카를 데려왔습니다."

교장 선생님, 인가. 나 같은 학생은 입학해서 졸업할 때까지 전혀 만날 일이 없을 것 같은데.

"들어오세요."

부드러우면서도 나이에 어울리게 관록이 묻어난 목소리가 들려오자, 차바시라 선생님이 응접실 문을 열었다.

60세 전후로 보이는 남자가 소파에 앉아 있었다. 입학식과 종업식 때 몇 번인가 본 기억이 있는, 틀림없는 우리 학교 교장 선생님이었다. 하지만 그 표정에 여유가 없고 이마에 땀이 흐르고 있었다. 그리고 맞은편 자리에 앉은 또 한 사람. 나는 확신했다.

나를 여기에 왜 불렀는지 말이다.

"그럼 나머지는 두 분이서 말씀 나누시는 걸로…… 그래도 괜찮겠습니까?"

"물론입니다."

"저는 자리를 피해드릴 테니 천천히 이야기 나누시지요. 그럼 실례합니다."

교장 선생님의 맞은편에 앉은 남자는 사십 대. 띠동갑이 두 번은 돌 만큼 명백하게 나이가 어린데도 불구하고 교장 선생님은 철두철미하게 몸을 낮추어 대했고, 도망치기라도 하듯 자신들의 영역을 뒤로했다.

"그럼 저도 이만 실례하겠습니다……."

차바시라 선생님도 남자에게 가볍게 인사한 후 교장선생님과 함께 응접실을 나갔다.

마지막 순간 나를 쳐다본 시선이 떨리는 것을 나는 놓치지 않았다.

문을 닫자 난방기가 돌아가는 소리만이 조용히 귓가에 울렸다.

내가 한마디도 하지 않고 가만히 있자 남자가 조용히 말을 토했다.

"일단 앉지그래? 제 발로 나를 떠나는 짓을 했군."

1년, 아니…… 1년 반 만에 듣는 남자의 목소리.

그 말투도 톤도 예전과 달라진 것이라고는 하나도 없다.

나도 뭔가가 달라지길 바란 건 아니었지만.

"앉을 만큼 길게 얘기할 생각은 없는데. 친구랑 약속이 있어."

"친구라고? 웃기지 좀 마라. 너한테 그런 존재가 있을 리 없잖아."

내 생활을 지켜본 것도 아니면서 단정 지어 말한다.

자신이 절대 정의라고 확신하고 있는 이 남자답다.

"여기서 나랑 당신이 대화하든 안 하든 앞으로 아무런 영향도 줄 수 없어."

"그럼 내가 원하는 대답이 돌아올 거라고 생각해도 되나? 그럼 대화할 필요는 없어. 나도 바쁜데 짬을 내서 왔으니까."

남자는 나를 쳐다보지도 않고, 그렇게 결론을 유도하려고 했다.

"당신이 원하는 답이 뭔지 모르겠는데."

"자퇴서는 이미 준비되어 있어. 교장과도 얘기 끝났고. 남은 건 네가 예스라고 말하는 것뿐이야."

내가 모르는 척 딴청을 피우자 남자는 곧바로 본론을 꺼냈다.

"자퇴할 이유 따위 어디에도 없는데."

"넌 그럴지도 모르지. 하지만 내 입장에서는 그렇지 않아."

이때 남자는 처음으로 나를 쳐다보았다.

그 날카로운 눈빛은 쇠약해지기는커녕 해를 거듭할수록 점점 더 매서워졌다.

잘 갈린 칼 같은 눈동자에, 마음 속 깊은 곳까지 꿰뚫리는 듯한 느낌을 받는 사람이 적지 않으리라. 그 눈빛을 나는 정면으로 받았다.

"자식의 희망을, 다른 사람도 아니고 부모의 일방적인 사정 때문에 꺾으려는 거야?"

"부모라고? 네가 단 한 번이라도 나를 부모라고 인식한 적은 있나?"

"하긴 없긴 해."

근본적인 문제로, 이 남자도 나를 아들로 여긴 적이 있는지 의심스럽다.

분명 서류상으로만 부자지간, 이라는 기억밖에 없다.

피가 이어졌는지 어떤지는 아무래도 상관없다.

"대전제로, 넌 네 멋대로 일을 저질렀어. 분명히 내가 대기하라고 명령했을 텐데."

이제는 앉으라고 재촉하지도 않고 이야기를 꺼냈다. 그리고 계속해서 말을 이었다.

"그 명령을 어기고 이 학교에 입학했지. 즉시 그만두라고 명령하는 건 당연하다."

"당신 명령이 절대적이었던 건 화이트룸 안에서의 이야기지. 그곳에서 나온 지금, 명령을 들을 필요는 없어."

간단하고 논리적인 설명. 하지만 남자는 당연히 받아들이

지 않았다.

"잠시 못 본 사이에 말이 많아졌군. 역시 이 시시한 학교의 영향 탓인가."

남자는 손으로 턱을 괜 채, 오물이라도 보는 듯한 눈으로 나를 쳐다보았다.

"그것보다도 아까 한 질문에 대답해야지?"

"명령을 들을 필요가 없다, 는 쓸데없는 질문을 말하는 건가? 넌 내 소유물이야. 소유자가 모든 권리를 가졌다는 건 굳이 말할 것도 없어. 살리든 죽이든 그건 내가 결정한다."

이 법치국가에서 진심으로 그렇게 말하고 있으니 정말 패악스러운 남자다.

"얼마나 달라붙을 작정인지는 모르겠지만, 난 학교를 그만둘 생각이 없어."

그만둬라 그만두지 않겠다, 하고 아무리 입씨름해봐야 계속 평행선을 달릴 거라는 사실은 잘 알고 있다.

쓸데없는 이야기를 싫어하는 남자가 그걸 모를 리도 없다.

그럼 어떻게 할까. 당연히 다음 수를 쓰겠지.

"이 학교의 존재를 너에게 가르쳐주고 입학할 수 있게 지혜를 빌려준 마츠오가 지금 어떻게 되었는지 궁금하지 않나?"

"별로."

귀에 익은 이름이다. 곧 얼굴도 생각해냈다.

"녀석은 1년간 네 관리를 맡은 집사였는데, 최종 고용주인 나를 거역했어."

한 번에 내용을 다 말하지 않고 일부러 뜸을 들였다.

그렇게 해서 상대에게 내용을 깊이 각인시킴과 동시에, 무척 중요한 대화가 시작될 것이라는 의식을 심었다.

묵직한 어조. 묵직한 시선을 섞음으로써 이야기를 듣는 쪽이 무슨 일이 생겼나 하고 자기도 모르게 부정적인 방향으로 생각하게 된다. 무슨 지독한 짓을 당한 걸까, 하고 말이다.

"내 관리하에서 달아날 방법으로 이 학교의 존재를 너에게 가르쳐주고, 친부모의 의향을 일절 무시한 채 입학 수속을 멋대로 밟았지. 정말 어리석은 짓이었어."

학교 측에서 대접한 따뜻한 차를 한 모금 마셨다.

"언어도단, 용납할 수 없는 행위야. 당연히 대가를 치러야지."

협박, 이 아니라 있는 그대로 일어난 사실에 대해 감정을 섞지 않고 말하고 있었다.

"이미 상상했을 테지만 녀석은 내 손에 징계 해고되었다."

"고용주를 거슬렀다면 타당한 판단이네."

내 집사였던 마츠오라는 남자는 나이가 육십 가까이 되는 사람이었다.

나를 무척 잘 돌보았고 친근하게 대해주었다. 어떤 아이든 잘 따를 남자였다.

마츠오는 젊었을 때 결혼했지만 자식이 좀처럼 생기지 않았고, 마흔을 넘기고 나서야 첫 자식을 얻었다. 하지만 그

대가로 불행하게도 아내를 잃었다. 남자 혼자 힘으로 키운 아들은 나와 동갑이었는데, 누구보다도 자랑스러운 아들이라고 입버릇처럼 말했던 것을 기억한다.

그 아들을 직접 만나본 적은 없지만, 훌륭하게 자라서 아버지께 은혜를 갚을 거라며 매일 열심히 공부하고 있다고 마츠오가 말했었다. 그때 그가 지은 미소는 지금도 생생하다.

"너도 알고 있겠지. 마츠오가 자랑하는 아들의 존재를."

나도 모르게 회상에 잠겨 있는데 다 꿰뚫어 본 듯 그 부분을 콕 집어 말했다.

"네가 이 학교에 입학이 정해진 것처럼 마츠오의 아들도 힘든 시험을 통과하고 보란 듯이 유명 사립 고등학교에 입학했지. 혼자서 열심히 노력한 결과다."

그리고 잠시 말을 쉬었다가 이렇게 덧붙였다.

"하지만 지금은 그만뒀어."

그 말이 의미하는 바는 단순하다.

직접적인 표현은 피했지만, 벌로 아들의 입학을 취소시킨 것이다.

이 남자에게는 그럴 만한 힘이 있다.

"그래서? 당신 같은 남자가 고작 그걸로 끝낸 거야? 꽤 친절하네."

"마츠오의 아들은 심지가 굳은 아이였어. 그토록 들어가고 싶었던 인문계 고등학교를 그만둔 후에도 비뚤어지지 않았지. 곧 다른 학교에 입학해서 재기를 노렸어. 그래서 나도 다시 손을 썼지. 아들이 가려고 하는 학교를 철저하게 망가뜨려서 진학을 포기하게 만들었어. 마츠오 역시 마찬가지야. 녀석에 대한 악평을 퍼뜨려서 재고용을 철저하게 막았어. 결과적으로 아들은 갈 곳을 잃고 백수가 되었지."

내가 멋대로 행동한 바람에 마츠오와 그 아들이 길거리에 나앉게 되었다는 이야기다.

지어낸 이야기가 아니라 전부 사실이겠지.

하지만 그런 시시한 내용을 알려주려는 의도가 전부라면 실로 맥 빠질 것이다.

"여기까지는 너도 그리 놀라진 않았을 거야. 고용주를 거역했으니 어느 정도의 대가를 치르는 건 필연적이니까. 하지만 마츠오는 상상 이상으로 고민이 깊었던 모양이야. 원래 책임감이 강하고 다정한 남자잖아. 젊었을 때 아내와 사별하고 혼자 힘으로 아들을 키워낸 그는 자신의 경솔한 행동이 아들의 앞날까지 빼앗았다며 몹시 자책했겠지. 아들을 구하기 위해 한 가지 결론에 도달했어. 대가를 치를 테니 앞으로 더는 아들에게 손대지 말라며 내게 애원했고 결국 지난달에 분신자살했어."

그것이 장황하게 이야기한 남자가 결국 하고 싶은 말이었으리라.

내가 멋대로 저지른 행동이 타인의 목숨을 빼앗는 비극으로 이어졌다는.

"지금 그 아들은 미래가 보장되지 않는 아르바이트를 하며 하루 벌어 하루 겨우 먹고 살 수 있을 만큼의 돈을 벌고 있어. 꿈도 희망도 없이."

"당신 때문에 한 가족이 비참한 일을 당했어. 아들이 분명 원망하고 있을 거야."

"죽는다고 용서될 문제도 아닌데."

그래서? 하고 내가 다음 말을 기다리자, 남자가 살짝 입꼬리를 올렸다.

"너를 돌봐주고 구해준 남자가 죽었다는데, 아무런 관심도 없다는 듯이 구는군. 자신의 거취까지 걸고 도왔는데 지금의 네 그 태도를 보면 마츠오도 후회막심이겠다."

지금 농담하는 건가?

마츠오와 그 아들이 길거리에 나앉은 것도, 죽음을 선택한 것도 전부 이 남자에게 원인이 있다.

게다가 죽은 사람은 애당초 후회고 뭐고 할 수 없다.

하지만 남자의 노림수는 내가 죄책감을 느끼게 하는 것이 아니었다.

그리고 동정심을 끌어내려는 목적도 아니었다.

그저 알리고 싶었으리라.

자신을 화나게 하면 용서란 없다고. 그 사실을 알리고 싶은 것에 불과했으리라.

"일단 대전제로, 당신의 이야기가 진짜라는 증거가 없어."

"이미 마츠오의 사망신고는 수리되었어. 원한다면 주민표(한국의 주민등록등본에 해당)를 떼다 주지."

언제든지 말만 해, 하고 강하게 나온다.

"만약 정말로 죽은 게 사실이라면 난 더욱 학교를 떠날 수 없어. 당신한테 벌 받을 줄 알면서도 나를 이곳에 입학시킨 마츠오의 유지를 받들어서."

실없는 내용에는 실없이 대답한다.

"많이 변했군, 키요타카."

남자가 그렇게 말하고 싶어지는 기분도 모르는 바는 아니다.

이 남자의 지시…… 정확하게는 화이트룸의 지시에는 늘 따라왔다.

그렇게 하는 것이 내게는 세상의 전부였으니까.

하지만 남자의 유일한 실패는 1년간의 공백이 생기고 말았다는 것이리라.

"1년이라는 공백 기간 동안 무슨 일이 있었던 거냐. 너의 무엇이 이 학교에 들어가기로 결심하게 만든 거냐."

그걸 남자도 알아차렸기 때문에 더 추궁하는 것이다.

"당신은 물론 최고의 교육을 제공했을지도 몰라. 그게 세상에 공개할 수 없는 방식이었어도 난 화이트룸 그 자체를 부정하지는 않아. 그래서 남들에게 내 과거 이야기를 할 생각도 없고, 함정에 빠트리는 짓도 안 해. 다만 당신은 이상을 너무 지나치게 추구했어. 그 결과가 지금 내 모습이고."

나는 고등학교 1학년. 나이로 말하면 열여섯 살. 하지만 지식적인 면에서 내 학습량은 남들이 평생 걸려 습득할 양을 훨씬 초월했다. 그렇기에 깨닫고 만 것, 알게 된 것이 있다. 인간의 탐구심은 무한히 끓어오르는 법이라는 걸 말이다.

"당신은 우리한테 많은 것들을 가르쳤어. 순수한 학문과 학술은 말할 것도 없고, 무술과 호신술, 처세술 등 일일이 열거하기도 힘들지. 그렇기 때문에 난 당신이 시시하다며 잘라버린 『속세』라는 걸 배우고 싶어졌어."

"그래서 도출한 결론이 집을 뛰쳐나가는 것으로 이어졌다고?"

"화이트룸 안에 계속 있었으면 이 학교에서 배우는 것과 똑같이 배울 수 있었을까? 자유란 무엇인가, 속박당하지 않는 것의 의미란 무엇인가. 그곳에서 그걸 배우기란 절대 불가능해."

이 부분만은 그도 부정할 수 없으리라.

화이트룸은 세상에서 가장 효율적으로 인간을 육성하는 시설 중 하나일지는 몰라도, 세상의 모든 것을 배울 수 있는 곳은 아니다. 불필요하다 싶으면 극한까지 잘라 내버리는 시설이다.

"마츠오가 나한테 그랬어. 이 학교는 일본에서 유일하게 당신의 손으로부터 도망칠 수 있는 곳이라고."

만약 이 학교에 들어오지 않고 지시대로 순순히 대기했거나 다른 선택지를 골랐다면 나는 다시 화이트룸으로 돌아갈 수밖에 없었겠지. 나는 강력하게 자퇴를 거부했다.

"이해하기 힘들지만, 상황을 받아들이지 않을 수 없군. 역시 계획이 끝나기 전에 시설을 일시 중단시킨 건 실패였어. 불과 1년 만에 16년 넘게 진행한 계획이 좌절될 줄이야. 게다가 분하게도 이 학교를 선택해 내 손아귀에서 달아날 줄이야."

그 역시 화이트룸의 일시중단이 뼈아픈 일이었다는 걸 알고 있다.

그러니까 이렇게까지 해서 강력하게 나를 끌고 돌아가려는 것이다. 하지만 반년 넘게 지난 지금에야 접촉해온 데에는 뭔가 뒷사정이 있는 듯하다. 이 학교의 배후에 거물이 버티고 서 있기라도 한 건가?

"네가 여기 온 이유는 잘 알았다. 하지만 그걸로 해결됐다고 생각한다면 큰 오산이야. 마츠오의 아들한테 그랬듯, 모든 수단을 총동원해서 네가 이 학교를 그만두게 만들 수도 있어."

"정부의 영향력이 미치는 이 학교에 지금의 당신이 개입 가능할 거라는 생각은 안 드는데."

"어째서 그렇게 단언할 수 있지? 근거 없는 발언이군."

"우선 첫째로 당신이 늘 데리고 다니는 보디가드들이 보이지 않아. 여기저기서 원한을 샀으니 그들을 떼어놓지 않을 게 분명한데 말이지. 하지만 이 방에도 복도에도 보이는 범위에는 녀석들이 없었어."

남자는 다시 찻잔을 들고, 이미 식어버린 차를 마저 마셨다.

"고작 고등학교에 오는 건데 보디가드 따위는 필요 없지."

"화장실에도 호위를 대동하는 남자가 그렇게 방심할 리가 없잖아. 데려오고 싶어도 못 데려왔다고 보는 게 좋아. 이 학교의 권력자가 허락하지 않은 거야."

그리고 그 말에 따르지 않으면 이곳에 들어오지 못했을 것이다.

"근거로는 부족하군."

"둘째, 만약 힘으로 나를 그만두게 할 수 있었다면 가타부타 말하지 않고 곧바로 실행에 옮겼겠지. 하지만 그렇게 하지 않고 굳이 대화로 나를 자퇴시키려고 하고 있잖아. 이상하지 않아?"

마츠오의 아들은 직접 만나지 않고 엄벌을 내렸을 터다.

"그리고 또 한 가지. 적잖이 적지임을 예상할 수 있는 이 학교에서, 당신이 강제로 움직였다는 사실이 세상에 알려지면 당신의 야망…… 컴백도 영구적으로 사라지게 되는 것 아니야?"

"……그것도 마츠오가 알려준 건가? 죽어서까지 내 발목을 잡다니."

"마츠오의 말투로 봐서는 그게 전부가 아닌 것 같던데."

물론 마츠오로부터 더 자세한 내용을 듣지는 못했지만 내 마음껏 추측해보는 것이야 얼마든지 가능하다.

어설프게 해서는 이 남자를 멈추게 할 수 없다는 걸 마츠오도 잘 알았을 것이다.

"시설 중단의 영향도 그렇지만, 네 문제를 하나 더 발견했어. 아무리 완벽하게 가르치려고 했어도 인간에게는 반항기라고 부를 만한 게 일어날 수 있는 법이었어."

고작 15년이 채 안 되는 교육으로는 태고 때부터 각인된 DNA를 이길 수 없다.

"너 같은 개체가 어째서 딴 길로 새는 짓을 하는 거야. 불필요한 것을 배우는 데 의미 따위 없다는 건 처음부터 알고 있을 텐데."

"질리지 않는 탐구심. 그리고 내 길은 내가 직접 정한다. 그렇게 생각했을 뿐이야."

"시시하군. 내가 준비한 길 이상의 것이란 이 세상에 존재하지 않아. 넌 언젠가 이 몸을 뛰어넘어 일본을 움직이는 존재가 되어야 해. 어째서 그걸 몰라."

"그건 당신 혼자만의 생각이고."

"역시 말이 안 통하는군."

"응. 나도 같은 의견이야."

계속 가봐야 평행선이다. 받아들일 수 있는 타협점 따위는 존재하지 않는다.

"이미 화이트룸은 재가동되었어. 이번에는 절대 방해할 수 없는 완벽한 계획이야. 늦어진 걸 만회할 수 있게 준비도 해놨지."

"그럼 이미 당신의 의사를 받들 사람이 많이 있다는 얘기잖아. 왜 나한테 이렇게까지 집착하는 거야."

"물론 계획은 순조롭게 재개되고 있어. 하지만 너만 한 인재는 아직 보지 못했거든."

"거짓말이라도 부모 자식 사이니까, 라는 말은 안 나오는 모양이군."

"그런 시시한 거짓말을 한다고 해서 네 마음을 움직일 수 있는 것도 아니잖아."

그야 그렇다.

"마지막으로 말한다, 키요타카. 잘 생각한 다음에 대답하는 게 좋을 거야. 네 의지로 이 학교를 나가는 것과 부모 손에 억지로 끌려 나가는 것. 어느 쪽을 희망하지?"

아무래도 이 남자는 정말로 나를 다시 자기 손아귀에 넣고 싶어 견딜 수 없는 모양이다.

무슨 수를 쓸 속셈인지는 몰라도 도저히 들어줄 마음은 들지 않는군.

"……돌아올 생각이 없나."

침묵으로 일관하자 남자가 재빨리 결론을 냈다.

"당신에게 위안이 될지는 모르겠지만 난 배우는 걸 내팽개치진 않았어. 방침은 달라도, 이 학교 역시 인재 육성을 하고 있다는 점에서는 다르지는 않아. 그걸 기대하는 거지."

"바보 같군. 이 학교가 어떤 곳인지 넌 전혀 몰라. 여기는 오합지졸들의 소굴에 지나지 않아. 네 반에도 있겠지, 구제할 방법이라고는 없는 밑바닥들이."

"밑바닥? 꼭 그렇지도 않아. 인간이 평등한가 아닌가를 묻는 하나의 답을 찾을 수 있을지도 모르는 곳이야. 아주 흥미로운 방침이라고 생각해."

"무능한 인간도 천재와 어깨를 나란히 할 수 있다, 라는 말인가?"

"그렇게 됐으면 좋겠어."

"내 방침을 끝까지 거스르고 싶은가 보군."

"이제 대화를 끝내도 되겠지. 이 이야기는 아무리 시간이 지나도 평행선을 달릴 뿐이라는 걸 알았을 텐데."

슬슬 마무리 짓고 싶다고 의사를 밝힌 바로 그 순간, 응접실 문을 노크하는 소리가 났다.

"실례하겠습니다."

그런 목소리가 들리더니, 천천히 문을 열고 40대로 보이는 남자가 등장했다.

예상치 못한 방문객을 보자, 남자의 표정이 살짝 험악해졌다.

"오랜만입니다. 아야노코지 선생님."

그렇게 말한 남자가 깊이 머리를 숙였다. 그 모습이 마치 부하와 상사 같았다.

"……사카야나기. 아주 반가운 얼굴이군. 7, 8년만인가."

"아버지께 이사장 자리를 물려받은 지도 벌써 그렇게 되었습니까. 세월 참 빠르군요."

사카야나기? 눈앞에 있는 이사장이라는 남자의 성에 위화감을 느꼈다.

A반에 있는 사카야나기 아리스와 연결되고 마는 것도 무

103

리가 아니겠지.

"네가 아야노코지 선생님의…… 이름이 키요타카라고 했던가. 반갑다."

서 있는 내게 말을 걸고는, 나를 향해 살짝 고개를 끄덕이는 이사장.

"안녕하세요. 저는 할 말 다 끝났으니 이만 돌아가 보겠습니다."

"아아, 조금만 더 있어 줄 수 있을까? 아야노코지 선생님과 네가 함께 있는 자리에서 하고 싶은 얘기가 있어서 말이지."

제삼자에, 그것도 이 학교 이사장이 그렇게 말하니 거절 따위는 불가능하다.

"자, 앉아."

그렇게 말하며 나를 소파에 도로 앉혔다. 내 옆에는 이사장이 앉았다.

"교장 선생님께 말씀은 전해 들었습니다. 이 아이를 자퇴시키고 싶으시다고요."

만약 이사장이 권력에 굴하는 존재라면 나는 궁지에 내몰리게 될지도 모른다.

"그래. 부모가 그걸 희망하는 이상 학교 측은 즉시 이행할 필요가 있어."

남자의 말에 사카야나기 이사장이 뭐라고 답할까.

나의 그런 걱정은 아랑곳하지 않고, 남자의 눈을 똑바로 바라보며 사카야나기 이사장이 딱 잘라 말했다.

"그건 아니죠. 물론 학생의 부모님께는 강한 발언력이 있습니다. 부모님이 자퇴를 간절히 바라실 경우, 자제 분의 의견을 존중하지 않을 수도 있겠죠. 하지만 그건 다양한 이유를 고려했을 때의 이야기입니다. 이를테면 극단적으로 심한 왕따를 당했다거나 하는 사실이 있으면 이야기도 달라지겠죠. 그런 사실이 있나? 키요타카 군."

"전혀 없습니다."

"우습군. 내가 문제 삼고 있는 건 다른 부분이야. 부모의 허락 없이 입학한 고등학교를 그만두게 하겠다는 것뿐이야."

"고등학교는 의무교육이 아닙니다. 아드님이 어느 학교에 진학하든 자유죠. 물론 진학에 따르는 교육비 등을 부모가 내는 입장이라면 그것도 통하지 않겠지만요. 적어도 이 학교는 정부에서 전액 지원하고 있는 만큼 돈과 관련한 불안 요소는 없습니다. 어디까지나 학생의 자주성을 최우선으로 합니다."

당연한 것처럼 들려도 고마운 이야기였다.

그와 동시에 한 가지 사실을 알게 되었다. 마츠오가 말했던 '이 학교라면 화이트룸에서 도망칠 수 있어'라는 발언은 이 남자의 존재와 관련 있다는 것을. 아버지를 전혀 두려워하지 않고 자기 생각을 말하고 있다. 심지어 효력을 발휘하고 있다.

권력 앞에 굴한 교장과는 전혀 다른 듬직함이 있었다.

"많이 변했군, 너도. 예전에 나와 뜻을 같이했을 때의 넌 어디로 간 거야."

"지금도 저는 여전히 아야노코지 선생님을 존경합니다. 다만 저는 이 학교를 세우신 아버지의 뜻에 동감하기에 물려받았던 겁니다. 그건 아야노코지 선생님이 누구보다도 잘 아시지 않나요? 아버지 때부터 방침은 하나도 달라진 게 없습니다."

"네 방식을 부정할 생각은 없어. 아버지의 유지를 받드는 것도 좋고. 하지만 그렇다면 어째서 키요타카를 이 학교에 입학시킨 거지?"

남자는 의문이 있는지 사카야나기 이사장을 추궁하기 시작했다.

"어째서냐고요? 그야 면접과 시험을 치른 결과, 합격이라고 판단했기 때문입니다."

"어물쩍 넘어갈 생각 마. 이 학교가 일반 학교와 다르다는 건 익히 들었어. 원래 키요타카는 합격 대상이 될 수 없었을 텐데. 면접과 시험은 형식적일 뿐이라는 거 나도 잘 안다고."

그 말에 지금까지 산뜻한 미소를 짓고 있던 사카야나기 이사장의 표정이 확 바뀌었다.

"……일선에서 물러났다고는 하나 역시 아야노코지 선생님. 잘 알고 계시는군요."

"비밀리에 이 학교로 추천이 들어가는 조건일 터. 그리고 그 시점에서 합격이 확실하게 결정되고. 반대로 말하면 추천받지 못한 학생은 그가 누구든 상관없이 전부 불합격이 되어야 하지. 내 말이 틀리나?"

원래라면 학생인 내가 절대 들을 수 없는 이야기를 나누고 있는 것만은 분명해 보였다.

"키요타카는 선정 범위에 들어갔을 리 없어. 다시 말해서 불합격이 되었어야 한다고."

"네. 그러합니다. 원래 그는 입학 예정 리스트에 없었습니다. 원래 리스트에 없는 학생의 예기치 않은 원서가 들어왔을 경우에는 전원 불합격 처리합니다. 그것을 둘러대기 위해 면접과 시험을 실시하고요. 하지만 키요타카만큼은 제 독단으로 입학을 허가했습니다. 그를 데리고 돌아가려고 오신 것 같은데, 지금은 저희가 맡고 있는 소중한 학생입니다. 전 이 학교 학생을 지켜야 할 의무가 있어요. 아무리 선생님의 부탁이라고 해도 들어 드릴 수 없습니다. 어디까지나 그가 스스로 그만둔다고 말하지 않는 이상은."

웃기지도 않는군, 하고 말을 토해낸 남자는 사카야나기 이사장에게서 내게로 시선을 옮겼다.

하지만 사카야나기 이사장은 계속해서 말을 이었다.

"물론 부모님의 의견도 무시할 수는 없습니다. 자퇴를 원하신다면 키요타카 군과 학교 측이 모두 참석한 자리에서 삼자면담을 실시하여 납득이 갈 때까지 논의해 보도록 하죠."

사실상의 자퇴 완전 부정.

더 이상 이 자리에서 남자가 손 쓸 방법이 없다고 봐도 좋으리라.

"하긴 네 구역에서 내가 억지로 밀어붙일 순 없겠지. 하지만 그렇게 나온다면 나 역시 생각을 바꾸면 돼."

"무슨 생각이신지? 너무 거친 방법을 쓰시면——."

"나도 알아. 어떠한 압력을 넣을 생각은 손톱만큼도 없어."

그런 부분으로 능력이 특화된 이 남자가 압력을 넣지 않는다는 건, 그것이 불가능하다는 표명이기도 했다.

"학교의 규칙에 따라 키요타카가 자퇴한다면 아무 문제 없겠지."

"네, 그건 약속드리겠습니다. 선생님의 아드님이라고 해서 특별 대우하는 일은 없을 겁니다."

"이제 할 얘기는 다 끝났군. 그럼 이만."

남자가 소파에서 일어났다.

"다음에는 또 언제 뵐 수 있을까요?"

"적어도 두 번 다시 여기서 만날 일은 없겠지."

"배웅해드리겠습니다."

"필요 없어."

배웅을 거부하는 남자에게 내가 말을 걸었다.

"부모라면서 자식이 다니는 학교에 몇 번 와 봐야지 하는 생각은 안 들어?"

"이런 곳은 한 번으로 충분해."

그 말을 남긴 남자가 응접실에서 나갔다.

"후. 선생님이 계시면 여전히 살얼음판을 걷는 기분이군.

너도 꽤나 고생하는구나."

"아뇨, 별로."

여전하다는 감상밖에 나오지 않는다.

둘만 남게 되자 조금 차분해진 사카야나기 이사장이 나를 따뜻한 눈빛으로 쳐다보았다.

"난 말이야, 옛날부터 너를 알고 있었어. 너와 직접 말한 적은 없지만 언제나 유리창 너머로 관찰했지. 선생님이 너를 자주 칭찬하셨단다."

"그러셨나요. 이제야 숨겨진 이면이 무엇이었는지 알게 됐네요."

"이면? …… 그게 무슨 의미지?"

"아무것도 아니에요. 그것보다도 사카야나기 이사장님. 혹시 A반에 있는——."

"아리스를 말하는 건가? 내 딸이야."

"역시 그랬나요."

"아, 그렇다고 딸이어서 A반에 넣은 건 아니야. 심사는 공평하게 이뤄졌어."

"그 부분은 의심하지 않습니다. 그냥 물어본 것뿐이에요."

이렇게 해서 그 녀석이 나를 아는 이유도 비밀이 조금은 풀린 듯한 느낌이 든다.

이 남자의 딸이라면 이상한 일도 아니다.

"대답하실 수 있는 범위에서만이라도 좋은데요, 아까 그 남자—— 그러니까 저희 아버지가 말한 것 중에 마음에 걸리는 부분이 있어요."

"혹시 네가 입학하게 된 경위 말이냐?"

"네."

"그래. 아야노코지 선생님의 말씀이 맞아. 이 학교는 전 국의 중학생을 대상으로 사전 조사를 해서『당교에 소속되 기에 적합하다』라고 판단한 학생만 입학을 허락하지. 매년 각 중학교 관리자와 연계해서 대응하고 있어. 그 결과 모인 것이 지금의 학생들이야. 면접과 입학시험은 형식상의 허울 에 지나지 않아. 면접 때 아무리 장난을 쳐도, 시험에서 0점 을 받아도 학생의 입학은 이미 확정되어 있어. 당연히 전국 에서 입학을 희망하는 학생이 원서를 내는데, 전부 떨어트 리기 위한 겉보기 식 시험인 거야."

거기서 100점을 받아도, 면접을 완벽하게 봤어도 떨어진 다는 건가.

떨어진 학생 측에서 진실을 확인할 방법은 없으니까 말이다.

이렇게 해서 이해가 되었다. 스도나 이케같이 학력이 낮 은 학생도, 카루이자와 히라타같이 과거에 문제가 있는 학생들도 입학할 수 있었던 것까지 말이다.

일반상식과 학력에 대한 평가는 이 학교에 있어서 나중 문제인 셈이다.

"네 경우도 내가 입학시키기로 결정한 시점에서 네가 무 슨 짓을 하든 합격은 확정되어 있었어. 모든 필기시험에서 50점을 받은 것 역시 합격과 불합격에는 아무런 영향도 주지 않았지."

정말 특이한 학교다.

아마도 지금까지 그런 학교는 일본에 단 한 곳도 존재하지 않았으리라.

"너와 아야노코지 선생님은 이상하게 생각하겠지. 정부의 주도로 운영되는 이 학교가 어째서 종합 능력에 따라 판단하지 않는가 하고 말이야. 하지만 조만간 분명 알게 될 거야. 우리가 목표로 하는 육성 방침이 무엇이고, 어떤 효과를 창출해내는지."

사카야나기 이사장에게서 자신감이 흘러 넘쳤다.

"……나도 모르게 너무 많은 걸 말해버렸군. 하지만 더 이상은 알려줄 수 없어. 넌 이 학교에 입학한 학생이고, 난 학생을 감독하는 입장이니까."

그런데도 이야기를 들려준 건 내가 그 남자가 노리고 있다는 특수한 입장에 처해 있기 때문이리라.

"난 학교 책임자로서 규칙 안에서 학생들을 지킨다. 내 말의 의미를 알겠지?"

규칙 밖에서는 도와줄 수 없다는 뜻이다.

"물론입니다. 앞으로 그가 무슨 짓을 하려는지는 대충 알고 있으니까요."

이 학교에서 나를 쫓아내기 위해 취할 수 있는 선택지는 몹시 제한적이다.

"그럼 전 이만 가보겠습니다."

"그래. 힘내라."

그런 응원을 받으며 나는 응접실을 뒤로했다.

응접실에서 나오자, 조금 떨어진 곳에서 차바시라 선생님이 대화가 끝나기만을 기다리고 있었다. 가볍게 인사한 후 앞을 지나치려고 했지만, 그녀는 나와 보폭을 맞추어 함께 걷기 시작했다.

"아버지와의 만남은 어땠나."

"섣불리 알아내려고 해봐야 소용없어요. 이제 전부 이해했습니다."

"······이해했다고?"

"차바시라 선생님. 선생님이 저한테 한 얘기가 대부분 거짓이었다는 걸요."

"무슨 소리야."

"동요를 감추고 싶겠지만 태도에 다 드러나거든요."

흔들리는 시선과 말을 고르는 투가 미세하지만 평소와 다르다.

겉으로는 극한까지 감정을 억누르고 있지만, 그래도 동요를 완전히 감출 수는 없었다.

"그 남자는 애당초 차바시라 선생님에게 접촉 따위 해온 적 없어요. 당연히 자퇴하게 만들라고 압박해오지도 않았고요."

"아니야, 네 아버지는 내게 협력을 구했어. 실제로도 내가 너한테 말한 것처럼 자퇴를 강요했을 텐데."

물론 아버지는 내게 학교를 그만두라고 말했다. 하지만 이 학교에 발을 들인 것이 처음이라는 사실이나 태도를 보면 알 수 있다. 확증이 없어서 반론할 수는 없었지만, 일개 교사에게 접촉해온다는 것 자체가 이상한 이야기이다.

"더 이상 서로 속이는 짓은 그만하죠. 사카야나기 이사장님이 전부 말씀해주셨어요. 제 입학이 결정된 단계에서 선생님에게 말했다는 것을요."

"……말했구나, 이사장이."

나는 희미하게 웃었다.

그 순간 차바시라 선생님은 자신이 실수했다는 사실을 알아차렸다.

"아야노코지, 날 떠본 거냐……?"

"네. 이사장님은 차바시라 선생님에 관해 한마디도 하지 않으셨어요. 하지만 관련되었다는 건 명백했거든요."

전 교과목 50점을 받았다는 사실을 알고 있는 사카야나기 이사장을 보고 확신했다.

"지금부터 제가 한 추리를 들려 드리죠. 우선 제가 이 학교에 입학하길 희망하자 옛날부터 저에 대해 잘 알고 있던 사카야나기 이사장님이 독자적으로 움직였고, 입학 결정과 동시에 D반에 배치했죠. 다른 반이 아닌 D반에 넣은 이유는 차바시라 선생님이 겉으로는 반끼리의 경쟁에 강한 관심을 드러내지 않는 교사였기 때문이에요. 지금껏 봐온 각 반의 담임은 자기 반을 한 단계라도 더 위로 올리려는 의욕을 불태웠으니까요."

자칫 잘못해서 내가 눈에 띄는 반에 배치되면 그만큼 주목받을 기회도 늘어난다.

"그런데 사카야나기 이사장님이 딱 한 가지 잘못 계산한 게 있어요. 그건 반에 가장 애정이 없고 무기력하게만 보이는 D반 담임이 사실은 누구보다도 A반으로 올라가고 싶은 욕망을 가슴 속에 품고 있다는 거예요."

"…………."

차바시라 선생님은 아무 대답도 하지 못하고 가만히 듣고만 있었다.

괜히 반론해봐야 논파 당할 거라는 걸 알았기 때문이겠지.

그래서 나는 거리끼지 않고 말을 함부로 써보기로 했다.

그렇게 해서 또 한 가지 사실을 확인하기 위해서였다.

"당신은 A반에 올라가는 것에 이상할 정도로 집착하고 있어. 하지만 지금까지는 학생 덕을 보지 못해서 그 기회를 얻을 수가 없었지. 그래서 그 감정을 겉으로 드러내지 않고 무덤덤하게 하루하루 보냈어. 내 말이 틀리나?"

차바시라 선생님은 조금 전까지와는 달라진 눈동자를 나와 마주치려고도 하지 않았다.

"네 억측에 불과해, 아야노코지."

부정하는 차바시라 선생님의 말은 패기가 없고 너무나도 약했다.

"우연히 나라는 별종이 등장한 올해는 예년과 상황이 달랐어. 성격이 난해한 녀석은 많아도 나름대로 우수한 학생들이 모인 거지. 호리키타와 코엔지, 히라타에 쿠시다까지. 잘만 움직이면 높은 반을 노릴 수 있는 학생들이야. 기대하고 싶어졌겠지. 그러니까 봉인해두었던 야심을 다시 불태웠어도 이상하지 않아. 입학하고 얼마 되지 않았을 때, 당신한테 했던 호시노미야의 발언을 떠올려보면 이해하기 쉬워."

옛 친구인 호시노미야 선생님은 A반에 올라가고 싶어 하는 차바시라 선생님의 본심을 알았던 것이다.

'하극상이라도 노리는 거 아니야?'라고 했던 그녀의 발언이 그것을 말해준다.

"그리고 지금, 내가 아무리 버릇없이 말하고 행동해도 당신은 다 받아들일 수밖에 없어. 이사장이 나를 지켜보라고 말했고, A반으로 올라가기 위한 무기로 만들고 싶으니까 지금은 내가 아무리 함부로 말해도 눈감아줄 수밖에."

실제로 차바시라 선생님은 가만히 듣는 것밖에 하지 못했다.

"A반에 올라가길 바라면서도 만년 D반을 맡은 당신은 이 기회를 절대 놓칠 수 없겠지. 아버지와 접촉했다는 거짓말을 하면서까지 내 존재를 이용하기로 정했으니까. 그게 나에게 접근한 이유이고, 호리키타는 그걸 위해 이용한 장기말에 지나지 않았어. 그런데 사람 일이라는 게 다 그렇게 단순하지만은 않잖아?"

원래 나에게는 향상심이 없어서 A반을 노릴 생각은 처음부터 없었다.

거의 행동하려고 들지 않는 나라는 존재를 힘겨워한 채로, 무인도에서 첫 특별시험이 막을 올리고 만 것이다.

"만약 특별시험이 시작된 이후에도 다른 반과 격차가 벌어지는 사태가 계속되면 더는 추월하고 싶어도 불가능하니까. 마음이 다급해진 당신은 이사장이 비밀로 하라고 했던 이야기를 꺼낸 거야. 고육지책이었지."

그때부터는 어느 정도 순조롭게 D반이 승리하기 시작했다.

하지만 오산이 있었다. 내 아버지가 마침내 학교와 직접 접촉해오고 만 것이다.

그리고 오늘 이 순간, 모든 진실과 거짓이 드러났다.

"당신은 나를 꼼짝 못 하게 만들 생각이었겠지만, 이제는 오히려 반대로 꼼짝 못 하게 되었군."

"……그러네. 이사장이 특별시하고 있다. 네 그릇은 고등학교 1학년의 것이 아니다. 발상이 이미 나이의 영역을 훨씬 초월했다, 그런 건가."

그녀는 잠시 뜸 들인 후 고개를 끄덕이며 인정했다.

"……인정하지. 난 네 아버지와 일면식이 전혀 없어."

지금까지 철저하게 지켜오던 자세를 무너뜨렸다.

"하지만 내가 마음만 먹으면 네가 학교를 그만두게 만들 수 있다는 사실은 어떻게 할래? 중대한 규칙 위반을 범했다고 학교 측에 넘길 수도 있어. 퇴학만큼은 반드시 피하고 싶겠지?"

여기까지 와서 오히려 더 강하게 협박할 줄이야.

"과정이 어떻든 결과는 바뀌지 않는다고 말하고 싶은가 보네."

"그래."

"안타깝게도 나는 확신했어. 당신은 날 그만두게 할 수 없다고."

"……그 결론에 이르게 된 이유를 들려줄래?"

나는 거침없었던 말투를 다시 원래대로 되돌렸다.

애초에 감정은 전혀 흔들리지도 않았다.

차바시라 선생님의 진의를 확인하기 위해 일부러 거칠게 굴었을 뿐이기 때문이다.

"바로 지금 상황입니다. 분명 지금의 D반은 근년에 드물게도 좋은 성적을 유지하고 있어요. 호리키타와 다른 학생도, 조금씩이지만 실력을 드러내기 시작했어요. 제 협력이 사라졌기 때문이라고는 해도 절대 A반으로 올라갈 수 없는 건 아니에요."

지금까지 D반은 상위 반을 맹추격해왔고, C반을 초월할 수 있는 곳까지 와 있다.

아니, 현 시점에서는 내부적으로 이미 역전했다.

하지만 퇴학자가 나오면 당연히 목표와 멀어지게 된다.

차바시라 선생님이 어떻게 손 쓸 수 없는 상황이라는 얘기다.

"제가 무대에서 내려와도 차바시라 선생님은 희망이 있는 한 계속 싸우겠죠."

자기 손으로 희망을 버리는 일 따위, 인간은 도저히 불가능하다.

"따라서 저는 이제부터 자유의 몸이 되려고 합니다."

"모든 것을 안 지금, A반을 목표로 하는 걸 내팽개치겠다는 건가?"

당연히 내팽개칠 거다. A반에 올라가기 위해 나를 이용하려고 한 선생님이 나를 자퇴하게 하려는 아버지와 뒤로 연결되는 일은 앞으로도 절대로 없을 것이다. 다시 말해서 겁낼 필요가 없다.

"적어도 저는 더 이상 나서지 않아도 된다고 생각하는데요."

하지만 굳이 완전히 부정하지는 않고 놔두었다.

희망이 있으면 사람은 따라오게 되어 있다.

한없이 제로에 가깝다는 걸 알면서도 가능성을 믿고 싶어지는 법이다.

차바시라 선생님이 걸음을 멈추었다.

"일단 지금은 가만히 지켜보세요. 더 이상 개인적인 감정 때문에 제게 접촉해오면 학생의 본분에 지장이 가니까요."

거듭 그렇게 당부했다.

"무리라는 걸 알면서도 내가 널 놓아주지 않으면 어쩔 거지?"

"그건 야망을 껴안은 채로 죽겠다는 선택지인가요? 현명한 선택이 아니네요."

"그럼 질문을 바꿔 보지. 내게서 희망이 사라졌을 때, 널 길동 무로 삼지 않는다는 보장은 어디에도 없다고 생각하지 않나?"

"하긴 앞으로 반 포인트를 급격히 떨어트릴 가능성은 있겠네요. 그렇게 되면 희망은 사라지겠죠. 만약 그렇다면 상관없어요. 마음껏 해보세요."

막는다고 해서 듣지도 않을 테니 하고 싶은 대로 하면 된다.

"다만 교사라는 입장이 백 퍼센트 보장된 자리가 아니라는 사실을 뼈저리게 느끼게 되겠지만요."

단순한 위협이지만 적어도 속사정을 아는 차바시라 선생님에게는 일정 효과가 있으리라.

그 자리를 떠나는 내게 돌아오는 말은 아무것도 없었다.

아버지와의 재회에 감동 따위는 전혀 없었지만, 수확이 큰 하루였다.

더 이상 A반에 올라가는 걸 도울 필요가 없다는 얘기다.

앞으로 류엔이 무슨 짓을 하든, 나는 D반에 관여할 필요 없다.

그리고 카루이자와가 어떻게 되든, 내게 불이익은 이제 없다는 소리다.

물론 카루이자와가 농락당하거나 혹은 배신한다면 내 존재가 노출되겠지만, 그것뿐이다.

류엔에 추궁한다고 해도 앞으로 내가 D반을 위해 아무 행동도 하지 않으면 결국 애매하다고 결론 내리고 끝나겠지.

6

해 질 녘의 가로수길.

고개를 들고 숨을 토하자 새하얀 입김이 머리 위에 피어올랐다가 서서히 사라졌다.

"춥다."

입과 코로 숨을 내쉴 때마다 재미있게도 하얀 숨이 나왔다가 사라지고 또 나왔다가 사라지기를 반복한다.

온도 차가 심한 날이 계속되어 자꾸 잊어버리곤 하는데, 이제 완연한 겨울이군.

작년 이맘때는 줄곧 방에만 있었으니까······.

모르는 여학생 하나가 추운 듯 내 옆을 스치고 지나갔다.

손에 휴대폰을 쥐고 누군가와 즐겁게 통화하고 있었다.

"정말 학생회장이 되자마자 사교성이 떨어졌다니까, 미야비. 오호호, 농담이야, 농담. 딱히 화내는 건 아니지만 말이지. 다음에 실컷 얻어먹을 거니까 각오 단단히 해야 해!"

추운 날씨에도 노출된 허벅지가 몹시 추워 보였다.

어깨까지 내려오는 세미 롱 헤어에서 풍기는 샴푸 향.

"학생회? 미안하지만 그건 패스할게. 나 그런 거엔 관심 없어. 그리고 미야비는 아직 전 학생회장이랑 해결이 안 난 상태잖아? 아니, 뭘 갑자기 고백하는 거야? 여기저기 손대고 있다는 건 나도 알고 있으니까 말이지."

별로 엿들을 생각은 없었지만, 저렇게 큰 소리로 말하니 듣기 싫어도 내용이 귀에 들어오게 된다. 대화 내용으로 짐작하기에 2학년 여학생인 듯하다.

"뭐…… 만약 호리키타 회장한테 이기면 그때는 한 번 생각해보겠지만. 그럼 다음에 다시 통화하자."

여학생은 전화를 끊은 다음 후우 하고 하얀 한숨을 토했다.

그리고 걸음을 멈추더니 휴대폰을 주머니에 넣었다.

"아주 우쭐거리고 있네, 미야비 녀석. 그나저나 호리키타 학생회장도 영 도움이 안 된달까, 미야비를 막아줄 거라고 기대했는데. 결국 게임은 미야비의 승리로 끝이려나."

방금 전까지만 해도 즐겁게 대화를 나눠놓고, 통화가 끝나자마자 톤다운 되어 있었다.

스쳐지나간 내 존재 따위는 보지도 못 했는지 그대로 다시 걸어갔다.

"우왓?!"

그때 작은 해프닝이 일어났다.

각 학년 기숙사로 나 있는 갈림길에서 발을 헛디뎌 벌러덩 넘어지고 만 것이다.

"아야얏……."

재빨리 일어나서 얼굴을 살짝 붉히며 주위를 두리번거렸다.

그때 내가 뒤에서 걸어오는 모습을 봤는지, 그제야 처음으로 내 존재를 알아차린 것 같았다.

살짝 부끄럽다는 듯 쓴웃음을 지었다.

상태로 봐서 어디 다친 곳은 없는 것 같다.

그녀는 달아나듯 2학년이 생활하는 기숙사로 달려가 버렸다.

"역시 2학년인가."

이 학교에는 학생회와 동아리 활동을 통해서가 아니면 학년끼리 거의 교류가 없다. 그래서 얼굴을 익힐 기회 따위도 없다시피 했다.

"여자들은 춥겠다."

이따금 교실에서 보면 치마 속에 체육복 바지를 입고 싶다고 투덜거리는 학생들도 있다.

그럼 입으면 되지 하고 생각했지만, 교칙 위반 사항인 모양이었다.

여자도 여러 가지로 힘들겠군.

처음으로 체험해보는 '겨울'.

이렇게도 으스스하게 춥고, 어딘지 공허한 풍경을 볼 수 있을 줄은 몰랐다.

개가 눈을 보고 흥분해서 발광한다는 내용의 노래가 있는데 이해할 수 있을 것 같다.

눈이 오면 나도 마구 흥분하지 않을까.

후우 하고 숨을 토하며 오늘 있었던 일을 회상했다.

아버지와의 재회나 사카야나기 이사장의 존재, 학교 방침 따위는 아무래도 좋다.

차바시라 선생님의 거짓말을 간파한 것이야말로 최대의

수확이었다.

이것만으로도 나는 앞으로 한 발 크게 나아갈 수 있다.

"……슬슬 마무리 지을까."

지금까지 최대한 철저하게 뒤로 빠져 있었는데, 시험 결과가 공표되는 구조상 D반이 활약하면 그것만으로도 주목을 피할 수 없다.

필연적으로 마크가 심해지고, 누가 중심이 되어 행동하고 있는지 캐내려 할 것이다.

사실 호리키타를 그 중심인물로 내세웠지만, 류엔은 그게 가짜라는 사실을 알아차렸다.

사카야나기도 내 과거를 알고 있고, 이치노세 역시 점점 의심하기 시작했겠지.

뒤집으려면 지금밖에 없다.

물론 성급한 판단은 자멸로 이어지기 쉽지만, 전진과 후퇴 양쪽을 시야에 넣은 행동이 필요할 것이다.

그렇다면 당장의 문제는 류엔에게 어떻게 대응하는가이다.

나는 주머니에서 휴대폰을 꺼내 주소를 직접 입력했다.

그리고 어느 인물에게 한 통의 메시지를 보냈다.

통화 가능하면 연락해달라고.

그러자 곧바로 읽음 표시가 뜨더니 메시지가 돌아왔다.

그 인물은 웬일로 오늘은 친구와 놀러가지도 않고 빨리 기숙사로 돌아간 모양이었다.

나는 곧바로 11자리 번호를 직접 입력하고 통화 버튼을 눌렀다.

"여보세요."

살짝 나른한 목소리의 주인은 1학년 D반 카루이자와 케이.

본인은 아직 모르겠지만, 현재 류엔에게 찍힌 존재 중 하나다.

호리키타 이상으로 내가 D반의 배후에서 행동하고 있다는 사실을 아는 인물.

물론 어디까지 관여해서 뭘 하는지 구체적으로는 모르는 부분도 많다. 현재 말할 수 있는 건 카루이자와의 눈에 나는 몹시 꺼림칙하게 비친다는 사실이다.

"그냥 뭐 하고 있는지 궁금해서."

"농담이지? 네가 아무 용건 없이 전화할 리 없잖아."

가벼운 풋워크 삼아 말을 꺼내봤는데, 카루이자와에게는 그것이 통하지 않았다.

"대화를 좀 더 즐겁게 해볼 생각은 안 들어?"

"그렇게 말하는 본인에게 즐길 마음이 없으면 무리잖아?"

"……지당한 말씀."

괜히 D반 여자애들을 이끄는 존재가 아니다. 상대에 대해 잘 이해하고 있다.

"마나베 무리가 접촉해온 적은 없어?"

"응. 지금은 아무 문제없어. ……그걸 확인하려고 전화했니?"

놀랐다기보다 어이없다는 반응이 돌아왔다.

"그 일이 일어난 지 꽤 됐는데 아직까지 아무 일도 없다니. 그럼 더는 걱정하지 않아도 되겠군."

"그럼 좋겠지만. 그래도 언제 어떻게 될지는 아무도 모르는 일이잖아?"

카루이자와의 입장에서는 졸업할 때까지 진정한 안식이 찾아오지 않을 거라고 여기는 듯했다.

바람이 불어와, 노출된 얼굴을 차갑게 쑤시고 지나갔다.

"아직 밖이구나?"

수화기 너머로 바람 소리가 들렸는지, 그렇게 말하는 카루이자와.

"지금 기숙사에 가는 중이야. 너야말로 오늘은 빨리 돌아갔나 보네. 늘 더 늦게 들어가잖아?"

"나도 빨리 돌아가고 싶은 날이 있거든?"

살짝 발끈하는 반응이 돌아왔다.

"아."

그때 뭔가를 발견한 내가 소리를 흘렸다.

"뭐야."

내가 말을 거는 줄 알고 카루이자와가 물었다.

"아니, 아무것도 아니야."

기숙사로 난 갈림길, 조금 전 상급생이 넘어진 그곳에 붉은색 부적 하나가 떨어져 있었다.

아까 그 선배가 떨어뜨리고 간 것일까. 그냥 두고 가는 편이 좋을지도 모르지만, 밤부터 눈 예보가 있어서 이대로라면 물에 젖게 된다.

떨어트린 걸 알고 돌아올 기색도 없는데, 기숙사 관리인에게 맡기는 게 좋을까.

"저기 말이야. 너한테 꼭 확인하고 싶은 게 있어. 이왕 말이 나온 김에 물어봐도 돼?"

"확인하고 싶은 거?"

부적을 주워 2학년이 생활하는 기숙사로 걸어가면서 카루이자와와 대화를 재개했다.

"왜 너는 머리가 그렇게 좋은데 아무에게도 그걸 보여주지 않는다고 할까, 말하지 않는 거야? 바보들만 모여 있는 D반이니까 말이지, 요스케 군처럼 나서면 지지를 얻을 수 있을 텐데?"

왜 그런 걸 확인하고 싶어 하는지는 상상하기 어렵지 않다.

"머리가 좋다니, 무슨 근거로 그렇게 생각했지?"

"근거라니……."

"시험 점수는 평균에 간당간당하고. 반에 특별히 도움이 되는 발언을 한 적도 없고. 네가 날 그렇게 평가하는 부분이 어디에도 없잖아?"

"내가 말하는 건 그런 게 아니라."

물론 카루이자와가 하고 싶은 말이 뭔지는 잘 안다.

난 지금까지 몇 번인가 뒤로 움직이면서 카루이자와에게 협력을 구했다.

도촬을 막던 것, 페이퍼 셔플에서 쿠시다와 있었던 일.

그런 것을 모두 포함해 이상하게 생각해도 별수 없는 일이다.

"그런 걸 말이야, 좀 더 드러내놓고 한다면 반에서 네 평가가 올라가지 않을까? 아니, 아예 학교 자체에서 주목받게 될지도 몰라. 체육대회 때처럼."

자기랑은 전혀 상관없는 일인 텐데도 카루이자와는 잔뜩 흥분하며 그렇게 말했다.

"내가 그런 걸 바라는 타입이 아니라는 건 너도 잘 알잖아?"

"그럼 왜 이런저런 일을 하는 거야? 원하지 않으면 처음부터 안 하면 되잖아."

"네 말이 다 맞아."

나도 하고 싶어서 한 게 아니다.

"원래 나는 아무것도 할 생각이 없었어. 그런데 꼭 해야 하는 이유가 있어서 D반을 아주 조금 도운 것일 뿐이야."

원래라면 절대 하지 않을 이야기이지만, 오늘은 조금 특별하다.

기분이 좋다.

"왠지 아깝다는 생각도 드는데."

"지금까지도 그래왔고 앞으로도, 나는 나서서 뭔가를 할 생각은 추호도 없어."

이 점만큼은 카루이자와에게도 단단히 일러둘 필요가 있으리라.

앞으로 D반에 문제가 생겼을 때 나를 의지해서 이리저리 움직이게 해도 곤란하다.

"역시 너지? 지금 류엔이 혈안이 되어 찾고 있는 사람."

스도와 아키토뿐만이 아니다. 미행의 범위가 나날이 넓어졌고, 그 소문은 D반의 울타리를 넘어 퍼져 나갔다. 류엔이 D반의 누군가에게 져서, 복수하기 위해 그를 찾고 있다. 그런 말까지 하는 학생도 늘어났다.

카루이자와가 나라고 이해하기까지 시간은 별로 들지 않았으리라.

"오늘 내가 말하려는 본론은 그 사건과도 관련 있어. 너한테 한 가지 사과해야 할 일이 있는데 말이지."

"사과?"

"지금까지는 명확한 이유가 있었기 때문에 D반이 포인트를 얻을 수 있도록 손써왔어. 하지만 조금 전에 그럴 필요성이 사라졌어."

"뭐? 그럼 앞으로는 가만히 있을 거야?"

"응. 호리키타와 히라타가 전부 도맡을 거야. 류엔에게 정체를 들켜서 성가신 일에 휘말리는 건 사양하고 싶거든. 자칫 잘못해 노출될 가능성이 있는 일은 지난번까지로 끝이야. 너한테는 노래방에서 도움을 청했던 일도 그렇고, 쿠시다한테 접근해달라고 했던 것도 그렇고 여러 가지로 신세 많이 졌다."

"그렇구나. 그럼 드디어 해방이네. 너를 따라야 했던 나도."

"그렇지."

지금까지 카루이자와는 내 상상 이상으로 잘 움직여 주었다. 그래서 거리낌 없이 말할 수 있다.

"내가 너한테 연락하는 건 이번이 마지막이야."

그렇게 분명히 전했다.

"뭐?"

하지만 카루이자와의 반응은 느렸다.

"미안. 지금 뭐라고……?"

바람이 불면서 잡음이 섞인 것도 아닐 텐데 내 말을 제대로 못 들었다는 건가.

"너한테 연락하는 건 이번이 마지막이라고."

다시 한번 전했다.

이번에는 카루이자와의 귀에도 그 말이 똑똑히 들어갔을 것이다.

"부탁할 일이 없어졌으니 자연스러운 흐름이잖아? 원래 너랑 나 사이에 접점이 생긴 건 아무도 몰라. 아무 의미도 없이 계속 연락하면 의심을 살 거야."

"그렇, 지. 그건 뭐, 그렇긴 한데……."

말을 머뭇거리는 카루이자와.

뭔가 걸리는 게 있는 듯했지만 나는 내 마음대로 말을 이었다.

"물론 만에 하나 불미스러운 사태가 벌어진다면 약속한

대로 도와줄게. 그 약속은 지킬 거야. 혹시 모르니까 비상용 연락처는 전에 가르쳐준 것을 그대로 남겨둬도 상관없지만, 기본적인 건 증거가 안 남도록 전부 삭제해줘. 난 이미 네 연락처를 지웠으니까."

"자, 잠깐만. 뭐야, 왜 갑자기 그렇게 말하는 거야?"

"뭐가?"

"아무리 그래도, 그게, 너무 차갑다고 할까……."

"차갑고 말고 할 것도 없지. 원래 나랑 네 사이는 차가웠 잖아?"

마나베 무리의 폭력에 관여하지 않았더라면 우리 사이에 접점 따위가 생길 일도 없었다.

음침한 남학생과 잘나가는 여학생이란 하늘과 땅 차이이다.

"너도 나한테 이용당하는 게 싫었던 거 아니야?"

"그건, 그렇지만……."

카루이자와의 어딘지 모호한 태도는 사라지지 않았다.

게다가 침묵마저 늘어났다.

"이제 나는 할 이야기 다 했는데, 뭐 더 할 말 있어?"

너무 길게 끄는 것도 좋지 않다.

나는 혼란스러워하는 카루이자와에게 억지로 대답을 재촉했다.

"……알았어."

알았다는 대답과는 거리가 멀게 가라앉은 목소리였지만, 어쨌든 대답은 대답이다.

그녀는 어떻게 할 수 없는 일이라는 걸 마침내 깨달았는지 말을 이었다.

"키요타카랑 이렇게 전화하는 것도 마지막이야?"

"아쉬워?"

"설마."

"그럼 아무 문제 없네."

무덤덤하게, 조용히 대화를 이어나갔다.

거기에는 한 조각의 감정도 들어 있지 않았다.

들어 있을 수 없다.

"그럼 이만 끊을 테니……."

카루이자와도 전화기 너머에서 그 사실을 강하게 느꼈으리라.

자신이 먼저 전화를 끊겠다고 말했다.

"그럼 안녕."

"아……."

마지막으로 뭔가 말하려던 카루이자와였지만, 뒤에 이어지는 말은 없었다.

나는 몇 초 정도 기다리다가 전화를 끊었다.

그리고 통화 내역을 삭제하고 휴대폰을 주머니에 도로 넣었다.

카루이자와는 나라는 숙주에 몸을 맡겨서 많은 안정을 얻었다.

그런 내게서 떨어져 나가게 되면 마음이 마구 흔들릴 것이다.

전화기 너머로 전해진 불안과 고독감은 아마도 매일 더 강해지겠지.

그리고 만약 그런 불안정한 상태에서 류엔에게 내몰리게 된다면──.

아마 틀림없이 카루이자와 케이의 마음은 무너져 내릴 것이다.

"여러 가지 일 때문에 멀리 돌아왔지만, 이렇게 해서 입학 초기의 상황으로 궤도 수정이 시작된 건가."

호리키타도 카루이자와도 류엔도 사카야나기도 나와는 상관없다.

나는 앞으로 시험에 적극적으로 임하지 않을 것이다.

남은 문제만 정리하면 그것으로 끝이다.

단지 그 문제를 정리하기 위해서는 반드시 '협력자'가 필요하다.

나는 기숙사 관리인에게 2학년의 물건으로 보이는 부적을 맡기고 1학년 기숙사로 돌아왔다.

7

쓰레기가 달라붙은 물걸레 청소포를 헤드에서 분리해 쓰레기통에 버렸다.

손을 씻은 후 침대에 걸터앉자 스프링이 살짝 삐걱거리는 소리가 났다.

연말이 다가오기도 해서 휴일을 이용해 대청소를 했다.

어차피 방에 구질구질한 물건이 없었기 때문에 반나절 만에 모든 청소가 끝났다.

"방이 깨끗해지는 건 좋은데 말이지."

처음 이 방에 발을 들였을 때와 별반 다르지 않을 만큼 깨끗해지지 않았을까.

커피포트의 전원을 켜고 잠시 쉬기로 했다.

반짝반짝 깨끗하게 닦은 컵을 쓰기가 살짝 망설여졌지만, 어쩔 수 없다.

나는 휴대폰을 꺼내 학교 앱에 접속했다.

그리고 반 포인트와 개인 잔액 등이 표시되자 아무 의미도 없이 들여다보았다.

물이 끓는 동안만 앞으로 어떻게 할지 생각을 정리하기로 한다.

처음부터 순서대로 되짚어 보자.

나는 왜 이 학교에 입학했는가.

예전의 환경으로 돌아가지 않기 위해서다.

화이트룸에서의 생활이 불만스러웠던 것은 아니다.

인권이라는 관점에서 보면 문제가 산더미처럼 많이 있었지만, 적어도 최고의 교육을 받을 수 있는 장소인 것은 사실이었다. 덕분에 나는 나라는 인격을 형성해서 자유로이 쓸 수 있는 능력을 얻었다.

하지만 아버지가 최고 걸작이라고 칭하는 나 자신에게 뭐라고 설명할 수 없는 불만을 느꼈던 것이다.

만약 내가 최고의 인간이라고 불릴 수 있는 존재라고 한다면…… 그건 정말로 기뻐할 만한 일인가? 하고.

늘 배워야 할 존재가 있다는 전제를 바탕으로 살아갈 때 비로소 학습에도 의미가 있다. 그런데도 불구하고 더 올라갈 곳이 없어진다면? 엄청나게 지루하리라.

뭐, 그런 건 아무래도 상관없나.

앞으로 어떻게 해야 할지를 생각해야 하겠지.

아버지가 언젠가는 접촉해오리라는 건 알고 있었다. 여름에 이미 차바시라 선생님이 퇴학을 암시한 시점에서 각오했던 일이다. 다만 그때부터 반신반의하기는 했다.

만약 정말로 아버지가 접촉해온다면 차바시라 선생님이 감싸고 말고 할 문제로 끝나지 않기 때문이다. 아무리 담임이라도 상대할 수 있는 남자가 아니다.

하지만 아버지를 알고 있는 점을 보아 전부 거짓말이라고 단정하는 것도 불가능했다.

그렇기 때문에 일부러 협력하는 자세를 보여주며 A반으로 올라가기 위해 몇 가지 방법을 써왔다.

커피포트에서 물 끓는 소리가 들리기 시작했다.

하지만 이제 차바시라 선생님의 발언이 거짓말로 점철되어 있었다는 사실이 판명되었다.

기묘하게도 아버지의 등장으로 인해.

여기서 가장 중요한 건 그녀가 아버지와 접점이 없었다는 사실, 이 아니다.

'내가 복종하지 않을 경우에는 퇴학시키겠다'라고 협박했던 게 거짓이라는 확신이 생긴 것이다.

차바시라 사에는 자신의 과거에 강한 트라우마가 있어서, A반으로 올라가고 싶어 한다.

호리키타나 케세이와 다르지 않다. 아니, 그 이상으로 A반에 집착하는 인간이다.

그런 인간이니 반에서 퇴학자가 나오는 것을 볼 용기는 없으리라.

아니, 처음에는 자폭할 각오로 행동했다고 봐도 되려나. 무인도 시험에서 차이를 좁히기 전까지 D반은 무척 괴로운 입장에 놓여 있었다. 희망을 안기에는 너무 희미했다.

나를 이용할 수 없다면 차라리, 하는 감정은 적잖이 있었으리라. 그렇기에 나는 그 박진감 느껴지는 말에 가려진 거짓말을 꿰뚫어 보지 못했다.

정체가 모두 드러난 지금은 내게 명령할 힘이 급격히 약해졌다.

A반이든 D반이든, 평범한 학생으로 3년 동안 지내는 것이 목표인 내 입장에서는 더 이상 반에 깊이 관여해봐야 성가신 일만 늘어날 뿐이다.

실제로 이치노세와 사카야나기 등이 내게 흥미를 보이기 시작했다. 하지만 지금 페이드아웃 하는 데 성공하면 곧 흥미를 잃겠지.

남아 있는 문제라고 하면 류엔 카케루 단 한 사람뿐이다.

녀석은 나란 존재까지 닿으면 마구 소란 피우며 주위에 그 사실을 퍼트릴지도 모른다.

그러니 정체를 들키지 않고 끝내는 것이 최고다.

하지만 아마도 그건 불가능하리라.

카루이자와 케이와의 관계를 끊으려고 해도 보이지 않는 '실'이 여전히 이어져 있다.

그대로 내버려두면 류엔은 '언젠가' 반드시 그 실을 꼭 잡고 끌어당기며 다가올 것이다.

일주일 후? 한 달 후? 일 년 후?

그런 불확실한 '언젠가'는 나 또한 곤란하다.

보글보글 소리를 내며 끓는 것과 동시에 커피포트의 전원이 자동으로 꺼졌다.

"……홍차라도 마실까."

예전에 여러 방문자가 많았던 탓에 내 방의 찬장에는 티백이 넘쳐났다.

커피와 홍차, 녹차에 호지차(볶은 녹차)까지 쓸데없이 폭넓은 바리에이션이 비축되어 있다.

잔에 홍차 티백을 넣었을 때 1층에서 호출이 왔다.

"1층?"

만약 같은 반의 누군가라면 직접 현관 벨을 누를 텐데.

어쩔 수 없이 확인해보니 의외의 얼굴이 그곳에 서 있었다.

없는 척해도 됐지만 나는 순순히 응했다.

"시간을 좀 내줬으면 좋겠는데. 아니면 나중에 다시 오는 편이 낫나?"

"……아니. 괜찮아."

그나저나 정말 드문 손님이 찾아왔군.

모니터에 비친 얼굴은 얼마 전까지 학생회장을 맡았던 호리키타 마나부였다.

나는 자동 잠금 장치를 해제하고 기숙사 안으로 들어오게 했다. 그리고 그가 올라오는 사이에 막 끓인 뜨거운 물을 홍차 티백과 함께 새로 준비한 잔에 부었다.

잠시 후 현관 벨이 울렸다.

"여기 서서 이야기하는 건 피하고 싶으니까 들어와."

"나도 같은 생각이다."

이 장면을 호리키타가 본다면 여러 가지로 불평할지도 모른다.

그리고 다른 학생들에게도 전 학생회장과 함께 있는 모습을 보이는 건 최대한 피하고 싶다.

나는 호리키타의 오빠를 방으로 안내했다.

내 방에 들어온 호리키타의 오빠는 곧 홍차를 발견했다.

"마침 마시려던 차여서 그 김에."

"1학년이라고는 해도 꽤 깨끗하게 쓰고 있군."

"그냥 물건이 없는 거야."

오늘 때마침 청소했다는 사실은 굳이 말할 필요 없겠지.

공교롭게도 쓰레기통에 어렴풋이 보이는 물걸레 청소포를 보고 어제오늘 청소했다는 걸 알아차렸을지도 모르지만.

"일부러 1학년 기숙사까지 찾아오다니, 전 학생회장이 나한테 무슨 볼일로?"

"다음 주면 2학기도 끝나. 내게 남은 학교생활도 이제 얼마 없지."

실질적으로 학교를 다니는 건 휴일을 제외하고 2개월 남짓. 눈 깜박할 사이에 지나가리라.

"이 학교를 떠나기 전에 너한테 말해주고 싶은 게 있어서. 나구모 미야비에 관해서다."

나구모 미야비. 설명할 필요는 없겠지만, 2학년 A반이며 이 학교의 현 학생회장이다.

체육대회 때 나눈 대화랑 신임 인사 때 본 게 전부지만, 여러 가지로 뭔가 있는 인물처럼 보였다.

하지만 나구모든 누구든, 나와는 아무 상관없다.

"고작 1학년한테 특별히 말할 게 있을 것 같지는 않은데 말이지. 난 이치노세처럼 학생회 소속도 아니고."

그렇게 말해도 호리키타의 오빠는 전혀 신경 쓰지 않고 말을 이었다.

"나도 이런 이야기를 누군가에게 할 생각은 없었어. 그런데 사정이 좀 바뀌었다."

사정이 바뀌었다고?

"난 이 학교에 이어져 내려온 전통을 고수해왔어. 그건 이

139

학교의 구조와 규칙을 납득했고, 그게 옳다고 믿었기 때문이야. 하지만 나구모는 그걸 근본적으로 뒤집어엎으려고 하고 있어. 아마도 내년이 되면 전대미문인 숫자의 학생들이 이 학교를 그만두게 될 거다."

지금은 아직 표면적으로 학생회 활동을 하고 있지는 않지만, 그것도 시간문제라는 건가.

"나구모가 1학년이었을 때 넌 이미 학생회장이었잖아? 그럼 그때 나구모를 끌어들인 책임은 너한테도 있는 거 아닌가?"

"그럴지도 모르지."

호리키타의 오빠는 부정하지 않고 받아들였다.

"난 학생회에 들어와서 한 가지 실수를 범했어. 바로 후계자 육성에 실패했다는 거지. 유일하게 재능이 보인 사람이 나구모였는데, 내 방침과 다른 형태로 크게 성장하고 말았다. 다른 2학년도 거의 대부분이 나구모의 지배 아래에 있다고 해도 과언이 아니겠지."

"이야기가 이상하네. 2학년 A반이 모두 나구모를 지지하는 거야 이해할 수 있지만, 다른 반의 입장에서는 적 아닌가?"

"녀석이 이미 학년 전체를 휘어잡았다는 거다."

어떤 전략을 썼는지는 몰라도 꽤 터무니없는 짓을 저지르고 있는 모양이다.

"올해 1학년에서 학생회 문을 두드린 사람은 두 명. 카츠라기와 이치노세였어. 둘 다 장래가 촉망되는 우수한 학생이었지만, 난 일부러 채용을 보류하려고 했다. 단순히, 우수한 만큼 나구모의 지배 아래에서 영향을 받을지도 모른다고 염려했기 때문이지. 하지만 나구모는 수면 아래에서 정보를 모아 이치노세에게 접근했고, 결과적으로 이치노세를 억지로 학생회에 넣었다."

"그런 속사정을 나한테 술술 다 말해서 노리는 게 뭐야?"

"네가 정 정체를 드러내기 싫다면 스즈네를 이용해. 지금까지 치렀던 시험처럼 뒤에서 스즈네를 움직이는 거야. 학생회는 내가 다리를 놔 주도록 하지."

"아주 황당무계한 이야기로군. 네가 학생회에 있으면 여동생도 기꺼이 받아들이겠지만, 학생회장에서 물러난 지금 녀석은 학생회에 흥미가 없어. 게다가 네 여동생이 학생회에 들어가든 말든 난 아무것도 하지 않을 생각이야."

나는 잠시 뜸을 들이며 홍차를 입으로 가져갔다.

"너랑 역대 학생회 선배들이 지켜온 전통이고 뭐고. 변하는 것 역시 시대의 흐름 혹은 운명 아닌가?"

그런 것쯤, 내가 말하지 않아도 이 남자라면 알고 있을 것이다.

"그래. 그럴지도 몰라."

이야기의 흐름에는 이해되지 않는 부분도 많았지만 새로 알게 된 것도 있다.

호리키타 마나부는 이 학교 학생의 한 사람으로서, 내년부터 새로 시작될 학생회의 움직임을 어떻게 해서든 막고 싶어 한다.

그러기 위해서 시의 적절하게 나를 이용하려고 한다.

그러니까 이런 1학년 기숙사까지 쳐들어온 것이다.

"내가 시간을 빼앗았군."

아무 무기 없이는 나를 구슬리기 불가능하다는 걸 잘 알고 있을 텐데.

이렇게 나올 만큼 호리키타 마나부의 마음에 여유가 없었던 건지도 모른다.

"일단 네 연락처 좀 알려줄래?"

"뭐?"

나는 휴대폰을 충전기에서 빼 들고 왔다.

"네 여동생을 학생회에 넣고 내가 뒤에서 조종하는 건은 좀 고민할 시간이 필요하거든."

"그럼 검토해보겠다는 뜻인가?"

"거절당할 걸 전제로 날 찾아온 거잖아. 그러니 고민 정도는 해주지 않으면 미안하지."

내가 생각보다 긍정적인 태도를 보이자 호리키타의 오빠는 오히려 불신감을 드러냈다.

하지만 경솔하게 물어보지 않고 순순히 연락처를 알려 주었다.

그만큼 나구모 미야비의 학생회를 주시하고 있다는 증거이기도 하리라.

"협력해도 괜찮겠다는 생각이 들면 연락할게."

"기대하지 않고 기다리기로 하지."

결국 호리키타의 오빠는 단 한 번도 앉지 않고 홍차도 마시지 않은 채 방을 나갔다.

"그렇게까지 학생회에 연연할 필요는 없어 보이는데 말이야."

앞으로 몇 달만 지나면 졸업할 사람에 대해 생각해봐야 아무 소용없지만 조금 신경 쓰이는 건 사실이다.

8

토요일의 늦은 밤, 이 지방에서 첫눈이 관측되었다는 뉴스가 보도되었다. 아주 조금 내린 눈은 새벽에는 모두 녹아 없어지고 말았지만, 그 흔적은 젖은 콘크리트에 물웅덩이로 남았다. 게다가 신기하게도 전날에 눈이 내렸음에도 불구하고 최고 기온은 24도로 여름에 가까웠다. 반팔 차림으로 나가도 될 날씨였다.

"드디어 다음 주면 2학기도 끝인가. 왠지 좀 실감이 안 난다."

일요일. 오전 내내 동아리 활동을 하는 아키토를 다 함께 구경하러 갔다. 그리고 돌아오는 길에 아키토를 꼬드겨, 우리 아야노코지 그룹은 케야키 몰에서 저녁 무렵까지 신나게 놀았다. 적당히 쇼핑도 하고 카페에서 수다도 떨고. 점심을 먹고 노래방에서 흥을 돋우고. 다른 평범한 학생들이 평범하게 하는 것을 만끽한 하루였다.

"참고로…… 케헥. 아, 목 따가워."

"다섯 곡 연속은 너무 심했잖아, 유키무. 의외로 노래를 잘해서 깜짝 놀랐지만."

"……목 아픈 원인은 벌칙 게임에 있는데."

케세이는 목의 위화감과 싸우며 하루카를 원망하듯 노려보았다.

노래방에는 음식 메뉴가 다양했는데, 벌칙 게임을 전제로 한 것도 있었다.

타코야키 여섯 개 중에 딱 하나만 엄청 맵다거나 한, 알기 쉬운 것이다.

매운 타코야키에 걸린 사람이 남기지 않고 전부 먹은 다음 쉬지 않고 노래를 불러야 하는, 정체 모를 게임. 심지어 노래를 다 부를 때까지 물 한 모금도 마실 수 없다는 추가 벌칙까지.

의미는 알 수 없지만, 다들 재미있어하니까 벌칙으로 성립한 거겠지.

다만 게임이라고 하기에는 너무 가혹하니까 '벌칙 게임'이라고 부르는 게 맞으리라.

케세이가 연속으로 매운 타코야키에 걸리는 게 재미있어서, 기록을 어디까지 세울지 알아보자는 분위기가 만들어졌다. 결과는 다섯 번 연속.

그것만 놓고 보면 의외로 그럴 수 있다는 생각도 들지만,

확률로 따지면 7776분의 1이다.

"재수가 없네……."

"오히려 럭키 아니야? 올해의 나쁜 운을 전부 다 썼다고 생각하면 말이야. 올해는 이제부터 좋은 일만 잔뜩 기다리고 있을지도 몰라."

"나쁜 운이고 자시고, 앞으로 보름만 더 지나면 올해도 끝인데…… 일부러 그렇게 말했지? 하루카."

하루카는 배꼽을 잡고 웃다가, 불평하는 케세이에게 사과했다.

"미안 미안. 그렇게 매웠어?"

"입에서 불 나오는 줄 알았어…… 매운 것도 정도가 있지."

아직도 혀에 매운맛이 남아 있는지, 우웩 하고 혀를 내밀었다.

"참고로 마지막에 걸린 내가 변호해주자면, 진짜 맵긴 맵더라."

여섯 번 연속이라는 대위업을 막은 사람은 아키토.

"그럼 다음에 노래방 가면 또 할까?"

다시 나온 제안에 아이리를 비롯한 세 사람이 싫은 표정을 지었다.

"상관은 없는데, 네가 걸려도 끝까지 다 먹어라, 꼭?"

"알았다니까 그러네. 말 꺼낸 사람이 비겁한 짓을 할 리 없잖아."

엄청 매운 타코야키가 걸리는 것을 전혀 두려워하지 않

앗다.

자신이 걸릴 리 없다고 생각하는 건 설마 아니겠지.

"매운 음식에 꽤 자신 있어 보이네."

하루카가 계속해서 여유만만한 태도를 보이자 내가 정곡을 찔렀다.

"앗, 들켰나?"

"감출 생각도 없었으면서……."

"엄청 매운 불라면도 여유롭게 먹을 수 있지. 오히려 내 취향이랄까?"

왠지 혼자만 벌칙 게임의 필드에 서 있지 않은 느낌이 드는데…….

"나 다 먹을 수 있을까……."

게임하기도 전에 불안해하는 아이리.

"괜찮아, 괜찮아. 도저히 못 먹겠으면 뱉으면 되지. 아이리한테 억지로 먹일 남자애가 설마 있겠어?"

그건 지당한 말이다. 아키토도 케세이도 억지로 강요하는 짓을 하지는 않으리라.

"유키무도 그렇지만 아이리도 노래 잘 부르더라. 노래방에 처음 온 거 정말 맞아?"

"으, 으응. 그게, 너무 너무 부끄러웠지만……."

"성량이 조금만 더 컸으면 완벽했어."

살짝 주뼛거리면서도 아이리는 분발하겠다며 의욕을 보였다.

"그럼 슬슬 돌아갈까?"

9

노래방에서 실컷 놀고 기숙사로 돌아가는 길.

아직 다섯 시 전이었지만 이미 해가 저물고 있었다.

"날씨가 엄청 따뜻해서 오늘은 옷을 얇게 입은 사람이 많네."

"대낮에는 반팔도 괜찮을 정도니까. 무리도 아니야."

오늘은 따뜻하기도 해서 모두 가벼운 복장이었지.

하지만 한 시간만 지나면 기온이 뚝 떨어지고 말리라.

"추위에 약한데."

하늘을 올려다보며 하루카가 우울한 듯 말했다.

가능하다면 오늘 같은 기온이 계속되었으면 좋겠다고 빌고 있는 것일까.

"나도 약한데……."

"난 살짝 추운 게, 동아리 할 때 땀도 안 나고 편해서 좋은데."

이 중에서 겨울파라고 부를 수 있는 사람은 아키토 정도인 모양이다.

"내일부터는 다시 추워질 것 같아."

"그러게. 미리 대비해야겠어. 지출이 늘겠다."

연말이 다가오면 본격적으로 눈도 내릴지 모른다.

삽담을 나누는 바람에 그룹의 발길음이 느려졌을 때 뒤에서 누군가의 목소리가 들려왔다.

"오늘 같이 가줘서 고마워, 사카야나기."

"아니야. 나도 즐거웠어."

그런 대화. 뒤돌아보니 이치노세와 사카야나기라는, 평소에 보기 드문 조합이 있었다.

우리 그룹을 본 이치노세가 손을 들며 아는 체했다.

사카야나기는 내게 시선을 보내지 않고, 어디까지나 우리 그룹 전체를 쳐다보았다. 선전포고 같은 행동을 했으면서도 체육대회 이후로 특별히 움직이려는 기색이 보이지 않았다. 하지만 어쨌든 앞으로 사카야나기의 희망이 이루어지는 일은 없으리라.

"굉장히 의외의 조합이구나, 아야노코지."

"……그런가?"

아무리 생각해도 그 말은 이쪽이 해야 할 것 같은데.

A반과 B반. 적대 관계에 있는 리더 둘이 휴일에 사이좋게 함께 있다니.

"내가 볼 때마다 대체로 호리키타랑 함께 있었으니까. 좀 신선하게 느껴지네."

멤버들을 휘익 둘러보며 이치노세가 말했다.

"그러고 보니 저번 시험, C반에 이긴 것 같던데. 축하해."

페이퍼 셔플 결과는 모든 반에 발표되었다.

물론 A반과 B반의 대결 결과도 마찬가지였다.

"우린 지고 말았지만!"

"점수 차는 겨우 2점이었어. 실력에는 차이가 별로 없다고 생각해."

결과에 대해 보충 설명을 하듯이 사카야나기가 나섰다.

좋은 승부를 펼친 상위 두 반이었는데, B반이 A반에 아슬아슬하게 미치지 못해 A반이 단독 선두를 유지했고 차이를 확실하게 벌려 놓았다.

"D반이 이겼다는 건 3학기부터는 C반으로 올라갈지도 모른다는 거네."

"우리 B반도 긴장 바짝 하고 있지 않으면 곧 따라잡힐지도 모르겠어."

"물론 따라잡을 계획이야."

농담을 섞어 웃으며 말하는 이치노세에게 케세이가 진지하게 쏘아붙였다.

"그리고 언젠가는 A반이 될 거야."

케세이의 말에 사카야나기는 눈을 지그시 감고 희미하게 미소 지을 뿐이었다.

그 태도를 유쾌하게 받아들이지 않는 케세이였지만 지금은 아직 D반.

여기서 강하게 나가봐야 무의미하다는 사실은 잘 알고 있을 것이다.

하지만 멤버가 썩 좋지 않다고 할까, 이 그룹은 모두 이치노세와 사이가 좋은 편이 아니다. 게다가 친근한 웃음이나 아무 때고 잡담을 늘어놓는 타입도 아니어서 자연스레 대화가 끊겼다. 이치노세는 그걸로 충분하며, 이 자리에 자신들의 존재는 필요치 않다는 사실을 깨달은 것 같았다.

"아하하, 우리가 방해했지? 그럼 다음에 또 만나."

"그럼 이만 실례."

사카야나기는 내게 말을 걸지도 눈을 마주치지도 않고 이치노세와 함께 가버렸다.

여기서 괜히 뭔가 있는 것처럼 불필요한 행동을 하지는 않았다.

"라이벌, 맞지? 저 두 사람."

"표현이 맞는지는 그렇다고 치고, 적대관계인 건 확실해."

케세이가 수상하다는 듯 안경을 추켜올리며 두 사람의 뒷모습을 응시했다.

"역시 이치노세라고 봐야 하는 부분 아닐까?"

어떤 학생과도 친해지는 이치노세의 존재는 이미 다들 잘 아는 사실이었다.

"뭐랄까, 이치노세는 우리와는 사는 세계가 다른 것 같아⋯⋯."

아이리가 중얼거렸다.

"같은 여자로서는 좀 마음에 안 들어."

"뭐야, 이치노세가 싫어? 하루카."

"딱히 싫은 건 아니야. 좋아하지도 않지만. 다만 왠지 전체적으로 너무 완벽하달까 지나치게 이상적이랄까. 결점이 하나도 없으면 귀여운 구석이 느껴지지 않잖아? 내면은 썩었으면 좋겠다고 할까…….”

“하긴 약점다운 약점이 없는 건 오히려 꺼림칙하게 느껴지기도 해. 그렇지만 내면이 썩었으면 좋겠다는 건 말이 너무 심해.”

아키토도 그 점에는 동의하는지, 하루카의 말 일부분에 고개를 끄덕였다.

“그렇지만. 완벽하게 착한 사람이라니, 만화 속 세계라고 해도 기분이 좀 싸하달까.”

주머니에 손을 꽂은 채 하루카가 이치노세의 뒷모습을 바라보았다.

“나는…… 그런 사람이 있었으면 좋겠다고 생각해. 지금 하루카가 말한 것처럼 이치노세가 나쁜 사람이라면 정말 아무도 못 믿을 것 같으니까.”

그런 건 싫다며 아이리의 눈동자가 불안하게 떨렸다.

“그러네. 세상에는 믿기지 않을 만큼 완벽하고 친절한 사람도 분명 어딘가에는 존재하겠지. 다만 그런 사람이 너무 가까이에 있는 게 실감나지 않을 뿐일지도 몰라.”

그녀를 감싸듯이 하루카가 그렇게 덧붙였다.

“우리는 이제 곧 C반으로 올라가. 그럼 다음은 이치노세가 적이 되는 거야. 그런 의미에서는 반드시 쓰러트려야 할 상대야. 괜히 편들지 않는 게 좋아.”

케세이의 말은 옳았다. 이치노세가 착한 사람이면 착한

사람일수록, 싸우기 힘든 상대가 된다.

류엔처럼 누가 봐도 악역이면 누구나 거기에 괜한 감정을 품지 않는다.

하지만 이치노세를 상대로도 우리 반이 거리낌 없이 싸울 수 있을까.

"……전도다난, 인가."

윗반으로 올라가려면 그런 싸움을 필연적으로 강요받게 된다.

역습의 기회만 호시탐탐 엿보는 류엔 무리가 뒤에서 공격할 수도 있겠지.

호리키타와 이치노세가 맺은 협력관계도 앞으로는 어떻게 될지 불투명하다.

이상론만 놓고 말하자면 이치노세 쪽과 계속해서 힘을 합해 A반을 공략해야 한다.

그리고 우리와 이치노세가 A반과 B반으로 올라간 순간 협정을 파기하는 것이다.

물론 일이 그리 단순하게 진행되지는 않겠지만.

고도 육성 고등학교
1학년 D반 담임 총평
12/1시점 담임 총평
262

여름 방학 전

D반에서 단합은 찾아볼 수 없었고, 반 친구와 서로 협력하는 능력조차 갖추지 않았습니다. 일부 학생은 자신의 능력을 과신했으며, 또 어떤 학생은 처음부터 노력하려고 하지 않았습니다. 전도다난한 미래가 예상됩니다.

무인도 시험

예년 D반은 전체적인 실력 부족 탓에 무인도 시험에서도 포인트를 전부 다 쓰곤 했습니다. 그런 패턴이 매년 반복되어 왔으나, 올해는 파문을 일으키는 결과를 낳았습니다. 하지만 반의 단합력은 예전과 별반 다르지 않고, 단지 운이 좋았던 결과였습니다.

선상 시험

다른 반과 처음으로 행동을 같이 함으로써, 자신들의 실력 부족을 인식할 계기를 얻지 않았을까 하고 생각해 봅니다. 또 평소에 접점이 없었던 학생과 만나게 됨으로써, 학생 본인의 몇 가지 새로운 발견 등도 있지 않았을까요?

체육대회

처음으로 반이 서로 힘을 합해 앞으로 나아갔다고 생각합니다. 그러나 기본적인 능력 향상은 앞으로도 급선무이며, 학생 개개인의 노력이 좀 더 요구됩니다.

페이퍼 셔플

정공법으로 시험을 공략하고, 만약을 대비한 대책을 마련함으로써 예측하지 못한 사태에 기민한 대응을 보였습니다. 단, 아직 많은 학생은 이 학교의 규칙을 알아차리지 못한 눈치이므로, 계속해서 경과관찰을 유심히 해나가겠습니다.

○비상식

겨울방학이 코앞까지 다가온 어느 날.

D반에 거대한 태풍이 상륙하려고 하고 있었다.

차바시라 선생님이 홈룸 종료를 알린 직후의 일이었다.

교실 문이 활짝 열리더니 류엔을 비롯한 C반 학생들이 D반에 들어온 것이다.

생각지도 못한 학생들의 방문에 교실 안이 술렁거렸다.

차바시라 선생님은 순간 류엔 무리 쪽으로 시선을 보냈지만 곧 교실을 빠져나갔다. 즉시 대 난투극이라도 벌어진다면 모를까, 다른 반 학생이 찾아오는 것 자체에는 아무런 문제도 없다.

지금까지 에둘러 D반을 관찰했던 류엔 무리는 그토록 찾아다닌 답을 얻지 못해 마침내 정면돌파에 나선 것이다.

혹은 나조차 상상하지 못한 전략을 뒤에서 짜고 있었던 걸까.

어찌됐든 강공책을 펼치기 시작했다는 건 똑같다.

돌아갈 채비를 하던 호리키타 역시 손을 멈추고 C반 아이들을 쳐다보았다.

등장한 건 류엔 이외에 이시자키, 야마다 알베르트. 그리고 코미야, 콘도였다.

무투파 패거리가 이렇게까지 모였으니 반 공기가 무거워

155

지는 것도 당연하다.

"뭐야, 어이. 여긴 D반이라고."

가장 먼저 류엔에게 반응한 사람은 스도였다. 원래 불같은 성미인 탓도 있겠지만, 이전처럼 휘둘릴 수 없다는 순수한 방위 반응이었을지도 모른다.

무엇보다도 호리키타를 지켜야 한다는 그런 마음이 앞섰던 것이 아닐까.

곧바로 자리에서 일어나 류엔과 거리를 좁히는 스도.

그 모습을 본 히라타가 폭력 사태를 우려했는지 허둥지둥 그 사이에 끼어들었다.

"우리 반에는 무슨 일로 왔어? 류엔."

상황을 이해하지 못한 히라타가 묻자 류엔은 손짓발짓을 다 섞어가며 과장되게 이야기를 꺼냈다.

"같은 학년인데 못 올 이유라도 있나? 어느 학교에나 흔히 있는 일이잖아? 친구를 만나러 다른 반을 들락거리는 건. 뭘 그렇게 쫄았어?"

입을 열자마자 도발하는 발언과 험상궂은 아이들을 대동한 명백한 고압적 태도에도 히라타는 냉정하게 되받아쳤다.

"물론 일반적으로야 그렇지. 하지만 우리 학교는 사정이 좀 다르지 않아? 적어도 지금까지 너희가 이런 식으로 D반에 온 적은 없었을 텐데."

어디까지나 이번 일은 비상시로 여겨야 한다며, 히라타가 최대한 둥글둥글하게 수습하려고 했다.

"지금까지 너무 소원했을 뿐이야. 앞으로는 좀 더 적극성을 보여줄 생각이다."

류엔은 가까이에 있는 여학생의 책상을 손바닥으로 짚고 하얀 이를 드러냈다.

"페이퍼 셔플 시험에서는 훌륭하게 처신했더군. 덕분에 우리 C반은 패배했어. 아직 결과는 안 나왔지만 3학기부터 너희가 C반이 될지도 몰라. 대단해."

"헷. 네가 얼굴만 컸지 무능한 보스 원숭이니까 그렇게 된 거야. D반으로 떨어져버려라."

스도가 끼어들자 히라타가 살짝 당황하며 손으로 말렸다.

"그건 우리가 착실하게 노력해왔기 때문이야."

"노력이라. 그 노력과는 무관해 보이는 스도까지 아직 살아남았으니 참 알 수 없단 말이지. 제일 먼저 퇴학당할 줄 알았는데."

"이제 겨우 이름을 기억했냐."

시선이 교차하며 불꽃을 튀기는 두 사람.

돌아가려던 몇몇 아이들도 설마 했던 사태에 경직되어 그 자리에 서 있었다.

"진짜 용건을 들려줬으면 좋겠어."

한시라도 빨리 사태를 수습하려는 히라타의 입장에서는 류엔이 계속 술술 말하게 내버려두는 것만은 피하고 싶었던 모양이다. 다만, 그런 그의 태도를 류엔이 다 꿰뚫어 보고 있으리라.

"난 지금 너희 D반에 정중하게 경고하고 있는 거야."

"경고? 그게 무슨 뜻이지?"

"이해 못 하는 녀석한테 설명해 줄 생각은 없어. 아니면 그냥 이해 못 하는 척하는 건가?"

그건 언뜻 히라타에게 하는 도발로도 보였지만, 사실은 아니었다.

류엔은 히라타를 거의 쳐다보지 않고 교실 안을 스윽 둘러보았다.

목적이 히라타가 아니라면 나나 케세이, 혹은 아키토 무리인가.

하지만 실제로는 우리 모두 가볍게 보기만 하고 그대로 지나갔다.

최종적으로 류엔의 시선이 멈춘 곳은 의외의 인물이었다.

그 인물은 자신을 쳐다볼 거라고는 생각하지 못하고, 아니, 아예 신경도 쓰지 않고 돌아갈 준비를 마친 다음 자리에서 일어나 교실을 나가려고 하고 있었다.

어느 한 사람도 류엔의 등장 때문에 움직이지 못 하는 가운데, 그는 평소와 전혀 다름없는 태도였다.

엷은 미소를 띤 류엔은 조금 뒤로 물러나 있는 동료에게 눈짓으로 신호를 보낸 후 곧바로 교실에서 나갔다.

아무래도 목적 인물은 그 학생인 모양이다.

류엔 무리가 나가고 문이 닫히자, 단숨에 무거웠던 공기에서 해방되어 반 아이들이 웅성거리기 시작했다.

"야, 왠지 류엔 녀석 엄청난 짓을 저지를 것 같은데! 따라가 봐야 하는 거 아니야?!"

"아니, 저 녀석들 코엔지한테 무슨 짓을 하려는 거야?!"

그렇다. 류엔이 노린 상대는 D반의 이단아, 코엔지 로쿠스케였다.

이케와 야마우치가 중심이 되어 이런저런 망상을 마구 펼치기 시작했다.

그나저나 최근 들어 쿠시다가 정말 얌전해졌군.

호리키타와의 승부에서 진 게 원인이라는 건 알지만, 별로 나서지 않게 되었다.

물론 그냥 조용해진 건 아니다. 지금도 다른 여자애와 류엔 무리에 대해 대화하고 있었지만, 일체 얽히려 들지는 않았다.

호리키타는 호리키타대로, 쿠시다에 관해 내게 뭔가 말한 적도 없다.

"아무래도 좀 걸리지 않아? 방금 있었던 일."

류엔과는 무관한 생각에 빠져 있던 내게 호리키타가 말을 걸었다.

가능하면 C반과 얽히고 싶어 하지 않는 호리키타도 그냥 내버려둘 수 없는 안건인 것 같았다.

"그럴지도."

류엔은 코엔지에게 용건이 있나 본데, 그것도 좀 마음에 걸린다.

코엔지는 과연 비밀이 많은 학생으로 보였다.

하지만 코엔지가 D반에서 뭔가 하고 있을 가능성은 그냥 봐도 낮을 텐데. 많은 아이를 감시하면서 지금 노골적으로 코엔지에게 접근하려는 데에는 이유가 있으리라.

"키요타카, 살짝 상황을 살펴보러 가지 않을래?"

그렇게 말한 사람은 아키토였다.

"아무리 그래도 인원수가 너무 많아. 어쩌면 무슨 짓을 저지를지도 몰라."

"그건 그래…… 보는 눈이 많다고 해도 절대라는 건 없으니까."

만에 하나라도 코엔지가 폭행이라도 당한다면 그걸 막지 못한 D반에 무거운 책임이 따를 가능성도 있다. 학교로부터 페널티를 받는 것만이 문제가 아니다. 구하러 갔어야 했는데, 하는 후회로 가득 차게 되겠지.

아키토와 함께 복도로 나가자 케세이도 따라왔다.

"나도 갈래. 소수로 가면 위험하니까."

조금 뒤늦게 호리키타가 혼자서, 그리고 그녀를 뒤따르는 형태로 스도도 나왔다.

히라타 역시 걱정 가득한 표정으로 교실에서 모습을 드러냈다.

아무래도 오늘은 험난한 하루가 될 것 같은 예감이군.

케세이와 아키토에게 조금만 기다려달라고 부탁한 나는 히라타에게 말을 걸었다.

"히라타. 넌 교실에 남는 게 낫지 않을까? 어쩌면 다른 애들도 따라오려고 할지 모르잖아. 이케나 야마우치같이 소란스러운 녀석들까지 오면 일이 더 커지기 쉽다고 생각해."

"……하긴 그렇겠다. 하지만 코엔지, 괜찮을까……."

"호리키타도 가고, 케세이랑 아키토도 있잖아. 최악의 경우, 폭력 사태로 번질 것 같으면 바로 연락할게."

"케세이? 응, 알았어. 부디 터무니없는 행동은 하지 않도록 해줘."

케세이의 이름을 듣고 마음에 걸리는 게 있는 듯했지만, 깊게 지적하지는 않았다.

히라타는 다시 웅성거리는 D반으로 돌아갔다.

"올바른 판단이야, 키요타카. 여기서 인원이 더 늘어나면 수고만 더 늘어날 뿐이야. 게다가 히라타는 반 애들을 진정시키는 데에 더 적임자겠지."

케세이도 우르르 몰려가는 것에는 부정적인 생각이었는지, 내 판단에 고개를 끄덕였다.

이제 다음 문제는 코엔지와 C반 녀석들이 어디로 향했는가이다.

학교 안에서는 류엔 무리도 허튼 행동을 할 수 없다. 만약 수작을 걸 생각이라면 밖에서 할 텐데, 코엔지가 어디로 갔을지 예상이 안 간다.

"코엔지가 방과 후에 보통 뭘 했더라?"

"……글쎄."

"나도 모르겠는데."

아키토도 케세이도 짐작 가는 곳이 전혀 없다며 고개를 갸우뚱거렸다.

"코엔지의 행동 패턴을 아는 녀석이 아무도 없는 건가?"

반 친구들 대부분이 만족스럽게 대화를 나눈 적도 없으니까 말이다.

"그 애는 곧장 기숙사로 돌아갈 때가 많아."

"어떻게 그걸 아는 거야?"

"돌아가는 모습을 자주 봤거든. 어쨌든 학교 밖으로 나가면 여러 가지로 힘들어져. 일단 현관으로 가자."

호리키타는 그렇게 말하며 우리를 지나쳐 현관으로 향했다.

신발이 그대로 있으면 아직 교내에 있다는 걸 확인할 수 있고, 그렇다면 큰일이 일어나기 전에 시간을 벌 수 있으리라.

우리도 서둘러 보조를 맞추었다.

"진짜 전쟁 같은 일이 일어날지도 모르겠다."

주먹을 꽉 쥔 스도가 거친 숨을 내쉬며 호리키타에게 말했다.

"농담하지 말아 줄래? D반이랑 C반의 집단 폭력 사건이라니, 웃기지도 않으니까. 아니, 그런데 어째서 너까지 따라오는 거야."

"그야 스즈네가 걱정되니까 그렇지. 류엔은 여자도 때린다는 소문이 있단 말이야."

"난 네 보호를 받을 만큼 약하지 않거든."

"그런 말 말라니까."

자기 몸은 자기가 지킨다며 호리키타가 강경한 자세를 바꾸지 않았다.

어설픈 무도 경험이 남자를 울리는군. 스도의 의협심도 허무하게 헛돌았다.

하지만 스도는 스도대로 호리키타가 강하다고는 눈곱만큼도 생각하지 않는 듯하니 괜찮지 아니한가.

"그리고 괜한 참견 하나만 더 할게. 동아리 걱정도 좀 하는 게 어때?"

"괜찮다니까 그러네. 연습까지는 아직 시간도 좀 남아 있거든. 얼른 코엔지나 찾자고."

떨쳐내려고 해도 스도는 호리키타에게서 떨어질 생각이 없어 보였다.

"진짜…… 화근을 껴안고 움직이기 싫은데."

그렇게 살짝 독설을 날렸다.

하지만 혼자 뛰어들었다가 호리키타가 다친다면 스도는 틀림없이 이성을 잃고 말 것이다.

그럼 지난번과는 비교도 되지 않을 만큼 큰 소동으로 발전하겠지.

비슷한 멤버 사이에서 두 번째 소동이 일어나면 학교 측과 학생회도 봐주지 않을 것이다.

그런 의미에서 스도의 동행은 최선이라고 봐야 하리라.

1

우리는 학교에서 나와 기숙사로 나 있는 가로수 길로 접어들었다.

이제 막 수업이 끝난 직후라 학생은 거의 보이지 않았다.

하지만 그 길 중간에 우리가 찾고 있던 남자, C반 학생들이 있었다.

교실에서는 보지 못했는데, C반의 이부키도 합류한 모습이었다.

게다가 그 앞에는 혼자서 기숙사로 향하는 코엔지의 뒷모습도 보였다.

정말로 코엔지에게 시비를 걸려는 모양이다.

거리를 좁힌 류엔은 이시자키에게 지시를 내려 코엔지 앞을 막게 했다.

"스즈네의 예상대로 이쪽이었네. 지금 당장 막자고."

그 광경을 목격한 스도가 호리키타에게 지시를 구했다.

"잠시 상황을 지켜보자. 아직 류엔의 의도가 뭔지 모르니까."

류엔이 본인 입으로 말했듯 다른 반 학생에게 말을 거는 것은 지극히 자연스러운 현상이지 위반사항은 어디에도 없다.

지금 단계에서 괜히 끼어들어봐야 얻을 수 있는 성과는 없으리라.

우리는 류엔 무리와 조금씩 거리를 좁히며 상황을 살피기로 했다.

"어이, 잠깐. 코엔지. 나 좀 보자."

"뭐지, 너희는. 난 너희가 부를 만한 행동을 한 기억이 없는데."

이시자키에게 앞길이 막힌 코엔지의 얼굴은 보이지 않지만, 말투는 평소와 똑같았다.

"그걸 판단할 사람은 네가 아니야."

"흠. 하긴 너는 아니겠지."

코엔지가 류엔을 비롯한 C반 아이들을 스윽 둘러보았다. 그 눈에 초조나 불안의 빛은 전혀 담겨 있지 않았다.

"내가 누군지 기억하나?"

양쪽 주머니에 손을 찔러넣은 채 류엔이 코엔지와 대면했다.

"물론 기억하지. C반의 개구쟁이잖아?"

"저번에는 놓쳤지만 오늘은 좀 같이 가줘야겠어, 괴짜."

"미안했다. 그땐 바빴거든."

머리칼을 쓸어 넘기며 사과했다. 전혀 사과 같지 않았다.

"그런데 한 가지, 걸리는 단어가 있군. 괴짜, 라는 게 날 말하는 건가?"

"너 말고 누가 있어?"

"이해하기 힘든 발언이지만 지금은 그냥 넘어가 주도록 할까? 나는 관대하니까. 그런데 지금부터 데이트 약속이 있어서 말이야, 짧게 끝내줬으면 하는데?"

"미안하지만 그 용건은 뒤로 미뤄줘야겠는데."

"나를 돌려보낼 생각이 없다는 건가?"

"그렇다면 어쩔래."

코엔지는 잠시 생각에 잠긴 듯 팔짱을 꼈다가 곧 풀었다.

"저쪽에 가서 용건부터 들어볼까?"

기숙사로 향한 길을 막고 있으면 남들에게 피해가 된다고 생각한 건지, 아니면 달아날 수 없겠다고 판단한 건지, 코엔지는 조금 앞에 있는 휴게 공간을 손가락으로 가리켰다.

"나야 어디든 상관없어."

"그럼 따라와."

코엔지가 앞장서서 유도하듯이 길에서 벗어나 휴게 공간으로 이동했다.

길 위라면 몰라도, 사람들 눈에서 벗어난 곳은 상황을 지켜보는 데에 한계가 있다.

"우리도 따라가는 편이 좋겠어."

그 말을 들은 스도가 서둘러 달려나가려고 했지만 호리키타가 일단 막았다.

"경솔한 폭언과 행동은 피할 것. 잘 알고 있겠지?"

"그, 그래."

다시 한번 주의를 받은 스도 그리고 호리키타가 앞장서서 류엔 무리 쪽으로 향했다.

그리고 조금 늦게 우리도 뒤따랐다.

호리키타가 곧바로 류엔에게 말을 걸었다.

"류엔. 여기서 뭐하려는 속셈이지? 경솔하게 손대려고 했다간 곧바로 큰문제가 될 거야."

"크큭. 나한테 낚여서 어슬렁어슬렁 따라왔냐."

처음부터 따라올 줄 알았다는 듯 류엔이 뒤돌아보았다.

그리고 우리를 가만히 관찰했다.

코엔지를 노린 것도 사실이겠지만, 아마도 찾아다니던 상대의 범위를 좁히기 위한 덫이기도 했으리라.

그게 아니라면 굳이 무투파를 대동하고 D반에 쳐들어오지 않았을 것이다.

피어오르는 연기를 보고 찾아내듯, 타깃을 좁힌다.

"아야노코지에 미야케, 그리고 유키무라인가. 뭐, 무난하다고 할 수 있군."

"나도 있거든, 류엔."

주먹과 주먹을 포개는 스도를 류엔은 그대로 무시했다.

"히라타는 왜 없지?"

"글쎄, 모르겠는데. 흥미 없는 것 아닐까?"

"웃기지 마라. 그렇게 정의감이 강한 녀석이라면 이 자리에 있어도 이상하지 않으니까 말이야."

"모든 일이 네 생각대로 흘러가지는 않는다고 말해주고 싶네."

"뭐, 됐다. 오늘은 말이지."

류엔이 턱으로 지시를 내리자 이시자키 무리가 코엔지를

둘러쌌다.

그 모습을 본 아키토가 혐오감을 감추지도 않고 중얼거렸다.

"임금님 놀이라도 하냐? 반 친구를 턱으로 부리다니."

"미안하군, 미야케. 내가 되먹지 못한 건 옛날부터거든."

양 주머니에 여전히 손을 꽂은 채 류엔이 코엔지에게 다가갔다.

"기다려."

"기다리라고? 뭘 기다리라는 거지? 보다시피 우린 아무 짓도 안 했는데."

아직까지 아무도 코엔지의 손가락 하나도 건들지 않았다.

"시시덕거리는 건 상관없는데, 그럼 난 필요 없지 않아?"

불러놓고 다른 사람과 대화하는 류엔에게 코엔지가 지적했다.

호리키타의 충고를 들을 리 없는 류엔이 코엔지와 마주보았다.

"그렇지. 오늘의 주인공은 너다, 코엔지. 너한테 빚도 하나 있으니까."

"빚? 미안하지만 기억이 안 나는데."

"12간지 시험에서 네가 클리어하는 바람에 포인트를 잃은 것 말이야."

잘도 알고 있군. 어디서 그 소문을 들은 것일까.

"아아. 그 거짓말 게임 말이야? 너한테 방해가 됐다면 그건 미안하게 됐네."

사과하면서도 미안한 생각은 눈곱만큼도 없는 듯한 코엔지.

당당한 태도로 품속에서 손거울을 꺼냈다.

C반 아이들로서는 전혀 이해할 수 없는 행동이었으리라.

의아한 눈빛을 보내는 C반에게 코엔지는 친절하고도 정중하게 대답했다.

"오늘은 바람이 좀 강하군. 내 나이스하고 쿨한 머리 세팅이 헝클어졌는지 확인하는 거야."

몇 번인가 얼굴을 좌우로 움직이며 자신의 상태를 체크했다.

"흠…… 살짝 흐트러져서 아름다움이 결여되고 말았군. 미안하지만 거울 좀 들어줄래?"

그렇게 말한 코엔지는 손거울을 눈앞에 있던 류엔에게 내밀었다.

류엔은 미소를 띠며 손거울을 받았다.

"내 쪽으로 향하게 해줘."

코엔지는 가방에서 휴대용 헤드왁스를 꺼내 손가락 끝에 묻힌 다음 양손으로 머리카락을 다듬기 시작했다.

C반 아이들은 어처구니가 없어, 그 이상한 광경에 뭐라고 말도 하지 못했다.

하지만 다음 순간, 날카로운 소리가 울려 퍼졌다.

류엔이 코엔지에게 받은 손거울을 세게 내던진 것이다. 땅에 내동댕이치듯이.

그리고 여느 때와 다름없는 미소를 지으며 코엔지의 팔을
붙잡았다.

"그 괴짜의 얼굴, 언제까지 그대로 유지할 수 있으려나?"

코엔지는 두 손으로 머리를 매만지던 자세 그대로 조용히
숨을 토했다.

"또 장난질이네. 그 손거울, 꽤 비싼 건데?"

"미안, 손이 미끄러졌네?"

"훗후. 어쩔 수 없나. 그럼 내 팔을 잡고 있는 그 손을 놔
주실까? 세팅이 잘 안 되잖아. 뭐, 머리카락이 헝클어진 상
태여도 멋진 남자이긴 하지만 말이야."

일촉즉발의 분위기 속에서 류엔이 천천히 코엔지를 잡고
있던 손을 놓았다.

이 자리에서 요란한 행동을 일으키는 것은 리스크가 너무
높았다.

하지만 극한까지 상대를 내모는 류엔의 스타일에 흔들림
은 찾아볼 수 없었다.

"적당히 해, 류엔."

"넌 입 다물고 있어, 스즈네. 지금은 코엔지랑 노는 중이
니까."

"네가 일방적으로 수작 부리고 있을 뿐이잖아? 저 애는
그걸 바라지 않아."

깨진 손거울 파편을 조심조심 주우며 호리키타가 류엔을
쏘아보았다.

"내가 할게. 손 나칠지도 모른다고."

"난 괜찮아. 동아리를 하는 네가 다치는 게 더 문제지."

호리키타는 그렇게 말하며 스도의 청을 거절했다.

"바보 같은 소리 좀 하지 마. 여자애가 다치도록 가만히 내버려둘 것 같아?"

스도는 강제로 호리키타를 밀어젖히고 대신 파편을 줍기 시작했다.

"다쳐도 치료 안 해줄 거야."

호리키타가 쏘아붙였지만 스도는 신경 쓰지 않고 계속 줍기만 했다.

"무슨 일인가 했더니 꽤 흥미로운 조합이 모여 있네."

이 소동은 D반과 C반의 범위에서 수습되지 않았다.

소문을 듣고 왔는지 A반의 사카야나기 그룹이 모습을 드러냈다.

그중에는 카무로 마스미도 있었는데, 나머지 두 남학생은 얼굴만 본 적 있었다.

"사카야나기인가…… 마치 짜기라도 한 듯한 타이밍이군."

소녀는 걸음을 멈추고, 손에 쥐고 있던 지팡이로 콘크리트를 가볍게 탁 때렸다.

이거, 규모가 커지고 말았군.

우리 D반은 코엔지를 포함해 여섯 명. C반이 다섯 명. A반이 네 명.

총 열다섯 명이라는 대인원이 모였다.

"내가 여기 온 건 우연이야."

"웃기고 있네."

아무리 봐도 우연이 아니라는 건 류엔도 바로 알 수 있다.

"그나저나 C반의 주요 멤버에다가 D반 애들까지. 지금부터 크리스마스 파티에 관한 의논이라도 하려는 거야?"

"참견하지 마라. 아직 너한테는 볼일 없으니까."

"그렇게 말할 것까지 있니? 파티는 사람이 많은 게 더 재밌잖아? 나도 끼워주지 않을래?"

사카야나기의 도발과도 비슷한 제안을, 류엔은 전혀 상대할 생각이 없어 보였다.

"여기 계속 있을 거면 방해 말고 조용히 있어."

"물론이지. 파티 주최자의 얼굴에 먹칠하는 짓은 안 해."

사카야나기는 살짝 거리를 두고 휴게 공간의 벤치에 앉았다.

그 앞에 A반 학생 셋이 떡하니 버티고 앉았다. 마치 사카야나기를 보호하기라도 하듯이.

뭐, 이런 분위기라면 폭력 사건이 일어나도 이상하지 않을 것 같은데…….

휴게 공간 부근에 감시 카메라는 없다.

그렇다고는 해도 고개를 조금만 돌리면 기숙사로 돌아가는 학생들이 보인다.

언제 누가 이곳에 올지 모른다.

그러니 난투극이 벌어지리라고는 생각하기 어렵다.

지금까지 꺼림칙한 미소를 짓고 있던, 모임의 중심인물 코엔지 로쿠스케가 입을 열었다.

　"갤러리가 늘어나는 건 상관없는데, 슬슬 이야기를 진행하지그래? 안 그러면 돌아갈 거야."

　"기다려, 코엔지. 이번에는 놓치지 않겠다고 류엔 씨가 말했잖아."

　"미안. 자꾸 훼방을 놓는 바람에 지체됐다. 슬슬 본론으로 들어갈까?"

　코엔지가 희미하게 웃었다.

　"상황으로 보건대…… 아마도 너는 C반에 방해가 되는 자, 혹은 다른 반을 통솔하는 자를 쓰러트리는 것에 푹 빠져 있는 듯한데, 아닌가?"

　"그래. 눈에 거슬리는 인간은 전부 적이다. 제거할 거야."

　"그리고 지금, D반 내부에 너를 방해하는 존재가 나타났다. 넌 그 방해꾼이 누구인지를 찾고 있고."

　류엔이 말할 것도 없이 코엔지는 이미 이해하고 있었다.

　평소에 자신의 흥미 대상 이외에는 관심을 드러내지 않는 남자로서는 드문 일이다.

　"그래."

　"그렇다면 난 네가 찾고 있는 인물이 아니야. 왜냐하면 난 D반의 앞날에도, 다른 반의 앞날에도 전혀 흥미가 없거든. 지금까지 친 시험에서도 딱히 뭔가를 이루려고 한 적 없고. 그리고 앞으로도 그럴 생각은 없어. 그런 인간을 상대로 해서 과연 재미있으려나?"

"그건 참 이상한 이야기군. 12간지 시험은 그럼 어떻게 설명할래? 난 이미 다 알고 있어."

"이런 이런, 꽤 모르는 게 없나 보군."

12간지 시험. 원숭이 그룹에 배정된 코엔지는 훌륭하게 우대자를 알아냈다.

결과를 봤을 때 D반이 이긴 건 알 수 있더라도 학생을 특정하기란 어려웠을 터.

그런데 류엔은 알아낸 것이다.

아니면 코엔지가 원숭이 그룹에 배정된 것을 보고 추측한 건가.

부정하지 않은 코엔지의 발언에 확신을 얻었을 가능성도 있다.

"그건 단순히 시간 때우기였어. 성가신 모임에 자꾸 참가하고 싶지는 않았으니까. 빨리 끝내는 게 자유로 가는 지름길이라고 판단했을 뿐이야."

휴대폰을 꺼낸 코엔지는 카메라 모드로 전환해 자신의 얼굴을 비추었다.

아무래도 즉석 손거울로 이용하려는 모양이었다.

"그렇다는 건 12간지 시험 말고도 참가했을 가능성을 배제할 수 없다는 거다. 즉 네가 D반을 지배하는 게 아니라는 보장은 어디에도 없다는 거지. 안 그래?"

"그건 그렇지. 하지만 만약 네가 그렇게 결론 내릴 인간이라면 그건 네가 딱 그 정도의 두뇌밖에 가지지 않은 얼간이라는 소리도 되겠지."

그 폭언에 이시자키가 달려들려고 했지만 류엔이 웃으며 만류했다.

그나저나 정말 멋지게 되받아쳤다며 감탄했다.

아무 상관없는 인간한테 흑막이 있다고 주장한다면 그는 과연 얼간이 이외에 아무것도 아니기 때문이다.

"크큭. 하긴 그렇군. 진실을 말하고 있는 거라면 너는 인축무해한 존재라는 건가?"

"예스. 말귀를 잘 알아들어서 나쁘지 않네, 드래곤 보이~."

드래곤 보이라는 부분이 걸렸는지 사카야나기가 웃었다.

하지만 류엔은 그것을 무시하고 다른 벡터로 이야기를 전개했다.

"내가 만약 이 녀석들이 보는 앞에서 너한테 주먹을 날리면 어떻게 할래? 12간지 사건의 보복으로, 아무런 이익도 없이 무의미하게 폭력을 써서 지배하려고 한다면?"

불온한 공기에 호리키타가 반응할 것 같았지만, 그 전에 코엔지가 웃음을 터트렸다.

"그거야말로 난센스 같은 질문이군. 넌 지금 이 자리에서 그 선택지를 고르지 않을 거야. 갤러리가 이렇게 많은데 폭력이라니. 메리트가 너무 없잖아?"

"미안하지만 난 이렇게 부적절한 장소에서도 얼마든지 주먹을 날릴 수 있어. 이익은 도외시한다."

"그렇군. 그럼 네 질문에 대답해주지. 만약 네가 그 선택지를 고른다면 나는 내 프라이드를 지키기 위해, 내게 덤비는 자 전원을 녹아웃 시키겠지."

"너 혼자서 할 수 있다고?"

"하지 못할 이유를 찾는 게 더 어려운데."

멀리서 이 흥미로운 대화를 엿듣던 사카야나기가 빙그레 웃었다.

"추리를 펼칠 것도 없이 코엔지는 X가 아닌 것 같군. 이 녀석은 나와 다른 방향으로 미친 인간이다. 그냥 그게 전부야."

"오해가 풀린 것 같아 다행이네."

"하지만 한 가지만 물어보지, 코엔지. D반은 차곡차곡 반포인트를 늘려가고 있어. 그 역할을 맡은, 머리 잘 돌아가는 녀석이 분명히 있을 거다. 그게 네가 아니라면 누구지? 얼간이 같은 얼굴로 여기 따라온 이 녀석들 중에 있나?"

코엔지는 그제야 비로소 우리들을 딱 한 번 쳐다보았다.

하지만 비웃음과 함께 어깨를 으쓱 하며 곧바로 흥미를 잃었다.

"그 질문이라면 대답해줘도 상관없다만──."

"잠깐만 괜찮을까?"

코엔지의 말을 차단하듯, 벤치에 앉아 있던 사카야나기가 입을 열었다.

"흥미로운 대화를 하고 있구나. D반에 C반을 방해하는 학생이 있다니. 드래곤 보이 씨가 그를 찾고 있다는 소문은 들었는데 정말이었어?"

"입 닫고 있으라고 말했을 텐데, 사카야나기. 그리고 다음에 또 나를 그렇게 부르면 죽여 버린다?"

"후훗. 마음에 안 들었어? 멋진 네이밍이라고 생각하는데. 미안. 아무래도 내 이해가 미치지 않는 일이 일어나고 있는 것 같아서. 나도 모르게 그만."

작게 웃은 사카야나기는 별로 신경 쓰는 기색도 없이 말을 이었다.

"넌 네 계획이 D반의 누군가에게 간파되고 말았지. 그게 전부 아니니? 이 학교는 반끼리의 경쟁이 기본이야. 다른 반을 방해하는 건 그리 이상한 일도 아니잖아? 실제로 나도 너도, 그렇게 몇 번인가 싸웠고. 누군지는 몰라도, 정체를 감추고 전략을 짜는 것도 훌륭한 싸움 방식이야. 그걸 굳이 이런 식으로 상관도 없는 애들을 추궁해가며 물을 일이니? 솔직히 보기 흉한 행위로밖에 안 보여."

"내 계획이 X 때문에 틀어진 건 인정해. 하지만 문제는 그게 아니야. 뒤에서 쥐새끼처럼 몰래 움직이는 녀석을 밖으로 끌어내기 위해서 그러는 거다. 그런 게임인 거야."

"그렇구나. 이런 식으로 공갈 협박 같은 행동을 하는 것도 다 네 계획에 들어 있었다는 거네?"

"그래. 필요하다면 폭력도 불사할 거다. 난 내 방식대로 즐기고 있어."

"그렇다면 꼴사나운 것도 모자라 무능하다는 것까지 드러나고 말 뿐인데? 마스미와 하시모토에게서 여러 이야기를 들었어. 무인도에서 네가 펼쳤던 작전, 그리고 어떻게 해서 졌는지. 꼼꼼하게 분석하면 저 애가 아무 상관없다는 건 명백하지 않아? 애초에 무인도에서 활약한 건 거기 있는 호리키타 스즈네 아닌가? 네가 찾고 있는 정체불명의 인물은 정말 실존인물이 맞아?"

사카야나기의 예리한 눈동자와 말이 류엔을 공격했다.

"……계획이 틀어진 변명, 인 거 아니야……?"

사카야나기와 보조를 맞추듯, A반 학생 하나가 낮은 목소리로 중얼거렸다.

"그건 말이 너무 심해, 키토. 류엔도 그런 멍청이는 아니잖아?"

하시모토, 라고 했나. 아무튼 그가 그렇게 말하며 류엔을 편들었다.

하지만 류엔은 사카야나기 무리의 도발에도 전혀 움찔하거나 동요하지 않았다.

'그런 것은' 처음부터 류엔이 가장 잘 알고 있었기 때문이다.

"너야말로 멍청하지, 사카야나기. 난 카츠라기를 이용해서 계약을 맺었으니까."

류엔은 굳이 그 부분을 반론하지 않고 다른 논점으로 이야기를 전환했다.

이번에는 내가 시비 걸어 주마, 하는 의도가 보일 듯 말 듯하다.

"계약?『A반은 무인도에서 C반의 원조를 받는 대신 그 대가로 프라이빗 포인트를 지불한다』라는 거였나? 구체적으로는『졸업 때까지 매달 일인당 2만 포인트를 지불한다』라는 내용이었지?"

사카야나기도 물러서지 않고 응전했다.

"뭐라고? 그게 무슨 소리야? 너희, 뒤에서 도대체 무슨 짓을 꾸민 거냐?! 그래도 돼?!"

스도가 불만을 터트렸다.

"규칙상으로는 아무 문제없어. 서로의 반이 납득해서 계약한 거니까. C반이 얻었어야 할 반 포인트를 우리가 받고, 그에 따라 생기는 대가…… 즉 프라이빗 포인트를 C반에 준다는 내용일 뿐이야."

무인도 시험에서 A반과 C반이 손잡았다는 사실은 알았지만, 그 보상 내용까지는 몰랐다. 이런 내용이라면 과연 성립할 수 있는 거래로군. 모든 포인트를 써서 A반에게 무인도에서 쓸 수 있는 270 포인트(사카야나기의 결석에 따른 30점을 뺐다)를 남겨주는 대신 2만 프라이빗 포인트를 요구한 것이다. 언뜻 보기에는 C반에 이익인 것 같지만, 시험 종료 후 반 포인트로 리드 가능한 면이 크다. 반의 순위를 결정하는 것은 반 포인트이기 때문이다. 프라이빗 포인트는 부수적으로 지급되는 포인트에 지나지 않는다고도 말할 수 있다. 결과적으로 카츠라기는 포인트를 잃고 말았지만, 그렇게 되지 않았다면 대등 이상의 성과가 A반에 있었을 가능성이 높았다는 이야기이다. 반 포인트 리드는 그것만으로도 큰 요소이다. 만약 그냥 무인도 생활을 보냈다면 반 포인트가 거의 남지 않아 지금보다 B반과의 차이가 줄었을 것이다.

그런데 왜 이 타이밍에 밝혀지지 않았던 사실까지 말한 것일까.

그건 분명 류엔에 대한 사카야나기의 짓궂은 장난 같았다.

류엔이 사카야나기를 무시했고, 사카야나기 역시 류엔에게 되갚아준 건가.

"속사정이 드러나서 곤란한 건 내가 아니라 너희다. 매달 빠짐없이 2만 포인트를 착취당한다는 사실이 다른 반에 들통났잖아?"

"네가 말하려고만 하면 언제든지 퍼질 수 있는 이야기야. 신경 써봐야 아무 소용없지. 애초에 계약을 맺기로 판단한 건 카츠라기이기도 하고."

자신은 상관없다고 딱 잘라 말했다. 무인도에 오지 않은 사카야나기로서는 막을 방법이 없었던 이야기이다.

아니, 물론 괜한 짓을 하지 못 하게 반에 미리 지시할 수는 있었겠지만, 대립 관계인 두 사람을 생각하면 일부러 내버려뒀을지도 모르겠다.

실제로 요즈음 카츠라기 파는 죽은 듯이 있고, 사카야나기가 반을 지배하는 것처럼 보였다.

"젠장. 그럼 C반은 매달 용돈이 보장되어 있는 거네?"

"현혹되지 마, 스도. 대신 원래 C반이 얻을 수 있었던 반 포인트를 완전히 내팽개쳤잖아. 꼭 이익이라고 볼 수는 없지."

"정말로 그럴까, 스즈네. 우리는 무인도에서 실질적으로 반 포인트를 200점 얻은 거나 마찬가지인데? 게다가 그 포인트 수입은 A반이 완전히 실각하지 않는 한 영원히 이어지지."

"그렇지 않아. 비슷한 듯해도 다르지. 네가 얻고 있는 건 프라이빗 포인트. 반 포인트와는 전혀 무관해."

하긴 A반을 노리고 있다면 류엔은 전혀 이익이 없다. 그런 점에서는 호리키타의 주장이 옳다고 할 수 있으리라.

하지만 한 달에 80만 정도의 포인트, 그러니까 돈이 A반에서 C반으로 흘러들어가고 있다는 건 큰 사건이로군.

앞으로 C반이 반 포인트를 계속 잃어 0이 된다고 해도 최소한의 수입은 보장된다. 사카야나기 파가 아무리 궁지로 내몰았다지만 카츠라기가 완전히 놀아났네.

"이야기 다 끝났나? 너희는 시시덕거리고 장난치는 걸 좋아하나 보구나. 그걸 부정할 생각은 없지만 더는 날 방해하는 짓을 그만둬줬으면 좋겠는데. 무의미한 남의 의견을 들으면서 시간을 빼앗기는 건 썩 유쾌하지 않아서 말이지."

"기다려, 코엔지. 아직 네 대답을 듣지 못했어."

코엔지는 기억을 떠올리듯 하늘을 올려다보았다.

"D반 중에 머리가 잘 돌아가는 존재, 라고 물었나. 솔직히 말해서 생각해본 적도 없지만…… 어쨌든 내가 답하지 않는 편이 낫지 않을까? 리스크를 무릅쓰고서라도 넌 그 답을 찾고 있는 거잖아? 즐거움을 빼앗는 행위는 가능하면 하고 싶지 않군. 난 이 학교에서 청춘을 노래하고 있어. 그것뿐이야. 이 학교가 나를 흥분시켜 준다면 이야기가 달라지지만, 아무래도 그건 기대하기 힘들 것 같아. 그러니 차라리 아름다운 여성들과 다양한 사랑을 나누면서, 서로 고무시키는 거야. 그렇게 해서 나의 아름다움을 계속해서 추구해나갈 거야. 그게 전부야."

"즉 너는 반끼리의 항쟁에 끼지 않겠다고?"

"지금까지도 그랬고 앞으로도 그럴 거야. 처음부터 그렇게 전했을 텐데. C반도 A반도 내 입장에서는 똑같아. 여기에 있는 너희로는 따분하기만 해."

"뭐라고?! 류엔 씨, 이 자식이 아까부터 우리를 얕보고 있어요! 뜨거운 맛을 보여주자고요!"

무시당한 이시자키가 코엔지에게 주먹을 들이댔다.

하지만 류엔보다 먼저 코엔지의 말에 감화된 존재가 있었다.

지금까지 생글거리며 이따금 참견만 하던 사카야나기가 코엔지의 어느 한마디가 마음에 걸린 모양이었다.

"도저히 그냥 넘길 수 없는 말이 있네. 드래곤 보이 씨는 그렇다고 쳐도——."

그렇게 말하자마자, 류엔이 재빨리 사카야나기와 거리를 좁혔다.

그리고 있는 힘껏 발차기를 날렸다.

"앗——?!"

사카야나기와 류엔 사이에 허둥지둥 끼어든 하시모토가 왼팔로 그것을 막았다.

하지만 강력한 일격에 하시모토의 몸이 옆으로 날아 콘크리트 바닥에 처박혔다.

만약 하시모토가 끼어들지 않았다면 진심으로 사카야나기의 얼굴을 발로 찼을 가능성이 높다.

방금 하시모토에게 키토라고 불린 A반 남학생이 하얀 장갑에 손을 가져가며 류엔과의 전투태세에 들어갔다.

"기분 상했나 봐?"

"한 번만 더 그렇게 부르면 죽여 버리겠다고 말했을 텐데?"

"적당히 좀 해. 지금 네 행동은 큰 문제야."

폭행이 이루어진 순간을 목격한 호리키타가 경고했지만, 그걸 말린 사람은 사카야나기였다.

"방금 무슨 일 있었어? 하시모토."

"아닙니다. 저 혼자 넘어졌을 뿐입니다."

옷에 묻은 먼지를 털어내며 하시모토가 느릿느릿 일어났다.

"그렇다고 하네, 호리키타."

"으……. 류엔도 너희도 머리가 어떻게 된 것 같아."

폭력 행위에도 사카야나기가 이끄는 A반은 항의하지 않았다.

그러기는커녕 한바탕 싸움을 벌여도 상관없다는 분위기마저 풍겼다.

"미안해, 류엔. 장난이 지나쳤네."

사카야나기는 그렇게 사과한 후 코엔지에게로 시선을 옮겼다.

"이야기를 되돌리겠는데, 나까지 포함해서 따분하다는 게 도대체 무슨 소리지?"

사카야나기로서는 눈앞의 류엔보다도 코엔지의 발언이 더 신경 쓰이는 듯했다.

류엔도 흥이 깨졌는지 사카야나기에게서 다시 거리를 벌렸다.

"진짜, 뭐 저런 애들이 다 있어……."

호리키타가 동요하고 어이없어하는 것도 무리가 아니다.

여기 모인 멤버는 모두 만만치 않은 상대들이니까.

"그 정도로 내 말이 마음에 안 들었나? 리틀 걸."

코엔지는 손바닥을 펼치더니, 벤치에 앉는 사카야나기에게 손가락 끝을 내밀었다.

"크큭. 리틀 걸인가. 네이밍 센스가 꽤 좋잖아?"

드래곤 보이의 복수라는 양 류엔이 비웃었다.

"코엔지, 라고 했지? 네가 구사한 영어는 틀렸어. 난 어린 소녀가 아니니까."

"홋홋후. 그걸 정하는 건 네가 아니라 나야. 틀린 용법이 아니란 소리지. 네가 그냥 걸이라고 부르기에 어울리는 나이와 체형이 되면 그땐 그렇게 불러줄 테니까."

"그거야말로 틀렸어. 용법으로 따지면 리틀 걸은 초등학생 여자애한테만 쓸 수 있는 단어니까. 이 세계에서 네 멋대로의 행동이 허락된 것도 아니고.”

“상식을 따르지 않는 게 바로 나의 방식이지.”

그가 머리카락을 휘익 쓸어 넘겼다.

“……적당히 해라, 코엔지.”

키토가 한 발자국 앞으로 나왔다.

또다시 흰 장갑을 벗으려고 했다.

처음에는 추위를 막으려고 끼고 있는 줄 알았는데, 아무래도 아닌 것 같다.

“뭐야, 저 녀석. 장갑을 벗으면 귀신이라도 나오는 건가?”

“그게 무슨 소리야.”

갑자기 스도의 입에서 귀신이라는 단어가 튀어나와 나도 모르게 되묻고 말았다.

“너 모르는 거냐? 옛날에 유행한 만화인데. 하얀 장갑을 벗으면 귀신이 나와서 악마랑 싸우는.”

전혀 처음 듣는 이야기인데, 애당초 만화를 읽어본 적도 없다.

“A반에는 용건 없어. 지금은 그냥 꺼져라.”

“저 애가 했던 말, 그걸 정정은 해줬으면 좋겠는데.”

“후후후, 나를 둘러싸고 벌이는 싸움도 썩 나쁘지 않군. 하지만 안타깝게도 남자든 여자든, 난 연상한테만 흥미가 있어서 말이지.”

사카야나기, 류엔이라는 반을 대표하는 학생이 코엔지 한 사람에게 휘둘리고 있었다.

상식이 통하지 않는다는 건 어떤 의미로 최강이군.

폭력, 거짓과 대등하게 맞설 수 있는 새로운 강력 무기는 '비상식'이었던 건지도 모른다.

"넌 오늘 정리가 돼서 다행이다. 그만 가봐라."

류엔조차도 코엔지를 상대하는 데 상당한 체력이 필요하겠지.

더는 나올 정보가 없다는 것을 알았는지, 코엔지에게 가라고 말했다.

"그럼 사양하지 않을게. 씨 유."

태풍은 류엔이 아니라 코엔지 쪽이었던 건지도 모른다.

소동은 순식간에 종식되고 정적이 찾아왔다.

"아무래도 구경거리가 끝난 것 같네. 이만 돌아갈까."

"3학기를 기대해라, 사카야나기."

"네가 D반을 무너뜨린 걸 확신하고 나면 언제든 상대해줄게."

그 말을 남기고 A반 학생들도 자리를 떴다.

"우리도 갈까? 호리키타."

"그래…… 더는 같이 못 있겠어."

스도가 깨진 파편을 거의 다 주웠기 때문에, 일단 원래 상태로 돌아갔다고 봐도 좋으리라.

"그런데 그 애는 생각보다 코엔지한테 관심이 없어 보였어……."

호리키타도 류엔의 행동에서 이상한 점을 느낀 것 같았다.

한편 그 의심은 C반에도 전파되었다.

"……저대로 보내도 돼요?"

"녀석이 내가 찾고 있는 상대라면 안 보냈지."

"내 눈에는 수상하게 보였는데. 무슨 생각을 하는지 알 수 없는 녀석이고, 하는 말이 다 거짓말일 가능성도 있잖아."

"녀석의 생각과 내 생각이 매치되지 않아. X는 나와 비슷한 사고를 가졌으니까 말이지. 코엔지가 뒤에서 실로 조종했다고 보긴 힘들어. 애초에 녀석이 호리키타와 짜고 행동을 일으킬 것처럼 보이냐?"

"그건 상상하기 힘들지만. 그럼 왜 코엔지를 노렸지?"

"야. 너희는 코엔지를 어떻게 생각해?"

코엔지의 뒷모습에서 시선을 뗀 류엔이 기분 나쁜 미소를 지으며 우리를 쳐다보았다.

"아까부터 너희, 뭘 그렇게 속닥거리냐? 의미를 모르겠네."

류엔의 행동을 이해하지 못한 스도가 주먹을 쥐고 도발하며 노려보았다.

"바보는 꺼지시고."

"뭐라고?!"

호리키타가 눈과 손으로 스도를 말렸다.

"류엔. 네 행동은 상식에서 벗어났어. 이해하기 힘든 게 사실이야."

"그럼 내 행동이 옳았다는 거군."

비난당해도 류엔은 눈 하나 깜박하지 않았다.

그러기는커녕 점점 상황을 즐기는 것처럼 보였다.

"오늘부로 후보를 아주 많이 좁혔어, 스즈네. 네 뒤에 숨은 존재 말이야."

"네가 무슨 소리를 해도 귀담아듣지 않을 거야. 상대하는 만큼 시간만 버리는 거니까. 그보다도 앞으로 우리 반 애들한테 접근하는 거 그만둬줄래?"

"접근하든 말든 그건 내 자유지. 규칙 위반도 아니고."

규칙을 곧잘 어기는 인간이 규칙을 방패막이로 내세웠다.

"하지만 이제 곧 이 놀이도 끝이다. 피날레를 기대해도 좋아."

그렇게 매듭지은 류엔은 사카야나기 무리를 가볍게 쳐다본 후 자리를 떠났다.

"이제야 돌아갔네. 우리도 가자. 일단 이 일에 대해 히라타한테도 말해둘게."

"그나저나 뭐야, 류엔 녀석. 하고 싶었던 게 뭐였을까?"

"글쎄. 그 애가 뭘 하고 싶었는지 아는 사람은 어디에도 없을걸?"

아무래도 류엔은 속으로 모든 준비를 마친 것 같군.

나는 그것을 실감하면서 류엔 무리의 뒷모습을 바라보았다.

1학년 C반 담임 총평

12/1시점 담임 총평

542

여름 방학 전

류엔 카케루가 반의 리더 역할을 맡음과 동시에 반의 방침이 굳어진 인상을 받았습니다. 또한 그를 리더로 삼음으로써 안정적인 성과를 낼 것을 기대합니다.

무인도 시험

자칫 가혹해지기 쉬웠던 시험이었는데, 리더인 류엔 카케루가 직접 짠 작전을 실행하여 학생들에게 부담을 강요하지 않고 기발한 아이디어를 통해 극복해낸 것을 칭찬해주고 싶습니다.

선상 시험

무인도에서 포인트를 획득하지 못했던 것과 달리, 최우수 성적을 낸 점을 있는 그대로 평가하고자 합니다.

체육대회

다양한 아이디어와 연구를 통해, 하나라도 이기는 것에 집념을 불태웠습니다.

페이퍼 셔플

학력 차이는 거의 없었을 텐데 D반에 진 것을 안타깝게 생각합니다. 이것을 계기로 삼아 다시금 정신을 다잡고 3학기에 임해줄 것을 바랍니다.

○결착의 시간

"이것으로 홈룸을 마친다. 겨울방학 동안에도 우리 학교 학생으로서 자각을 가지고 절도 있는 하루를 보내도록. 이상."

사카가미 선생님의 고맙게도 무의미한 말을 한 귀로 흘려 넘긴 나는 휴대폰을 꺼냈다.

마침내 작전을 펼칠 그날이 찾아왔다.

디데이는 2학기 종업식. 이 날은 오전에 모든 행사가 끝난다.

동아리도 쉬고, 학교 측도 학생들에게 일찍 돌아가라고 재촉할 것이다.

즉 교내에는 학생 대부분이 남아 있지 않으리라.

"지울 수 있는 녀석은 다 지웠는데, 그래도 가능성 있는 후보가 열 명 가까이 남아 있군."

내가 한 번도 말을 섞어본 적 없는 녀석들도 몇 명 섞여 있지만 그건 어쩔 수 없다.

카루이자와를 이용하지 않고 답에 도달하는 것이 이상적이지만, 역시 X도 꼬리를 밟히지 않았다.

"뭐, 오히려 즐거움이 늘어났다고 봐야 하나."

솔직하게 말하면 짐작 가는 인물이 있기는 하지만, 지금 바로 좁히는 건 의미가 없다.

오히려 머리를 텅 비우고 X를 맞이하는 쪽이 더 자극적이고 재미있다.

나는 페이퍼 셔플 시험 이후로 어떤 행동에 들어갔다.

C반에서 움직일 수 있는 녀석을 총동원해, 감시해야 할 타깃에 미행을 붙인 것이다.

하지만 감시함으로써 X의 정체에 다가가려고 한 건 아니다.

또 문제가 커질 위험을 고려해, 기가 약한 남자애나 여자애한테는 일부러 미행을 붙이지 않았다.

감시는 어디까지나 스도와 미야케 같은 불량한 녀석들로 한정했다.

또는 히라타처럼 문제가 커질 것을 염려하는 보수적인 인간들만으로 해두었다.

그것만으로도 D반 녀석들은 내 행동의 불온함을 알아차렸다. 스도의 경우는 상상 이상으로 머리가 나빴던 탓에 직접 도발하러 가는 수고도 들여야 했지만 말이지.

어쨌든 중요한 건 내가 '노리고 있다'는 걸 늘 인식시키는 것에 있었다.

녀석은 매일 전전긍긍하며 보냈으리라.

'정체를 들킬지도 모른다'라는 공포.

지금까지 녀석은 스즈네를 방패막이로 삼아 철저히 정체를 숨겨왔다.

즉 자신이 뒤에서 D반을 조종하고 있다는 사실이 발각되는 것을 두려워하는 인물.

그렇다면 서서히 궁지로 내몰아 은근히 골탕 먹여 주마.

그 느낌을 두려워하지 않을 리 없다.

그리고 또 한 가지. 내가 카루이자와를 노리고 있다는 걸 일부러 녀석에게 알려주고, 그러면서도 곧바로 행동을 일으키지 않았다.

녀석은 이 보름간 계속해서 신경을 소모시켰을 것이다. 어떤 식으로 카루이자와에게 접근할까. 어떤 식으로 물어볼까. 약점인 카루이자와에게 매일 별일 없었는지 물어봤겠지. 자신의 정체와 가까워진 내가 어떤 행동을 해올까. 그것만 계속 생각했을 것이다.

그건 상상 이상으로 사람을 피폐하게 만든다. 그리고 일종의 혼란을 불러일으킨다.

어디까지 꼬리를 밟혔을지, 정상적으로 판단할 수 없다. 의심암귀.

그리고 오늘── 패닉에 빠진 X를 붙잡기에 가장 적당한 날이 찾아온 것이다.

몇 분도 채 되지 않아, 반 아이들의 절반 이상이 돌아갔다.

교실에 걸린 시곗바늘은 오늘따라 느리게 움직인다.

학생들이 하나둘 학교를 뒤로하고 있다.

"크큭……."

나는 점점 심장이 뛰기 시작했다.

최근 몇 년 동안은 맛보지 못했던 고양감을 느꼈다.

얼마 전 이부키가 한 질문이 떠올랐다.

왜 굳이 위험을 무릅쓰면서까지 X를 찾아내려 하느냐고.

찾아낸다 한들 무슨 의미가 있냐고 이부키는 물었지.

물론 그 정체를 파악한다고 해도 그다음은 없다.

아아, 너였냐 하고 끝날 일이라고 생각하겠지.

하지만 그건 평범한 애들에 한한 이야기이다.

나는 지금까지 몇 가지 전략을 짜서 D반과 승부를 펼쳤다.

그래서 싫어도 잘 안다. X는 나와 유사한 사고방식의 소유자라는 것을.

나는 나 이외에 그런 녀석이 존재하는 것을 지금까지 한 번도 본 적이 없다.

그 흥미가 나를 여기까지 강하게 내몰았다.

X를 알아내서 그 녀석과 대면했을 때, 나에게 어떤 변화가 찾아올까.

무엇을 원하게 될지 알고 싶다.

지금까지 나를 즐겁게 해주었던 X를 드디어 만날 수 있다.

그건 첫사랑을 떠올리게 할 정도로 가슴을 마구 뛰게 만들었다.

그를 만나기 위해서라면 어떠한 수단도 가리지 않을 것이다.

오늘 아침 X에게 보낸 문자는 이미 읽은 것으로 확인되었으니, 녀석에게 무사히 전달된 게 틀림없다.

지금부터 일어날 일을 안 X는 어떤 방책을 보여줄까.

"류엔."

가만히 있는 내게 다가와 말을 건 사람은 시이나 히요리였다.

"뭐야."

"오늘은 다들 꽤 흥분되는 모양이지."

그렇게 말하며 주위를 둘러보았다.

남아 있는 학생은 내 근처에서 움직이는 녀석들뿐이었다.

"지금부터 뭘 할 생각이야?"

"최근 몇 개월 동안 나를 즐겁게 해준 존재와 드디어 만날 거야. 너도 올래?"

"아니, 사양할게. 별로 재미있어 보이지 않아서……."

그리고, 하고 덧붙였다.

"꼭 그렇게 내몰아야만 하는 거야?"

"뭐?"

"……아니야. 그건 우리 반의 리더인 류엔이 정해야 할 일이겠지."

스스로 결론을 내렸는지 히요리가 걸음을 뗐다.

"난 도서관에 있을 거야. 혹시라도 힘든 일 생기면 연락해."

"네가 도움이 될 일이 뭐가 있다고."

"그렇지. 그럼 겨울방학 잘 보내."

히요리는 겁먹지도 않고 자신의 페이스로 덤덤하게 말한 후 돌아갔다.

히요리는 머리는 잘 돌아가지만 싸움을 싫어한다.

잘 이용할 수 있을 줄 알았는데, 역시 내 장기 말로는 쓰

195

임새가 없군.

그보다도 내게 복종하며 움직이는 녀석들이 훨씬 부려먹기 쉽다.

준비를 마친 장기 말들이 속속 모여들기 시작했다.

"시간 다 됐어요, 류엔 씨."

이시자키가 어딘지 불안정한 모습으로 말했다.

"실컷 즐겨라."

나는 이시자키에게 가방을 들게 했다. 그 안에는 꼭 필요한 것이 들어 있었다.

이부키와 알베르트도 자리에서 일어섰다.

다수가 움직일 필요는 없다.

최소한의 인원. 그리고 입이 무거운 인간이 필요하다.

지금부터 할 것은 행실을 중요시하는 이 학교와는 전혀 어울리지 않는 행동이니까 말이지.

1

홈룸이 끝나고 30분도 채 지나지 않아, 겨울방학에 돌입한 교내는 텅 비다시피 했다. 여름방학 때와 마찬가지로 학생들은 썰물처럼 교정을 빠져나갔다.

당당히 움직여도 우리를 의식할 사람은 거의 없으리라.

"그래서…… 어디 갈 생각인데? 뭘 할 건지 이제 좀 알려주지그래?"

이번 작전은 이부키까지 포함해서 아무에게도 말하지 않았다.

이부키도 이시자키 무리에게 지시를 내려 미야케를 비롯한 D반 녀석들을 감시하게 했다는 것밖에 모른다.

결과적으로 코엔지를 압박한 진짜 이유도 눈치채지 못했겠지.

입을 꾹 다문 건 마나베 같은 스파이가 C반에 있을 가능성을 지우지 않았기 때문이다. 녀석도 정체를 숨기기 위해 최대한의 손을 써뒀을 게 틀림없으니까.

어디까지나 확실하게 X를 추적하기 위해 진짜 계획은 감춰두었다.

"궁금하냐? 이부키."

"같이 가야 하는 입장이니까. 네가 터무니없는 짓을 저지르는 바람에 나는 늘 전전긍긍하고 있으니까."

이부키에 이어 이시자키도 진짜 의도가 궁금해졌는지 가까이 다가왔다.

"카루이자와 이야기는 기억하고 있겠지. 마나베 무리가 스파이로 이용된 원인이 된 여자애다."

"D반의 까다로운 여자애지? 그 정도는 나도 알아."

무인도 시험에서 D반에 잠입했던 이부키라면 잘 알고 있겠지.

"난 오늘 그 카루이자와에게 문자를 보내서 옥상 위로 불러냈어. 연락처는 카루이자와와 교류가 있는 여자애한테 물어서 입수했지. 물론 내가 보낸 거라는 걸 알렸고."

교류가 있는 여자애…… 그 녀석의 이름은 굳이 밝히지 않았다. '쿠시다 키쿄'에 대해서는 아직 아무에게도 말할 필요가 없다고 판단했기 때문이다.

"뭐? 옥상? 네가 부른다고 카루이자와가 올 리 없잖아."

"반드시 올 거야. 만약 안 오면 카루이자와의 과거를 폭로하겠다고 썼으니까 말이지."

과거에 학교 폭력을 당했다는 비참한 이야기가 드러난다면 주위에 큰 소란이 일어날 것이다.

지금의 지위가 위태로워질 거라고 생각하면 위험을 무릅쓰고 찾아올 수밖에 없다.

"만약 카루이자와가 온다고 해도 X의 정체를 불게 만들 수 있을 거라고 생각해?"

"뭐, 보통은 안 불겠지."

X는 카루이자와에게, 마나베 무리를 포함한 적으로부터 지켜주겠다고 약속했을 것이다.

"난 X에게도 문자를 보내두었어. 오늘 카루이자와를 불러내서 네 정체를 알아내 주겠다고. 그걸 위해서라면 수단과 방법을 가리지 않을 거라고. 이렇게 해서 카루이자와 뿐 아니라 X까지 동시에 협박한 거지."

"하지만…… 네 협박 문자가 카루이자와에게 전송됐잖아? 그걸 학교 측에 보이기라도 하면 어쩌려고? X가 꼼수를 알려줬으면 그럴지도 모르는데."

거기까지 생각해두긴 한 거야? 하고 이부키가 도발하듯 노려보았다.

"그건 불가능해. 그런 짓을 하면 나는 바로 카루이자와의 과거를 폭로할 테니까. 어떤 방법을 써도 카루이자와에게는 우리를 막을 방법이 없어."

유일한 대응책은 카루이자와나 X가 직접 나와 나를 설복하는 것이다.

"최악의 시나리오는 카루이자와도 X도 안 나오는 패턴이지. 하지만 그건 그것대로 카루이자와가 어떻게 행동할지 기대가 되는군."

"리스크를 무릅쓸 만하다는 생각은 안 드는데……."

"그렇지도 않아. 카루이자와를 무너뜨리는 건 X의 수하를 무너뜨리는 거나 마찬가지거든. 녀석은 카루이자와를 이용해서 이런저런 못된 꾀를 내는 모양이니까."

"그걸 어떻게 알죠? 물론 카루이자와를 지키기 위해 X가 마나베 무리를 협박했다는 건 알지만……."

카루이자와가 수하라는 사실을 알게 된 건 나도 최근에 와서다.

페이퍼 셔플 때 도저히 이해할 수 없는 의문점을 느끼면서 도달한 사실.

"크큭. 뭐, 기대해도 좋아. X는 몰라도 과거 폭력 사건이 발각될 걸 두려워하는 카루이자와는 반드시 나타날 테니까."

"네 말대로 카루이자와가 옥상에 나타난다고 치고…… 구체적으로 어떻게 할 생각인데? 아까도 물어봤지만 끝까지 정체를 안 밝히면?"

이부키도 이시자키도 그 점이 궁금한 모양인데…….

"마나베 무리의 이야기로는 카루이자와가 과거에 꽤 심한 학교 폭력을 당했나 보더군. 가혹한 경험을 한 인간은 비슷한 환경에 놓이면 이성을 잃는다고 하지. 그러니까 그 상황을 재현해주면 되잖아? 우리끼리 성대하게 대접해주는 거야. 그렇게 X의 정체를 불 때까지 집요하게 괴롭히는 거지."

"설마…… 카루이자와에게 무슨 짓을 저지르려는 거야? 제정신이 아니구나?"

"그건 무리예요, 류엔 씨. 스도 때에도 문제가 됐는데, 여럿이서 여자애 하나를 괴롭히자니…… 그리고 옥상에는 카메라가 있다고요!"

"그런 건 나도 이미 알아. 그 대책은 생각해뒀지."

옥상으로 이어진 계단을 올랐다.

그 도중에 등 뒤에서 망설이는 이부키와 이시자키 쪽으로 돌아보았다.

"싫으면 너희는 도망가도 좋아."

"도, 도망이라니, 그런. 저는 류엔 씨를 따라갈 겁니다."

"너는? 이부키."

"지금부터 네가 어떻게 하는지 보고. 위험하다고 판단되면 나는 내려갈 거야."

이 녀석도 X에 관해서는 예전부터 궁금해했으니까.

나는 옥상으로 난 문 앞에서 아이들을 대기하게 하고 이 시자키에게서 가방을 받았다.

그리고 필요한 도구를 꺼낸 다음 다시 이시자키에게 가방을 넘겼다.

"그건……?!"

"여기서 잠깐만 기다려라."

나는 혼자 옥상 문을 열었다.

일 년 내내 옥상이 개방된 학교는 드문데, 거기에는 이유가 있다.

펜스가 단단히 처져 있을 뿐만 아니라 감시 카메라도 돌아가고 있기 때문이다. 위험이 동반된 문제 행동을 일으키면 곧바로 기록이 남게 된다.

당연히 그걸 잘 알기에 학생들은 옥상을 얌전히 이용한다. 하지만 옥상은 언제나 사람이 별로 없다. 이 학교에는 카페와 쇼핑몰 등 인기 있는 장소가 무수히 있으니, 굳이 이곳을 찾는 별종은 나 정도밖에 없으리라.

그리고 카메라가 설치된 곳은 한정적이다.

옥상으로 난 바깥쪽 문 위에만 설치되어 있다.

보이지 않는 사각지대가 적기 때문에 한 대로도 충분했는데, 반대로 말하면 이것만 기능하지 않으면 감시가 사라지는 셈이다.

나는 감시 카메라의 바로 밑에 서서 카메라 렌즈를 직시했다.

그리고 미리 준비해둔 검정 스프레이 캔을 들어 옥상을 비추는 감시 카메라를 향해서 뿌렸다.

옥상 카메라는 교정과 마찬가지로 반달 돔 카메라이다. 강력한 폴리카보네이트로 된 렌즈 커버에 스틸 바디는 파괴 행위에도 강하다. 하지만 방범 카메라를 기능하지 못하게 만드는 방법은 꼭 파괴 행위뿐만이 아니다. 그냥 스프레이 한 통이어도 충분하다.

스프레이는 순식간에 카메라 커버를 뒤덮어 시야를 새카 맣게 물들였다.

아무리 튼튼해서 충격에 강한 카메라라도 영상을 찍을 수 없게 되었다.

"이렇게 해서 감시하는 눈도 사라졌다."

학교 측이 어떤 감시 체제에 있는지도 이미 사전조사가 다 끝났다.

교내에 설치된 몇백 대에 달하는 카메라 중 실시간으로 모니터링 되는 것은 주요 장소에 한정되어 있다. 그러니 곧바로 이상 사태를 알아차리진 못할 것이다.

나는 예전에도 다른 장소에서 이런 식으로 감시 카메라 렌즈를 가린 적 있다. 그리고 사카가미 선생님에게 자진 신고해서 페널티를 받았다. 결과는 감시 카메라의 수리 청소 비로 포인트를 내고 주의를 받았을 뿐이다. 그때 늘 모니터링 하고 있는지도 물어봐 두었다.

게다가 오늘은 이미 거의 모든 학생이 귀가한 상태다. 학교 측의 경계가 더욱 느슨해졌으리라.

"알베르트. 넌 조금 밑에서 대기해라. 카루이자와가 오면 그냥 통과시켜. 반대로 예상하지 못한 손님…… 교사들이 오면 바로 내 휴대폰으로 연락해."

알베르트는 조용히 고개를 끄덕이고는 계단을 내려갔다.

만일에 대비해 망을 세워두면 불시의 사태에도 대응할 수 있다.

"카메라를 다 가려버렸네…… 이러면 처벌을 피할 수 없을 텐데."

"단순히 짓궂은 장난이잖아. 별로 심하게 혼나지는 않을 거라고."

"네 예상대로 카루이자와가 오면 좋겠는데 말이지."

"올 거야. 그 녀석에게는 사활이 걸린 문제거든. 그냥 내버려둘 수 있을 리 없지."

나머지는 그저 약속된 시간이 되기만을 기다리면 된다.

2

오후 2시가 다가와 약속 시각이 임박했을 때, 옥상 문이 열리고 한 학생이 모습을 드러냈다.

싸늘한 바람을 온몸으로 맞아, 몸이 약간 경직된 오늘의 주인공.

"크큭. 올 줄 알았다, 카루이자와."

나는 휴대폰 화면을 끄고 주머니에 넣었다.

이부키와 이시자키는 다소 긴장한 모습으로 카루이자와와 마주 보았다.

"……오늘 아침에 나한테 보낸 문자, 그게 무슨 뜻이지?"

"이제 와서 뭘 물어? 내용을 이해했으니까 온 거면서."

내가 카루이자와에게 보낸 내용은 이러했다.

'마나베 무리한테 네 과거 이야기를 전부 들었다. 방과 후에 혼자 옥상으로 와라. 누구한테 의논하거나 하면 내일 네 과거에 관한 소문을 학교에 다 폭로할 거야.'

마나베 일행의 이름을 대면 그것만으로도 카루이자와는 내용을 이해할 수 있다. 못할 리 없지.

"약속대로 입은 다물고 왔겠지? 아니, 그럴 수밖에 없으려나. 네 과거를 아무에게도 못 알릴 테니까 말이야."

비밀을 아는 X에게만은 궁지에 빠졌다고 알렸을지도 모르지만, 그건 아무래도 좋다. 아까 이부키 일행에게도 말했듯이 X에게는 이미 내가 문자를 보낸 상태니까 말이다.

오늘 카루이자와를 대상으로 형을 집행한다. 그리고 네 정체를 추궁하겠노라는.

카루이자와가 도움을 청하든 하지 않든 똑같다는 소리다.

"하지만 역시 혼자 왔군."

"네가 혼자 오라고 했잖아……."

"크큭, 그랬지."

처음부터 정체를 숨긴 녀석이 경솔하게 등장할 리도 없나.

카루이자와는 X 이외의 다른 학생에게는 도움을 요청할 수 없다.

그랬다간 자신의 과거가 노출되기 때문이다. 그리고 그건 정체를 감춘 X도 마찬가지.

다시 말해서 두 사람 모두 행동에 많은 제한을 받는다.

"저기 말이야, 도대체 무슨 일인지 전혀 이해가 안 되는 데……. 추우니까 할 얘기 있으면 빨리 좀 끝내줄래?"

손바닥으로 양팔을 비비는 카루이자와. 사정을 모른다고 어필해봐야 소용없다.

"그럼 여기 왜 왔지? 그냥 무시해도 됐을 텐데?"

"그건── 아무 근거도 없는 소문이 퍼지는 걸 원치 않으니까."

최대한 평정을 가장했지만, 당연히 허세라는 건 명백하다.

"아무 근거도 없는 소문? 여기 있는 애들은 모두 알고 있는데? 네가 고등학교에 데뷔한 전 학교 폭력 피해자라는 사실을."

"윽……."

아무리 감추려고 해도 사실을 들이밀면 태도에 다 드러나게 되어 있다.

"마나베 무리한테 들킨 게 운이 나빴지. 제대로 처신하지 못한 너 자신을 원망해라."

"……목적이 뭐야? 나를 협박해서 네가 얻는 게 뭔데?"

"그냥 시간 때우기. 내가 그렇게 말하면 어쩔래?"

여유로운 나와는 대조적으로 카루이자와는 이미 여유를 찾아볼 수 없었다.

"만약 나한테 무슨 짓을 저지르면…… 바로 학교에 알릴 거야."

"야, 그게 불가능하니까 여기 혼자 온 거 아닌가? 아무한 테도 도움을 청하지 못하고."

"……류엔. 그렇게 막 나가도 괜찮을까? 저쪽도 뭔가 생 각이 있을지 모르는데."

옥상에 혼자 온 것에 뭔가 다른 의도가 있지 않을까 하고 의심하는 이부키.

"X한테 의지하는 것 말고 카루이자와가 할 수 있는 일은 없어. 괜히 경계할 필요는 없단 말이다. 만약 카루이자와가 나와의 대화를 녹음한다고 해도, 그건 비장의 카드로 쓸 수 없어. 녀석은 과거가 드러나는 걸 가장 두려워하니까 말이 지. 우리가 그 사실을 소문내지 않는 한, 언제까지고 저항 하지 못할걸."

"하지만——."

"됐으니까 입 닫고 있어."

이부키가 하고 싶은 말이 뭔지는 잘 안다.

마나베 무리는 카루이자와를 괴롭힌 증거를 잡혀 협박당 했다. 이후로 괴롭히지 않을 것, 아무에게도 발설하지 않을 것을 약속해야만 했다. 그리고 이용당했다. 자기 손으로 자신의 목을 조르듯, C반의 정보를 유출하게 했다.

그러니까 이번에는 우리가 증거를 잡혀 협박받지 않을까 하고 이부키는 불안해하는 것이다.

하지만 그건 있을 수 없는 일이다.

'카루이자와가 괴롭힘당한 과거'

이 무기는 사용법만 알고 있으면 아무것도 두려워할 필요가 없다.

우리를 궁지로 내몰면 곧 카루이자와의 위기로 이어지니까 말이지.

하지만 위험과 표리일체인 건 사실이다. 양날의 검이라고 할까.

카루이자와의 과거를 폭로하는 게 목적이라면 이런 식으로 협박할 필요는 없다.

지금 가진 정보를 바탕으로 떠들어대도 일정 효과를 얻을 수 있으리라.

하지만 폭로해버리면 그것으로 끝. 이 양날의 검은 더 이상 쓸모가 없어진다.

카루이자와만 몰락할 뿐이지 X의 정체에 도달할 수는 없다.

내가 바라는 건 카루이자와의 뒤에 숨어 있는 녀석을 밖으로 끌어내는 데에 있다.

오늘 행동을 일으킨 이상, 여기서 반드시 X의 정체를 알아내야 한다.

그러기 위해서는 카루이자와와 X가 어디까지 관계있는지를 파악할 필요가 있다.

"돌려 말하는 건 그만둘게. 너도 빨리 해방되고 싶겠지. 네 뒤에 숨어 있는 녀석의 정체를 밝혀라. 그럼 과거 일은 입 싹 닫아 줄 테니."

"무슨 소리, 인지 모르겠는데."

카루이자와가 지금까지보다 훨씬 심하게 동요했다.

내가 D반에 숨은 존재를 찾고 있다는 건 이미 그녀도 알고 있다.

하지만 그 존재와 자신이 연결되어 있다는 사실을 파악했을 줄은 몰랐겠지.

"마나베 무리에게 괴롭힘당하다가 X의 도움을 받았잖아?"

"뭐, 뭐라고? 아닌데?"

"이제 와서 숨겨봐야 소용없어. 나한테는 몇 가지 증거도 있으니까."

"……증거?"

아무래도 카루이자와는 생각보다 X로부터 자세한 이야기를 듣지 못한 것 같군.

나는 천천히, 한 수 한 수 신중을 기하며 카루이자와를 궁지로 몰아넣었다.

"네 뒤에 있는 X가 무슨 수를 써서 마나베 무리로부터 너를 지켰다고 생각하지?"

"몰라. 난 괴롭힘당한 적도 없고, 애초에 X는 또 뭐야……."

"알았어, 알았다고. 인정 못 하겠으면 결론부터 알려주지."

그렇게 하면 카루이자와도 인정할 수밖에 없을 테니까.

"X는 마나베 무리의 약점을 파고들었어. 널 괴롭힌 사실을 들키고 싶지 않으면 얌전히 굴라고. 그렇게 해서 입막음을 한 거지."

카루이자와는 아무 대답도 못 하고 나를 노려볼 뿐이었다.

"크큭. 그렇군……. X가 어떻게 해서 마나베 무리를 막았는지 이미 알고 있었나 보네."

"나, 나는 아무 말도 하지 않았어."

"말은 안 했지. 하지만 눈으로는 분명히 진실을 말했어."

나는 계속해서 말을 이었다.

"거기까지라면 뭐 흔히 있는 전개지. 하지만 X는 거기서 만족하지 못하고 체육대회 때 마나베 무리를 시켜 나를 배신하게 했잖아? 스파이가 되어 정보를 제공하라고 말이야. 물론 따르지 않으면 널 괴롭힌 사실을 폭로하겠다고 협박하면서."

"뭐야 그게. 진짜 아까부터 무슨 소리를 하는 건지 도대체 모르겠는데……."

"눈빛이 흔들리는데? 체육대회 사건은 처음 듣는 모양이지만."

설마 싶지만, 카루이자와 본인도 X의 정체를 모를 가능성도 있나?

늘 익명이 보장되는 서브 계정 등으로 연락해서 움직이게 했다면…….

아니다, 얼굴도 모르는 정체불명의 녀석을 카루이자와가 따랐으리라고는 생각하기 어렵다.

애초에 정말 모른다면 어느 정도 사실관계를 인정해버린 후에 정체를 모른다고 고백하는 게 카루이자와로서는 편했을 것이다.

무조건 모르쇠로 일관하는데 그럴 만한 이유가 없으면 이상하다.

"내가 원하는 건 나를 공격한 X의 정체뿐이야. 사실 네 과거에는 아무 관심도 없다고. 순순히 정체를 알려주는 게 현명한 선택이라고 생각하지 않나?"

"몇 번을 물어도 대답은 같아. 난 정말 아무것도 몰라. 아 진짜 추운데……."

오래 있을 생각이 없었는지 아주 얇은 옷차림이었다.

"그야 춥겠지. 그러니까 얼른 이야기를 끝내고 돌아가고 싶지 않냐?"

"할 이야기가 없다니까."

"그래? X를 감쌀 생각이라면 어쩔 수 없군. 너에 대해 전부 폭로해도 괜찮지?"

"윽……."

카루이자와로서는 그야말로 사면초가.

공격당해도 잠자코 있을 수밖에 없다.

어떤 선택지를 골라도 적을 만들게 되리라.

그녀는 긴 시간 고민에 빠졌지만, 그래봐야 시간만 괜히 낭비할 뿐이다.

"쓸데없이 지혜를 짜내봐야 아무 의미 없다고. 네가 생각 해서 극복할 수 있는 상황이 아니야. 고를 수 있는 선택지 가 이미 한정되어 있다는 건 분명해. 그리고 그 선택지 가 운데 가장 옳은 건 네 뒤에 있는 녀석의 이름을 부르는 거다. 그것뿐이야."

그렇게 하면 적어도 카루이자와의 비밀만은 지킬 수 있다.

상황이 절박한 지금, X를 배신하는 것 이외에 자신이 살 수 있는 길은 없다.

"……만약, 정말 만약에 네 말대로 내 뒤에 누군가가 있다 고 쳐도, 여기서 내가 이름을 댄 사람이 진짜 X라는 보장은 없잖아? 네가 진실을 확인할 수 있어?"

이시자키도 그 점이 걸렸는지, 허락도 없이 대화에 끼어 들었다.

"카루이자와의 말대로 확인할 방법이 없어요, 류엔 씨……."

지금 이 바보가 대화에 끼어드는 건 카루이자와에게 달아 날 길을 열어주는 것이나 마찬가지다.

나는 눈빛과 행동으로 이시자키에게 입 다물고 있으라고

지시를 날렸다.

주제넘게 나섰다는 걸 깨달은 이시자키는 미안하다는 듯 입을 꾹 다물었다.

"거짓말인 게 밝혀지면 나중에라도 네 과거를 폭로할 건데?"

"그런——."

"너한테는 모든 진실을 털어놓는 것밖에 살 길이 없다니까."

그렇게 말하며 웃었지만, 카루이자와는 눈초리를 치켜 올리고 강한 반론에 나섰다.

"나도 바보가 아니야. 지금 진실을 말하든 거짓을 말하든, 결국 너는 또 나를 협박하겠지. 무슨 일이 있을 때마다 이용당하는 건 절대 사양이야."

"크큭. 그건 그렇군. 마나베 무리가 X에게 이용당했듯이 내가 널 이용하지 않는다는 보장은 어디에도 없지. 하지만 그럼 뭐 어쩔 건데?"

"있다고도 없다고도 말하지 않을 거야. 적당히 아무 이름이나 댈 생각은 없어. 다시 말해서 너한테 들려줄 대답이 없다는 거야."

카루이자와는 침묵만이 유일한 정답이라고 판단한 것 같았다.

나쁜 선택지는 아니지만, 그게 최선이라고는 도저히 말하기 어렵다.

"계속 입 다물고 있으면 폭로할 거라고 해도?"

"넌 내 뒤에 누가 있다고 생각하지. 하지만 뚜렷한 정체와 가까워지지 않으니까 나에게 접근한 거잖아? 그러니까 간단히 그 기회를 내버릴 거라는 생각이 안 드는데."

"그렇군. 듣기도 전에 네 과거를 폭로해버리면 넌 말할 이유가 없어지겠지. 내가 찾고 있는 X에 도달하기가 늦어질지도 모르지."

바로 그거야, 하고 카루이자와가 시선을 피했다.

"내 입장에서는 네 입을 통해 X의 정체를 알아내지 못해도 큰 문제는 없어. 느긋하게 시간을 들이면 그만인 이야기야. 정체를 밝혀낼 기회는 앞으로도 얼마든지 있다는 걸 계산에 넣지 않았나 보군."

"하지만 그건 앞으로도 네가 계속 시비 걸 때의 이야기지. 네가 정체를 파헤치고 있다는 걸 알아차리면 X는 쉽게 정체가 드러나지 않도록 조심할 게 뻔하잖아?"

생각보다 좀 하는군. 머리 회전이 빠르고 말발도 센 여자다.

X가 나와 비슷한 사고방식의 소유자라면 카루이자와가 D반에서도 높은 지위를 구축하고 있다는 걸 고려해, 그 이용 가치를 잘 알았기 때문에 도와줬다고 봐야 하리라. 남을 이용하는 것을 마다하지 않는 성격의 소유자. 즉 카루이자와를 아무렇지 않게 잘라낼 수 있다.

X가 D반을 부상시키기 위해 뒤에서 움직인 것은 틀림없는 사실이겠지만, 그것보다도 일단 정체를 숨기는 것을 우선할 가능성을 배제할 수 없다.

경솔하게 학교 폭력 문제를 폭로했다간 카루이자와의 말대로 아예 자취를 감추고 말 가능성이 있다.

만일 지금 이후로 X가 완전히 숨어버린다면 내 즐거움도 큰 타격을 입게 되려나.

"자신을 지킬 수단을 잘 생각해낸 다음 여기까지 혼자 온 건가."

카루이자와가 아무 생각 없이 이 자리에 왔으리라고는 생각할 수 없다.

X의 지혜를 빌렸을 가능성도 있지만…… 그건 미묘한 라인이리라.

"알겠어? 날 순순히 되돌려 보내는 게 최선이라는 생각이 안 드니?"

나는 휴대폰 화면을 들여다보았다. 하지만 아무 연락도 들어오지 않았다.

X에게 보낸 문자도 불발로 끝났나.

그리 간단히 꼬리를 보여줄 리 없다는 건 이미 알고 있었다.

다소의 위험을 각오하고 다음 단계로 들어가야겠군.

"요컨대 네가 X의 정체를 불게 만들면 그만이잖아? 십중팔구 네가 정체를 알고 있다면 여기서 털어놓는 게 최고의 선택이다."

네가 잘못한 거야, X. 카루이자와를 구하는 것과 정체를 숨기는 것을 저울에 단 결과다.

"……협박이 안 통하는데 어떻게 정체를 뱉어내게 만든다는 거지?"

"당연한 거 아닌가? 옛날부터 입을 열게 하는 데에는 고문만 한 게 없었잖아?"

"류엔 씨, 역시 진심으로……?"

"이부키, 카루이자와를 잡아."

"왜 내가? 네가 직접 하면 되잖아."

지금부터 할 일을 내키지 않아 하는 이부키가 내 지시를 거부했다.

"해."

"난 가담하지 않겠어. 아무리 생각해도 너무 위험한 도박이야."

"실태가 계속된다고 포기하다니 꼴사납다, 이부키. 중요한 건 얼마나 신뢰를 되돌리느냐에 달렸어."

이부키의 팔을 잡아 확 끌어당겼다.

"모든 책임은 내가 질 테니 안심해라. 그러니까 거리끼지 말고 하라고."

"쳇……."

반항적인 태도의 이부키에게 다시 한번 명령해서 실행하게 했다.

이부키는 혀를 차면서도 카루이자와에게 점점 다가갔다.

"뭐, 뭐야."

"나한테도 여러 가지 사정이 있어서. 미안하게 됐어."

재빨리 카루이자와의 뒤로 돌아 들어가 양팔을 붙들었다.

"아얏!"

비명을 지르는 카루이자와.

이부키는 진심으로 싫어하면서도 카루이자와의 저항을 완전히 억눌렀다.

격투기 경험이 있는 이부키에게 붙들렸으니 카루이자와가 빠져나갈 방법은 없었다.

"이시자키, 양동이에 물 좀 길어 와. 일단 두 개. 한 층 아래에 있는 화장실이라면 이 시간에 이용하는 녀석이 없을 거야. 남자 화장실에 청소용 양동이가 두 개 있어."

"네? 물, 이라니요? 어디 쓰려고요?"

"너까지 지금 나한테 반항하냐?"

"아, 아닙니다. 빨리 가져오겠습니다!"

이시자키가 당황하며 앞으로 고꾸라질 듯하면서도 이부키의 옆을 스치고 달려갔다.

"이시자키가 돌아올 때까지 잡담이나 좀 더 나눠볼까?"

"싫어! 이거 놔!"

카루이자와는 마구 발버둥 쳤지만 이부키의 구속에서 벗어날 수 없었다.

몸을 억누른 건 도망치지 못하게 하기 위해서가 아니다. 지금부터 일어날 일에 대한 공포를 증폭시키기 위한 사전 작업이다.

실제로 카루이자와는 자신에게 일어날 일을 예감했는지 필사적으로 저항, 최후의 발악을 보여주었다.

"진짜 손가락 하나라도 건들면 학교에 다 말해버릴 거야!"

"크크큭. 이 마당에도 꽤 세게 나오는군. 이번에도 X가 지켜줄 거라고 생각하나?"

몇 번이나 물어도 똑같다고, 존재의 유무에 대해서는 완고하게 인정하려고 하지 않았다.

"이건 내가 그냥 해본 추리인데, D반의 뒤에서 조종하는 X에게, 혹시 모를 사태가 되면 보호해주기로 약속받은 것 아니야?"

카루이자와의 눈동자가 떨렸다. 숨기려고 해도 그리 간단히 숨길 수 없다.

"그게 아니라면 이야기의 앞뒤가 안 맞는데. 다른 반 여자애들도 꺼리기 쉬운 강한 성격이 화가 되어서 마나베 무리 말고도 널 타깃으로 삼을 가능성이 충분하니까 말이지."

이부키는 카루이자와에게서 내게로 시선을 옮겼다.

"진실을 아는 인간이 있으면 매일 불안해서 못 견뎌야 정상이지. 그런데 넌 누구에게도 그 사실을 들키거나 괴롭힘 당하지 않고 오늘까지 왔어. 어째서일까? 네 편에 서서 도와줄 존재가 늘 뒤에 버티고 서 있기 때문인 게 분명해."

"그게 X라는 말이야?"

이부키가 물었다.

"지금은. 하지만―― 처음부터 그랬다고 볼 수는 없겠지. X는 마나베 무리와 카루이자와가 접촉했을 때 처음으로 사실을 알았을 테니까. 내가 생각하기에…… 넌 히라타를 남자친구로 삼아 너를 지켜왔던 것 아니야?"

카루이자와의 동공이 확장되었다.

"그, 그렇지 않………."

"아닌 게 아닐 텐데. 날 너무 만만하게 보지 마라, 카루이
자와."

눈동자를 빤히 들여다보았다. 카루이자와의 속에 잠들어
있을 어둠을 잡아 끌어냈다.

분명 똑같겠지, X가 한 행동과.

"헉……?"

드디어 귀여운 구석을 보여주기 시작했다.

"……류엔. 너 어떻게 그런 것까지 알아?"

내 말에 놀란 건 카루이자와뿐만이 아니었다.

이부키 역시 이상하다는 생각을 들이밀지 않고는 참을 수
없는 모양이었다.

"경험칙(經驗則)이라는 거다. 난 지금까지, 썩은 인간을 산
더미처럼 많이 봐왔거든."

"후우, 후우. 마, 많이 기다리셨죠?!"

몇 분 만에 이시자키가 허둥지둥 물을 길어 왔다.

물이 80퍼센트 정도 찬 양동이. 그 안에 담긴 물이 격렬하
게 출렁거리고 있었다.

그걸 본 이부키가 다시 질문을 던졌다.

"양동이가 두 개 있는 걸 안 것도 그래. 왜 그런 것까지 조
사한 거야?"

"너희는 이 학교의 어디에 감시 카메라가 몇 대 설치되어 있는지조차 모르겠지."

"뭐? 그거야 당연히 알 리 없잖아?"

"조사하지 않으면 당연히 모르겠지. 하지만 조사하면 눈에 보이는 범위는 전부 파악할 수 있어."

나는 매일 조금씩, 이 학교 안에 있는 감시 카메라의 위치를 알아봐두었다.

화장실에 양동이 두 개가 항상 있다는 사실을 안 것도 그 성과다.

"그걸 확인하기 위한 실험 중 하나가 이시자키 무리에게 스도를 공격하게 한 사건이야. 멍청하게도 D반에 목격자가 있었던 모양이지만."

면목 없다는 듯 이시자키가 고개를 떨궜다.

만약 목격자가 없었다면 그 사건은 좀 더 C반에 유리하게 작용했을 것이다.

"내가 말했지, 이시자키. 절대 잘못을 인정하지 말라고."

"아, 아, 네…… 그때는, 그게, 저도 모르게 나약해져서……."

하지만 결과적으로 가짜 감시 카메라에 속은 이시자키 무리가 자백하고 말았다.

"이 학교는 언뜻 보기에 규율에 의해 지켜지는 구조인 것 같지. 하지만 사실은 그렇지 않아. 강제적인 수법도 방식에 따라서는 인정된다는 말씀이야."

그걸 알아차리기 위한 힌트는 우리가 생활하는 도처에 굴러다니고 있다.

"너희는 모르겠지만 머리가 좀 잘 돌아가는 녀석들은 늘 시행착오를 겪고 있지."

내가 입학하고 제일 처음 한 것은 이 이해할 수 없는 학교의 '규칙'과 '클리어 방법' 찾기였다.

내가 이 학교에 입학해서 그 시스템을 이해한 다음에 한 행동.

그건 프라이빗 포인트가 어디까지 유용한지 가늠하는 것이었다.

"이를테면 시험 구조 하나만 봐도 이상하다고 생각하지 않아? 무인도도 그렇고 선상 시험도 그렇고 페이퍼 셔플도 그렇고 상급생에게 확인하면 자세한 내용을 알 수 있어. 언뜻 그런 생각이 들지. 그런데 물어봐도 만족스러운 답을 해 주는 학생은 한 명도 없어. 왜 그럴까?"

"……매년 실시되는 시험이 달라서? 규칙이 다를 가능성도 있고."

"그렇지. 모든 시험이 매년 똑같지는 않겠지. 하지만 엄밀하게 표현하면 이거야. 『학년별』로 주어진 규칙이 다르다는 거."

"그게 무슨 말이죠? 류엔 씨."

만약 선배들에게 시험 내용을 확인해서 통과할 수 있다면, 시험으로서의 전제가 성립하지 않는다. 그저 선배에게 아양만 떨면 되는 시시한 싸움이 되리라.

그걸 막으려면 절대적인 규칙으로 묶어두어야 한다.

"2학년부터,『시험 내용을 발설한 학생은 즉시 퇴학』이라는 규칙이 추가되어 있다면."

시험 내용이 같은지 아닌지에 얽매이지 않을 족쇄가 준비되어 있다면?

"그럼—— 절대 말 안 하죠."

"바로 그거야. 후배한테 부탁받았다고 해도 말할 수 없지. 1년간 퇴학을 피해 열심히 싸워왔는데 경솔한 발언 때문에 퇴학당할 위험을 짊어질 리 없어. 실제로 난 2학년 D반에 소속된 학생 몇 명에게 프라이빗 포인트를 슬쩍 보여주면서 교섭해봤는데, 한 번도 성공하지 못했어. 말하자면 그에 상응하는 리스크가 있다는 증거다."

"하지만…… 하긴 그럴지도 모르겠네요. 코미야랑 콘도가 전에 말했어요. 선배한테 힌트를 받으려고 했지만 아무것도 알려주지 않았다고. 오히려 물으면 안 되는 분위기 같은 게 있었다고."

누구나 생각할 수 있는 만큼 대대로 그것을 허락하지 않는 분위기가 이미 형성되어 있었다.

엄밀하게는 좀 더 자세한 규칙이 있을 가능성도 있지만, 언젠가는 알게 되겠지.

"이런 식으로 난 늘 허용과 위반의 경계선을 끊임없이 노려 왔어."

감시 카메라, 상급생 매수, A반과의 뒷거래.

가능한 일과 불가능한 일 사이에 그어진 선을 세밀하게 확인해왔다.

"여기서 지금부터 카루이자와에게 할 짓도 그 실험 중 하나다."

추워서 몸을 조금씩 떨기 시작한 카루이자와.

"트라우마라는 녀석은 말로 불러내는 것보다 실제로 겪을 때 더 효과적으로 깨어날 수 있지."

마나베 무리의 증언대로라면 강하게 나오는 카루이자와도 금세 조용해지리라.

나는 이시자키에게 눈짓으로 신호를 주었다.

그것만으로도 이시자키는 뭘 지시하는지 이해했을 것이다.

이부키가 카루이자와를 앞으로 밀면서 동시에 거리를 벌렸다.

이시자키는 내 명령대로 양동이에 든 물을 카루이자와의 머리 위에 있는 힘껏 끼얹었다.

"꺄악?!"

추운 한겨울에 맞는 물은 마음속 깊은 곳까지 싸늘하게 만들리라.

엄청난 충격을 받은 카루이자와는 그 자리에서 주저앉으며 몸을 떨었다.

두 팔로 자신의 몸을 감싸 눌렀다.

조금 전까지 완고했던 태도는 양동이에 든 물과 함께 사라지고 말았다.

"이제 좀 기억나냐? 네가 전 학교에서 받았던 세례를."

"시, 싫어……!"

귀를 틀어막았다.

마치 소녀가 유령을 겁내듯, 하염없이 몸을 바들바들 떨었다.

"이걸로 끝나지 않아. 널 철저하게 망가뜨려 줄 거다."

나는 휴대폰을 꺼내 동영상 촬영을 누른 다음 카루이자와의 젖은 앞머리를 움켜쥐고 들어올렸다.

눈에서 생기가 빠져나가는 것이 느껴졌다.

지금, 카루이자와의 내면에서 과거에 당한 폭력이 플래시백 되고 있겠지.

"폭행당하는 동영상이다. 네가 결국 입을 다문다면 학교에 싹 다 퍼트려줄게."

물론 거짓말이었지만, 이미 카루이자와는 정상적인 판단을 내릴 수 없는 상태였다.

"자, 울어. 그리고 소리쳐. 용서해 달라고 간절히 빌라는 말이다."

"싫어, 싫어어어!"

깊이 새겨진 상처만큼 후벼 파기 쉬운 것은 없다.

"난 도저히 못 보겠어…… 역시 도와주는 게 아니었어……."

이부키가 달아나듯 시선을 피했다.

"약한 녀석을 괴롭히는 것도 꽤 재밌군. 심장을 막 뛰게 해주니까 말이지.”

예전에 내게 시비 걸었던 녀석들이 떠올랐다.

우쭐해하다가 그 대가를 치렀을 때, 아기처럼 엉엉 운 녀석도 있었다.

하지만 카루이자와의 경우는 조금 상황이 다르다.

“철저하게 괴롭힘당한 네가 잘도 D반에서 두각을 나타냈군. 감동적이야.”

원래 약자였던 녀석이 자기 힘으로 두각을 드러내 새로운 자신을 만들었다.

히라타를 이용했고, X의 보호를 받아 오늘날까지 자신의 지위를 유지해왔다.

“가능한 일이 아니지, 그리 간단하게는 말이야.”

한 번 괴롭힘당해 본 녀석은 비굴해진다. 회를 거듭할수록 그 뿌리는 깊어진다.

그렇게 되도록 폭력으로 교육받았으니 어쩔 수 없다.

“어떤 의미에서는 나에게도 지지 않을 배짱을 가진 여자일지도 몰라.”

나는 쭈그려 앉아 벌벌 떠는 카루이자와를 비웃으며 말을 이었다.

“하지만 말이야, 인간의 본질이란 그리 간단히 바뀌지 않아. 바뀔 수 없지. 넌 잠재적으로 괴롭힘당하는 인간이지 누굴 괴롭힐 수 있는 인간이 아니야. 그걸 잘 떠올려라.”

이시자키의 발밑에 있는 또 하나의 양동이를 쥐고, 이번에는 내가 카루이자와에게 물을 끼얹었다.

"~~~~~~~~~?!"

소리로 나오지 못한 비명과 함께, 카루이자와가 몸을 확 움츠렸다.

"이시자키. 한 번 더 갔다 와."

"아, 아, 넷!"

이시자키는 나뒹구는 양동이 두 개를 주워들고 다시 옥상에서 내려갔다.

"마나베 무리의 입을 막고 널 지킨 게 누구지?"

"그런 사람, 없어……! 없어, 없어, 없다고!"

머리를 마구 흔들며 달아나듯 부정했다.

"크큭. 아직도 감싸줄 생각이 들어? 역시 배짱이 두둑하다니까. 아니, 괴롭힘당하는 것에 익숙해져서 그런가? 너한테 이 정도는 폭력에 들어가지도 않나?"

카루이자와의 팔을 움켜쥐고 강제로 일으켜 세웠다.

"……도저히 못 보겠네."

"지금부터가 진짜 재밌을 텐데?"

"기분만 나빠질 뿐이야."

그래도 이부키는 가지 않고 어디까지나 폭행에 가담하는 것을 거부하며 옥상 문에 기댔다.

"X의 정체를 확인하고 나면 돌아갈 거야."

"그러든지."

너희를 즐겁게 하려고 이러는 게 아니다.

나는 내 쾌락을 위해 카루이자와를 짓밟는 것이다.

<h1 style="text-align:center">3</h1>

마음속까지 차갑게 식었다.

머리카락에서 뚝뚝 떨어지는 차가운 물.

이것으로 모두 네 번, 내 머리 위로 양동이 속의 물이 쏟아져 내렸다.

교복을 파고들어 이미 속옷까지 홀딱 젖었다.

하지만 무서운 건 몸이 추위에 떨어서가 아니다.

마음속 깊은 곳까지 차갑게 식어버린 것이다.

세상 자체를 원망하고 싶을 만큼 캄캄하고 무거운 어둠이 얼굴을 내밀었다.

왜 내가 괴롭힘을 당하고 있는 걸까.

그런 감정에 서서히 변화가 일기 시작했다.

왜 나는 살아 있는 걸까.

뭐가 잘못이었던 걸까.

자신을 탓하기 시작한다.

싸늘하게 식은 마음이 몸을 침식해간다.

깊이 새겨진 흉터가 열을 지닌 듯 화끈거리기 시작했다.

"자, 이제 적당히 하고 편해져라, 카루이자와. 더 고통스러워할 필요는 없다고."

내 눈앞에서 류엔이 웃으며 자백을 강요한다.

하지만 이건 실질적으로 막다른 골목이다. 나는 아무것도 대답할 수 없었다.

만약 키요타카에 대해 말한다면 일시적으로 해방될지도 모른다.

하지만 그건 구원으로 이어지지 않는다.

류엔이 이번처럼 똑같이 나를 협박하지 않는다는 보장은 어디에도 없다.

또 눈앞에 나타나, D반을 배신하라고 지시를 내릴지도 모른다.

드라마에서 흔히 보는 최악의 전개가 기다리고 있다.

배신을 계속한 사람의 말로는 결국 비참할 게 뻔하다.

그러니 나는 마지막 희망을 안고 갈 뿐.

지켜주겠다고 약속한 키요타카의 말을 믿을 뿐.

그것이…… 어둠에 잡아먹히려는 내 마음을 지켜주는 마지막 보루이다.

"네 생각이 뭔지 알아. 여기서 X의 정체를 밝히면 그 녀석이 보호해 줄 가능성조차 잃고 말 테니까 말이지. 마지막 희망이다."

추위와 공포로 이가 딱딱 부딪쳤다.

멈추려고 필사적으로 버텼지만 마음이 말을 듣지 않았다.

머릿속에 내동댕이쳐진 역겨운 기억.

겹쳐지는 과거와 현재.

"희망을 안은 채로 죽을 건가? 다시 옛날로 돌아가는 게

정말 좋아?"

일방적이기만 한 언어폭력이 나를 하염없이 공격했다.

"너를 구원해줄 사람은 X가 아니야. 여기서 다 털어놓으면 내가 널 구해줄게."

무섭다.

"하지만 날 적대시한다면 약점을 공격할 수밖에 없어."

도와줘.

"너에 관한 있는 일 없는 일 전부 종이에 써서 학교에 뿌릴 테니까."

무서워.

"그때도 네가 냉정을 가장하고 지금까지 그래왔듯 반의 중심인물로 있을 수 있을까?"

도와줘.

"됐어, 무리군. 넌 다시 예전의 너로 돌아갈 거다. 비참하게 괴롭힘당하던 자신으로 돌아가는 거야. 본래의 모습으로 말이야.”

예전에 당한 폭력이 내 안에서 강하게, 너무도 강하게 반복해서 플래시백 되었다.

“싫어, 싫어, 싫어 싫어, 싫어 싫어 싫어…….”

그 어둡고 비참하고, 죽고만 싶었던 세계로 다시 돌아가고 싶지 않아.

“그러니까 편해지라고. 편해져서 지금의 너를 지키란 말이야.”

“부탁이야, 용서해줘. 부탁이야, 용서해줘……!”

이제 자존심 따위는 산산이 부서졌다.

아니, 그게 아니다. 셀로판테이프로 붙였을 뿐이지, 처음부터 부서져 있었다.

억지로 이어 붙여 놓았던, 카루이자와 케이라는 내가 죽고 말았다.

즐거운 학교생활이, 소리를 내며 무너져 내린다.

“나는 마나베 무리처럼 용서 따위 하지 않아. 우리는 네 비밀을 알고 있어. 만약 나를 퇴학으로 내몬다고 해도 이 사실을 아는 인간은 한둘이 아니라고. 곧 소문이 만연해질 거다. 그렇게 되면 그동안 네가 깔봤던 애들조차 널 괴롭히게 되겠지?”

“싫어, 싫어, 싫다고…….”

231

"그럼 잘 생각해라. 옛날의 너로 돌아가는 게 얼마나 괴로운지."

──싫어도 떠오르고 만다.

순간 뇌리를 가득 뒤덮은 새하얀 세계.

그리고 직후의 어둠.

중학교 시절, 나는 사소한 일로 인해 지옥의 문을 열고 말았다.

원래 이기길 좋아하고 강한 성격이었던 나는 입학 초기에 나와 비슷한 성향의 여자애들을 적으로 만들고 만 것이다. 그 이후로의 나날은 즐거운 학교생활과는 거리가 멀었다.

교과서에 낙서가 되어 있거나 노트를 분실하는 것 따위는 귀여운 수준이었다.

마치 정해진 것처럼 화장실에만 들어가면 물벼락을 맞은 일도 한두 번이 아니었다.

맞고 발에 걷어차이는 모습을 동영상으로 찍혀 반에서 웃음거리가 되었다.

실내화에 들어 있던 압정, 책상 서랍 속의 동물 사체들. 지금도 전부 기억한다.

반 아이들 앞에서 치마가 내려간 적도 있었다.

수영 수업 후 누군가가 속옷을 숨기거나, 아예 교복이 사라진 적도 있었다.

좋아하지도 않는 남자에게 고백해야만 했고.

땅에 떨어진 반찬을 입으로 주워 먹어야만 했고.

신발을 핥아야만 했다.

모욕이란 모욕은 전부 맛보았다.

그래, 그렇다.

떠올리고 말았다.

이럴 때, 인간이 취할 수 있는 마지막 방어수단.

받아들이면 되는 거다.

류엔 무리에게 괴롭힘당하고 있는, 이 현실을 받아들이는 거다.

그렇게 하면 편해질 수 있다.

아아, 나는 다시 그때로 돌아가 버리고 마는 걸까.

그때 나는 내 마음이 분명 견딜 수 없으리라는 걸 안다.

다정하게 대해준 아이, 친하게 지내던 아이의 태도가 달라진다.

그 잔혹한 시간을 두 번 다시 견딜 수 있을 리 없다.

나를 방치한 학교에서 유일하게 해준 것.

그건 이 학교의 존재를 알려준 것이다.

나를 아는 학생이 아무도 없는 곳이라는 구원의 실을 내려주었던 것.

그것마저 사라진다면 나는──.

하늘을 올려다보았다.

참아왔던 눈물이, 흘러내려 뚝뚝 떨어진다.

어째서, 나는 지금 이런 일을 당하고 있는 걸까.

…………..

──싫어…….

그런 감정이 내 마음속에 피어났다.

이대로 순순히 받아들이고 과거로 다시 돌아가는 건 싫다.

눈앞의 류엔이 하는 말로는, 그저 찾고 있는 인물의 정체를 알아내고 싶을 뿐인 듯하다.

그러니까 키요타카의 이름을 대면 나는 해방될 수 있다.

하지만 그렇게 해서 내가 괴롭힘당했다는 이야기가 폭로되지 않는다는 보장은 없다.

다음 날이면 소문이 쫙 퍼질지도 모른다.

그렇게 되면 결국 똑같다.

키요타카의 신뢰도 잃고 모든 친구를 잃게 된다.

하지만——

구원받을 가능성이 있다.

이름을 말해버리면, 편해지면 이 괴로운 시간도 끝을 고할지 모른다.

어쩔 수 없잖아.

구해줄 거야.

그렇게 약속한 키요타카는 결국 구하러 와주지 않았다.

믿고 계속 기다렸지만 이 상황에 아무런 변화도 찾아오지 않았다.

보낸 문자를 확인하지 못했나?

하지만 나는 그에게 눈빛으로 신호를 보냈었다.

눈과 눈이 마주쳤고, 그에게서 확실한 승낙을 받아냈다.

지켜줄 테니 안심하라고.

그렇게 생각했는데.

나만 그렇게 믿은 것뿐이었나?

이제는 모르겠다.

그걸 확인할 방법도 없다.

나와 키요타카의 관계는 너무나도 보잘것없다.

마나베 무리가 내게 무슨 짓을 저지르지 않는다는 보장이
없는 상태에서 그는 나와의 관계를 끊었다.

자신이 더는 행동할 필요가 없어졌다는, 그런 제멋대로인
이유로.

나 따위는 나중 문제.

배신당한 걸까?

난 그에게 버림받은 걸까?

"알베르트. 누구 온 사람 있어? ……그래? 다시 연락할게."

눈앞에서 류엔이 조용히 한숨을 내쉬었다.

"너도 조금은 기대했을 거라고 생각하지만, 아무도 구하
러 온 사람이 없는 것 같군."

아아, 역시 버림받고 말았구나.

아니야, 안 믿으면 어쩔 거야.

키요타카는 구해주겠다고 말했다.

실제로 마나베 무리로부터 나를 지켜주었다.

"X를 상당히 믿는 모양이군, 카루이자와."

류엔은 어이없다는 듯 한숨을 푹 내쉬었다.

"넌 속았어."

"그렇지 않아……."

"아닌 게 아니래도. X가 너한테 말해주지 않은 선상 시험의 진실을 알려주지."

"진, 실……?"

류엔의 얼굴에 어느새 웃음이 사라져 있었다.

"마나베는 모로후지의 복수를 위해 널 괴롭힐 생각이었지만, 그 기회를 얻지 못했어. 너를 인기척 없는 장소로 불러낸다 해도 순순히 응할 리 없으니까. 그런데 넌 무슨 영문인지 혼자서 가장 아래층 플로어에 갔지. 왜 그런 거야?"

"그건……."

그건, 요스케 군이 불렀으니까.

그때 내 마음은 불안정해서, 숙주였던 요스케 군에게 기댈 수밖에 없었다.

그래서 그곳에 갔는데…….

그랬더니 마나베 무리가 우연히 찾아와서…….

"정말로 우연이었다고 생각하냐?"

또 류엔이 내 마음을 꿰뚫어 보았다.

"그 넓은 배 안에서 온종일 너를 쫓아다니는 건 불가능하지. 그러니 그건 우연이 아니고, 마나베 무리의 등장은 필연이었다는 소리다."

그 말은 내가 요스케 군에게 속았다는?

아니야…….

그게 아니야.

그게 아니라는 건 바로 알았는데도.

순간 요스케 군의 탓으로 돌리고 싶었다.

"이미 알았을 텐데. X가 은밀하게 마나베와 접촉해서 너를 유인하도록 안내한 거야. 카루이자와를 증오하는 사람들끼리 서로 힘을 합치자고 달콤한 말로 꼬드긴 거지. 그런 미끼를 덥석 물고 말았으니 멍청이라고 말할 수밖에 없지만, 여하튼 그게 진실이야."

하긴 이상하다고 생각하긴 했었다.

나를 불러낸 요스케 군은 결국 그 자리에 나타나지 않았다.

지금의 키요타카를 알기에 알 수 있다.

요스케 군에게 지시를 내려서 나를 혼자 있게 만든 거다…….

"X는 너를 의도적으로 괴롭히게 만든 다음 그 현장 증거를 잡았어. 부도덕하다는 생각이 들지 않나?"

아니라고 생각하고 싶다.

그때 키요타카가 나타났던 건, 그리고 날 구해준 건 우연이 아니었던 거야?

"넌 도움을 받은 게 아니야. 함정에 빠진 거였지. 참으로 어처구니없는 이야기지?"

속았다고……?

"주위를 둘러봐라. 지금 여기에 X가 있나? 널 구해주러

왔냐?"

나는…… 키요타카에게, 처음부터 속았던 건가?

"정체가 들키게 되자 너를 버렸다고 생각하는 게 타당하겠지."

그런, 그런 게…….

그런 게 아니야…….

나는── 구원받지 못했다.

이렇게 괴로워하는데도…….

키요타카가 놓은 덫에 걸려, 구원받은 줄로만 알고.

이런저런 일을 도와주고.

중요한 순간에 버림받았다.

그렇지만 이래선…….

"너도 이제 눈치챘겠지. 그래, 그것 역시 악질『괴롭힘』이라는 걸."

어둠이 나를 뒤덮는다.

나는 결국, 괴롭힘이라는 뫼비우스의 띠에서 벗어날 수 없다.

"괜찮아, 구원받을 수 있는 방법은 딱 하나 남아 있으니까."

이름.

키요타카의 존재를 류엔에게 알려주는 것.

"그래."

그럼 이름을 말하면 편해질 수 있을까……?

"그래. 편해질 수 있어."

내 마음을 읽듯 류엔이 다시 한번 웃었다.

"이름을 말하면 앞으로 너한테 절대 상관하지 않겠다고 약속할게."

아아, 구원받을 수 있다.

딱 한마디, 아야노코지 키요타카, 라고 말하기만 하면 된다.

믿어줄지 어떨지는 모르겠다.

하지만 내가 진심을 다해 말하면 분명 눈앞의 남자는 이해할 것이다.

그런 확신만큼은 있었다.

의지에 반해 입술이 미세하게 떨리면서 움직였다.

배신당한 절망과 분노 그리고 구원받기를 바라는 마음.

하지만 아직 목소리가 되어 나오지 않았다.

너무 추워서 마음의 목소리를 끌어올리기가 불가능했다.

"천천히 해도 돼. 녀석의 이름을 말해라."

"──아……."

나왔다.

떨리고 떨려서, 무섭고 또 무서워서.

마침내 한 글자가 나왔다.

"아?"

되묻는 류엔.

"아……야……."

천천히, 아주 천천히 짜냈다.

그렇게 하면 나는 해방될 수 있다.

"다시 한번. 천천히 말해."

류엔의 얼굴이 내게로 다가왔다.

"아……."

말이 나왔다.

아니야, 그게 아니다.

나는 처음부터 그럴 생각이 없었다…….

그도 그럴 게, 나는──.

"『아』무리 물어도…… 절대 말하지 않을 거『야』……."

"…………."

미소 지었던 류엔의 표정이 그대로 굳었다.

흐린 하늘에서 한 줄기 빛이 내려오는 듯한 느낌이 들었다.

현실은 아무것도 달라지지 않은 세계에서.

내가 도달한 것.

"설령 내일부터 내가 있을 곳이, 이곳에, 이 학교에서 사라진다고 해도…… 계속 괴로워해야 한다고 해도……."

계속 믿어야만 하는 것.

그것은 류엔의 말도, 키요타카의 존재도 아니다.

"이름은 절대 말할 수 없어……."

가슴 속으로 스윽 들어오는 따뜻한 빛.

"……그래도 되겠냐, 카루이자와."

괜찮다.

이것으로 되었다.

후회할지도 모른다.

하지만 이것으로 되었다……!

"X가 너를 이용했을 뿐이란 걸 알았는데 왜 감싸주는 거지?"

"몰라……."

그건 내가 묻고 싶다.

하지만── 지금 내가 아는 유일한 사실.

"나도 마지막까지 멋지게 폼 잡아보고 싶어……!"

흐릿했던 시야가 한순간이나마 맑아졌다.

"그래? 안타깝지만, 카루이자와. 네가 있을 자리는 오늘부로 이 학교에서 사라질 거다. 나도 수고를 들이고 싶지는 않지만 어쩔 수 없지. 하지만 존경할 만한 가치는 있네. 과거의 트라우마. 유일하게 의지한 존재에게 배신당했는데도 그 녀석을 팔지 않은 건 솔직하게 인정해줄게."

이걸로 됐다.

이걸로 된 거다.

몇 번이나 그렇게 내 자신에게 되뇌었다.

나는 여기서 무너지고 말지만.

왜 그런지 내 자신이 아주 조금 자랑스러웠다.

배신당한 주제에, 내가 배신하지 않아 녀석에게 도움이 될 수 있다면.

그 녀석이 원하던 평온이라는 것에 협력할 수 있다면, 나쁘지 않다.

그건 그거대로, 왠지 나 좀 멋지지 않아?

살면서 내 인생에 재미있는 일이라고는 거의 없었는데, 키요타카와 함께 이런저런 일을 했던 때만은 자극적이고 나쁘지 않았다.

조금 즐거웠다.

뭐라고 할까, 뒤에서 영웅을 돕는 여주인공 같은 느낌?

그가 한 일 중에는 잘 이해할 수 없는 것도 많았지만.

뭐랄까, 일상적이지 않아 즐거웠다.

게다가 어떤 형태였던지 간에, 도움을 받은 건 사실이니까.

그러니 후회는 없다.

후회하지 않을 것이다.

하지만, 말이지.

하지만 사실은, 마음 속 깊은 곳에서, 그가 구하러 와주지 않을까 하고.

그런 희미한 감정이 있었던 것도—— 사실이려나.

아, 아, 바보 같아.

완전히 손바닥 위에서 놀아났다.

자업자득, 인가.

요스케 군에게 보호받고, 키요타카에게 보호받았다.

정말 나는, 혼자서는 아무것도 못 하는 여자애구나.

추운 겨울 하늘.

왠지 속이 시원해지는 느낌이었다.

잘 가. 의지만 해오던 나.

다녀왔어. 무기질한 옛날의 나.

1학년 B반 담임 총평

12/1시점 담임 총평

753

여름 방학 전

이치노세를 필두로, 입학 초기부터 B반 학생 전원이 친해졌습니다. 때로는 싸울 때도 있을 거라고 생각합니다만 3년간 열심히 학업에 힘써주었으면 좋겠습니다.

무인도 시험

승리, 경쟁보다도 팀워크를 키워나가며 무인도에서의 일주일을 즐겁게 보냈습니다. 다른 어느 반보다도 멋진 아이들이라고 생각합니다.

선상 시험

누군가를 의심하고, 누군가를 함정에 빠트리는 일에 서툰 만큼 성적은 다소 부진했습니다. 하지만 그 순수한 마음이 있다면 반드시 A반으로 올라갈 수 있을 것입니다.

체육대회

별로 사이가 좋지 않은 C반과도 마음을 터놓기 위해 많이 노력했다고 생각합니다. 류엔도 조금만 협력해주었더라면 좋았을 것입니다.

페이퍼 셔플

시험은 아쉽게도 A반에 지고 말았습니다만, 늘 밝고 긍정적인 B반 아이들인 만큼 반드시 A반이 될 것이라고 생각합니다.

○엇갈리는 마음

카루이자와가 류엔이 있는 곳으로 향하기 대략 두 시간 전.

D반에서는 차바시라 선생님이 겨울방학 동안의 주의사항을 설명하고 있었다.

"겨울방학 동안 교내의 일부는 보수 공사 때문에 출입이 금지될 예정이다. 그 점을 잊지 말도록. 그리고 오늘은 종업식인 만큼 동아리도 쉰다. 최대한 빨리 돌아가도록 해."

필요한 사실만 설명하고 끝내는 선생님.

그런데 무슨 영문인지 잠시 아무 말 없이 반 아이들을 둘러보았다.

아무리 기다려도 종료를 알리는 신호를 주지 않자, 참지 못한 이케가 손을 들었다.

"선생님, 왜 그러시죠?"

"이미 파악한 학생도 많겠지만, 너희의 C반 승급은 거의 틀림없다고 봐도 될 거야. 참 잘해주었어."

"오, 오오! 선생님이 순순히 인정해주시다니. 이게 다 무슨 일이래요?"

이케뿐 아니라 반 아이들 모두 같은 느낌을 받았으리라.

"하지만 방심은 금물이야. 겨울방학 동안 큰 문제를 일으키면 반 포인트에 영향을 줄 수도 있으니까. 오래 쉬더라도 학생의 본분을 잊어서는 안 된다."

그렇게 말한 차바시라 선생님은 2학기를 마무리 지었다.

"정말 웬일이지? 차바시라 선생님이 우리한테 다정하게 신신당부하다니."

"그러게 말이야."

문제 행동을 일으키지 마라. 그 말을 돌려서 했다는 건 틀림없다.

나는 교과서를 가방에 넣으며 카루이자와에게 시선을 보냈다.

그러자 카루이자와 역시 다른 여자애들과 대화를 나누는 와중에도 나를 쳐다보았다.

아침에 내 비상용 연락처로 카루이자와가 보낸 한 통의 문자.

마나베 무리가 괴롭힌 사건에 관해 할 이야기가 있다고, 오늘 2시까지 옥상으로 나와 달라고.

나는 놀라지도 않았고 답장도 하지 않았다.

왜냐하면 그 문자를 받기 전에 이미 류엔이 연락해왔기 때문이다.

녀석은 카루이자와가 일러바치든 말든 상관하지 않았다.

처음부터 나를 유인하기 위해서만 행동하고 있다.

그런데 카루이자와는 내가 문자를 봤다는 사실을 눈빛으로 파악했는지, 만족한 듯 친구와 교실을 빠져나갔다. 일단 학교를 나갔다가 다시 돌아올 생각인 걸까.

1시가 지날 무렵에는 거의 모든 학생이 교내에서 모습을 감출 테니까.

"케야키 몰에 들렀다가 가자던데, 어떻게 할래?"

돌아갈 채비를 마친 케세이가 다가와서 말했다.

"응. 오늘은 딱히 일정도 없으니까 같이 갈래. 준비 끝나면 바로 나갈게."

"그럼 복도에서 기다린다."

일단 교과서는 전부 가지고 돌아가야지. 여차하면 쓸 일이 있을지도 모르니까.

"아……. 혹시 방금 약속 생겼니?"

미안하다는 듯 말을 건 사람은 사토였다.

"응. 오늘 유키무라 쪽 애들이랑 놀기로 약속했는데……."

"그, 그래? 내가 운이 나빴네."

실망하며 어깨를 떨구는 사토.

혹시 저번처럼 데이트 신청을 하려던 걸까.

"……오늘은 안 되지만, 겨울방학 때여도 돼?"

"뭐?"

"아니. 두 번 거절하기도 미안하고, 사토가 괜찮다고 할 때의 얘기지만……."

"저, 정말?"

"어, 으응."

앞으로 몸을 쑥 내밀며 감격하는 사토의 모습에 조금 기가 눌렸다.

"야, 약속한 거야?!"

얼굴이 새빨개진 사토는 기뻐하며 폴짝폴짝 뛰었다.

도대체 내 어디에 그렇게 관심이 가는 걸까…….

물론 기분이 나쁘진 않지만, 아직 교실에 애들도 남아 있어서 좀 부끄럽다.

"일단 내일 이후면 언제든지 좋으니까. 자세한 건 문자로 다시 연락하자."

"알았어! 그럼 다음에 봐, 아야노코지 군!"

사토는 기뻐서 어쩔 줄 몰라 하며 시노하라 그룹과 합류했다.

시노하라 쪽 아이들이 이상하다는 표정으로 나를 쳐다본 후 교실을 빠져나갔다.

자, 그럼 나도 케세이 무리와 합류해볼까.

다들 이미 복도에 모여 잡담을 나누며 내가 오기만을 기다리고 있었다.

하루카의 어딘지 섬뜩한 미소와 아이리의 의기소침한 표정을 본 나는 금세 사태를 파악했다.

가까이 가자마자 하루카가 말을 꺼낼 것 같아 내가 먼저 입을 열었다.

"별로 깊은 의미는 없어."

"난 아직 아무것도 안 물어봤는데 왜 그래?"

"왜 그러긴, 지금 딱 물어보려고 했잖아."

"하지만, 그렇잖아? 사토의 저런 모습을 보니까 좀 여러 가지로 상상이 되어버리는걸?"

"불순하네, 키요타카. 호리키타에 사토라니, 시조가 없구만."

왜 그러는지 케세이마저 한소리 했다. 아니, 하지만 변명할 기회를 줬으면 좋겠다.

"그냥 같이 놀자고 했을 뿐인데."

"여자애가 남자애한테 놀자고 먼저 말하다니, 대단하다는 생각이 드는데?"

"사, 사사, 사토가, 키요타카 군을, 조, 좋아하는 거 아, 아니야?!"

전에도 한바탕 소란이 일었었는데, 아이리가 눈을 마구 굴리며 말했다.

"……그런 건 나한테 물어도 곤란하지."

"아슬아슬 골인으로 러브러브 크리스마스? 이야, 그거 엄청난 흐름인데."

하루카는 하루카대로 자기만의 상상을 펼쳤다.

"그것보다도 어디 갈 거야? 오늘은 꽤 붐비지 싫은데."

내일부터 긴 휴일에 들어가니 오늘은 밤새도록 학생이 많을 것이다.

뭘 하든 서두르는 편이 좋다고 케세이가 판단했다.

"뭐, 아무 계획 없이 돌아다니는 것도 괜찮지 않아? 허둥거리지 말고."

그렇게 의논하는 가운데, 아키토는 딱딱한 표정을 유지하며 아무 말 없이 걸었다.

아키토의 의식은 우리가 아니라 뒤쪽에 집중되어 있었기 때문이리라.

이동하면서 우리 뒤에서 느껴지는 것의 정체를 파악했다.

"따라오는 것 같지는 않은데……."

작은 목소리로 중얼거리며 안도하는 아키토.

아무래도 류엔은 오늘 모든 것을 끝낼 속셈인 모양이다.

더는 뒤를 밟을 필요가 없다고 판단한 걸까.

"하지만 난 그래. 케야키 몰에도 뭐든 있지만, 역시 밖에 나가보고 싶어."

그렇게 말한 하루카는 부지에서 멀리 떨어진 정문 쪽을 쳐다보았다.

"시부야라든가 하라주쿠 같은 데 가고 말이지, 오모테산도의 일루미네이션도 보고 싶고."

"케야키 몰 안이라면 몰라도, 통학로 같은 데는 똑같을 테니까."

특별히 다른 준비가 진행되려는 기미도 없이, 바깥은 여느 때와 똑같았다.

"난 지금 환경에 만족해. 필요한 건 거의 다 있으니까. 키요타카 군도 모두와 같은 생각을 할 때 있어? 밖에 나가고 싶다거나."

하긴 아이리는 하루카같이 여기저기 쏘다닐 타입으로는 보이지 않는다.

뭐, 무리해서 대화를 맞춰줄 필요는 없겠지.

"나 역시 아이리처럼 이곳 환경에 만족하긴 하지만, 밖에 나가고 싶은 기분도 이해는 돼."

"규칙을 지키기 위해서인지는 모르겠지만, 가족에게 연락하지도 말라는 건 너무 심했어. 평범한 가정이라면 아이의 소식이 궁금해서 못 견디지 않아?"

3년 내내 자식을 만날 수 없다는 건 과연 평범하지 않지.

아키토는 그 말이 깊이 와 닿았는지 표정이 한층 굳어졌다.

"우리 엄마는 항상 걱정이 많거든. 듣고 보니 그 부분에 불안을 느낄지도 모르겠어."

"학교 측도 그 부분은 케어해 준다고 했어. 학생의 성적표며 뭐며, 정기적으로 보고하는 모양이던데."

"그건…… 더 걱정만 끼치게 할 것 같은데. 좀 더 공부를 열심히 해야 한다든가……."

"남자보다도 여자 쪽이, 부모님은 더 많이 걱정되겠지."

"아, 우리 집은 괜찮아. 그렇진 않을 거니까."

하루카가 이야기를 대충 넘겼다.

뭔가 다루고 싶지 않은 부분이 있는 것 같아서 우리도 더 말하지 않았다.

1

"그럼 다음은 노래방에 갈까? 빈방이 없을지도 모르지만."

"설마 또 벌칙 게임을 하려는 건 아니겠지……?"

"당연히 하는 거 아니야? 유키무의 복수전을 위하여."

다음에 어디 갈지 논의하던 중에 나는 발걸음을 멈췄다.

"왜 그래? 키요타카 군."

"미안한데, 난 먼저 돌아갈게."

"아직 2시도 안 됐는데?"

아키토가 휴대폰으로 시간을 확인하며 말했다.

"사실 어제 밤새서 너무 졸려. 다음에 방학 중이라도 또 불러줘."

아이리는 아쉬워 보였는데, 이제는 내가 없어도 딱히 불편하지 않으리라.

하루카도 잘 챙겨줄 테니 마음 놓고 맡기기로 하자.

아이들에게 인사한 나는 등을 돌렸다.

그리고 휴대폰을 꺼내 담임 차바시라 선생님에게 전화를 걸었다.

"나다."

"여보세요. 좀 할 얘기가 있는데, 지금 시간 되세요?"

"무슨 생각이지? 더는 나한테 상관하지 않기로 한 거 아닌가?"

"그건 그런데요. 아직 마무리 짓지 못한 문제가 남아 있는 걸 알아차렸어요. 가능하면 전화가 아니라 직접 만나서 얘기하고 싶은데. 학교에 가도 되나요?"

"……교실에서 기다리마."

"알겠습니다. 몇 분이면 도착합니다."

그렇게 통화를 끝낸 나는 금방 D반 교실로 돌아왔다.

이미 다른 학생의 모습은 보이지 않았고, 내 자리 근처에서 창밖을 쳐다보는 차바시라 선생님만 있었다.

"예년대로라면 올해도 눈이 꽤 내리겠구나."

"눈을 좋아하시나요?"

"좋아했지. 하지만 어른이 되니까 싫어지더구나."

커튼을 치고 천천히 뒤돌아보는 차바시라 선생님.

"그래, 나한테 할 얘기가 있나 본데 무슨 용건이지?"

"대답을 듣지 못한 것 같아서요. 왜 저를 이용하면서까지 A반으로 올라가려고 한 거죠?"

웬만큼 강한 의지가 없다면 교사가 거짓말까지 해가며 학생을 이용하진 않는다.

"이 학교는 학생과 마찬가지로 교사들도 서로 경쟁하는 부분이 있어. 하나라도 더 윗반을 목표로 하는 건 자신의 사정을 생각해도 당연한 일이지."

"그게 진짜 동기인 것 같지는 않은데요. 만약 처음부터 A반을 노릴 의지가 있었다면 D반 애들에게 불리한 발언은 하지 않았을 거예요."

1학기 첫 중간고사에서 차바시라 선생님은 의도적으로 D반만 불리해지도록 정보를 주지 않았다.

"……그건 이미 학교의 규칙과는 별개의 문제야. 나 개인과 관련된 일이지. 너한테 말할 건 하나도 없어."

"그 시점에서 은밀하게 A반이 되기 위한 준비를 진행하면서도 망설였던 거죠? 정말로 이 반이 A반을 노릴 능력이 있는지. 정말로 A반을 노려도 되는지."

선생님이 어떤 생각을 감추고 있는지는 딱히 상관없다.

중요한 건 내가 이용하기에 적절한 존재인가 아닌가이다.

"아무래도 시간 낭비 같군. 업무를 보러 돌아가야겠다."

뒤돌아 자리를 피하려는 선생님에게 나는 다시 말했다.

"대답 못 하겠으면 적어도 저를 이용하려는 걸 포기하세요."

"역시 그런 이야기인가. 거듭 다짐받을 필요는 없어. 이미 너는 내 손을 떠났으니까. 내 말이 틀린가?"

"중요한 이야기는 지금부터예요. 오늘이라는 날을 허무하게 보내면 D반은 A반으로 올라갈 수 없어요. 그러기는커녕 C반에 올라갈 수 있을지도 의심스러운 상황이 되겠죠."

"하고 싶은 말이 뭐야."

나는 교실에 있는 시계를 노골적으로 쳐다보았다.

"2시가 됐네요. 지금쯤 옥상에서는 류엔이 카루이자와를 불러내서 흥미로운 쇼를 펼치기 시작했을 겁니다."

"……류엔이 카루이자와를?"

"선생님도 모르시나요? 카루이자와가 과거에 심한 학교폭력을 당한 학생이었다는 걸."

"처음 듣는데……."

평소 카루이자와를 봐서는 도저히 폭행당하는 모습이 상상조차 되지 않으리라.

"그리고 아마도 내일 이후로 이 이야기는 학교에 퍼질 거예요. 그렇게 되면 카루이자와는 자기만의 세계에 틀어박혀 자퇴를 선택할지도 몰라요. C반이 관여한 걸 증명할 수 있으면 반격도 가능하겠지만, 서로가 입을 타격은 헤아릴 수 없을 겁니다."

아직 반에서 퇴학자가 나온 데에 대한 처벌이 뭔지 밝혀지지 않았지만, 상응하는 페널티를 받겠지. 자세한 내용을 묻지 않아도 차바시라 선생님의 안색을 보면 알 수 있다.

하지만 금세 냉정함을 되찾고 평소와 다름없이 강한 시선을 보냈다.

"그렇군, 네 속셈이 뭔지 알겠다. 이번 일은 너 혼자 사태를 수습하기가 상당히 어려워 보이는데. 하지만 이 학교 교사인 나라면 이야기는 달라지니까. 문제 해결은 물론이고 네 정체도 밝혀지지 않고 끝날 수 있어. 이보다 더 좋은 방법은 없겠지."

"도와달라고 하면 받아주실 건가요?"

"우쭐해 하지 마라, 아야노코지. 난 너한테 협력할 생각이 없으니까."

"그렇겠죠."

"교사가 학생들 문제에 개입해서 해결하는 행위는 적어도 이 학교에서는 칭찬받을 일이 아니야."

그건 그렇다. 교사가 혼자 옥상으로 올라가서 류엔의 행동을 멈추게 할 뿐 아니라 카루이자와의 과거에 대해 입막음을 한다? 그런 안이한 전개가 펼쳐질 수는 없다.

차바시라 선생님이 거부하는 것도 당연하다.

"하지만 그렇게 쉽게 거절해도 괜찮겠어요? 앞으로 제가 D반의 앞길을 방해하지 않는다는 보장은 어디에도 없잖아요? 교묘하게 움직여서 윗반으로 올라가지 못하게 할 수도 있어요."

"……설마 학생이 교사를 협박할 줄이야. 예전과 입장이 역전되었다고 해야 하나."

"선생님이 빚을 갚고 저와의 관계를 대등한 교사와 학생으로 되돌린다면 적어도 앞으로 방해 행위는 하지 않겠습니다. 그것만으로도 큰 이익 같지 않나요?"

"이번 일을 거부해서 A반으로 올라갈 수 없다면, 그건 앞으로도 마찬가지겠지."

막무가내로 돕는 것을 긍정적으로 생각하지 않는 차바시라 선생님은 내 제안을 거부했다.

"안심하세요. 처음부터 그런 도움을 선생님께 바란 건 아닙니다."

"뭐야?"

애초에 교사에게 의지하는 작전 따위는 계산에 넣지도 않았다.

"살짝 놀려본 것뿐이에요. 뭣하면 멀리서 지켜보시겠어요? 이번 사건의 결말이 어떻게 될지."

그렇게 말한 나는 차바시라 선생님에게 이 일의 구경꾼이 될 것을 제안했다.

2

예정대로라면 카루이자와가 옥상에 올라가고 30분 정도 지났으려나.

이시자키가 부산떨며 내려오나 싶더니, 양동이에 물을 잔뜩 길어 다시 올라갔다.

바닥에 떨어진 물방울로 미루어 짐작하건대, 몇 번인가 왕복했던 것 같다.

아마도 카루이자와에게 과거의 괴롭힘을 떠올리게 해서 자백을 노린 류엔의 계략이리라. 하지만 카루이자와가 바로 실토하지 않았는지, 그 이후로 C반 녀석들도 카루이자와 본인도 옥상에서 내려올 기색이 보이지 않았다.

내가 쓴 시나리오와는 조금 다른 결과가 되어버렸을 가능성이 있다.

하지만 그건 처음에 상상하다가 말았던, 긍정적인 방향으로였다.

"무슨 속셈이야, 아야노코지. 언제까지 여기서 대기해야 하지?"

차바시라 선생님과 함께 교실에서 나온 나는 C반의 야마다 알베르트가 망을 보고 있는 계단에 다다르자 거리를 벌린 뒤 숨죽여 상황을 지켜보았다.

그리고 잠시 후.

여기까지 왔으니 허둥지둥 움직일 필요 없다.

타이밍이 늦으면 늦을수록, 내 의도대로 흘러간다.

물론 늦은 만큼 리스크도 있지만, 그건 이익을 고려했을 때의 필요 경비다.

"잡담이라도 할까요?"

"지금 이 상황에 잡담이라니?"

의문스러워하는 차바시라 선생님을 무시하고 나는 말을 꺼냈다.

"입학 초기 때 말인데요. 스도가 시험에서 1점 모자라, 포인트로 점수를 사겠다고 부탁드린 적이 있었죠."

"……그래, 기억나. 너랑 호리키타가 합해서 10만 포인트를 냈었지."

그때로부터 벌써 반년 넘게 지났다고 생각하니, 시간 참 빠르다.

"프라이빗 포인트로 살 수 없는 건 없어. 그렇게 말씀하셨죠."

"사실이야. 그래서 스도의 퇴학도 없던 일이 되었잖아?"

"과연 점수를 사는 건 이치에 딱 들어맞지만, 그게 항상 허용되는 환경이라면 애초에 퇴학자가 나올 리 없다는 생각 안 드시나요? 낙제점을 받을 때마다 누군가가 똑같이 점수를 사서 채우면 되니까요. 그렇게 하면 퇴학만은 면하게 할 수 있어요."

"하지만 프라이빗 포인트 확보는 쉽지 않아. 너희 D반은 기적적으로 높은 포인트를 유지하고 있지만, 예년의 D반은

259

그 절반 정도의 포인트 수준이었지. 게다가 친구를 그렇게 생각하는 반 아이들만 있다고 할 수 없어. 반 포인트를 떨어트려서라도 프라이빗 포인트를 지키려고 하는 학생이 있어도 이상하지 않은걸."

"하긴 그렇죠. 하지만 어쨌든 시스템상으로는 결함이 있는 것 아닌가요? 포인트에 의한 구제가 늘 존재한다면 시험 결과에 따른 퇴학의 허들이 극단적으로 내려가는데요."

"그럴지도 모르지."

부정하지는 않았지만 차바시라 선생님은 눈을 마주치려고 하지 않았다.

"문제는 제가 포인트로 점수를 사겠다고 했을 때 차바시라 선생님이 붙인 가격이에요."

"이제 와서 그게 너무 비쌌다고 말하고 싶은 건가?"

"그게 아닙니다. 1점에 10만 포인트라고 한 게 그냥 대충 부른 건지, 아니면 근거가 있었는지 하는 겁니다. 말투 때문에 즉흥적으로 정했다고 생각했는데, 아무리 생각해도 선생님의 재량으로 아무렇게나 점수의 가격을 매겼다고 보기 어려워요."

"하고 싶은 말이 뭐야, 아야노코지."

"이 학교는 포인트에 관한 사항이 철저하고 자세하게 명문화되어 있는 거죠? 점수를 살 때의 매뉴얼도 당연히 준비되어 있고요. 그렇게 생각하면 납득이 가는데요."

"그러니까 네 말은, 내가 그때 부른 스도의 1점에 해당하는 가격이 학교에서 미리 준비한 거라는 소리냐?"

"그렇습니다. 대답을 부탁드려도 될까요?"

순간 틈이 생겼다.

지금까지 곧바로 대답했던 차바시라 선생님이 잠시 말을 머뭇거렸다.

"묻는 말에 뭐든 대답해줄 수 있는 건 아니야."

"그건 대답할 수 없는 부분이라고 해석해도 될까요?"

"좋을 대로 해."

"그럼 제가 마음대로 해석하겠습니다. 학교는 모든 사항에 관한 매뉴얼을 마련해두었고, 점수 매매에 관해서도 1점당 10만 포인트로 이미 정해 놓았던 겁니다. 그런 전제로, 이야기를 진행시키면 새로운 의문이 생깁니다. 매번 시험이 있을 때마다 10만 포인트로 1점을 살 수 있는가 하는 부분입니다."

"이런저런 생각을 하는 건 네 자유지만, 이 대화에 무슨 의미가 있을까? 지금은 카루이자와의——."

나는 그 말을 끊고 계속해서 말을 이었다.

"입학하고 일정 기간만 1점당 10만 포인트라는 가격인 건지, 아니면 점수를 살 때마다 값이 오르는 건지. 그것도 아니면 다음부터는 아예 못 사는 건지. 의문이 꼬리에 꼬리를 물고 이어지는데요. 뭐가 정답인지 가르쳐 주세요."

"적당히 좀 해라. 그런 질문에 내가 대답해 줄 수 있을 것 같나? 설사 대답한다고 해도 그게 진실인지 확인할 길도 없잖아."

"있어요. 선생님께 직접 물어보면 됩니다."

나는 자꾸 피하려고 하는 선생님의 시선을 억지로 붙들었다.

"다음 중간고사에서 1점을 사려고 하면 지금 얼마가 필요하죠?"

"…………."

차바시라 선생님이 아예 입을 닫았다.

"대답해 주셔야죠. 교사로서 말예요. 대답 안 해주시면 저는 당연히 다른 선생님께 똑같은 걸 질문할 겁니다. 그리고 답이 돌아오면 저는 D반의 담임이 차별했다고 학교 측에 고발할 수 있다는 걸 잊지 마세요."

물론 차바시라 선생님뿐 아니라 다른 교사들 역시 대답하지 않을 수도 있겠지. 그 경우에는 여러 가지 경우를 생각해볼 수 있다. 처음 1점만 점수를 살 수 있다는 규칙이 있다거나, 실제로 낙제점을 받아 점수가 부족할 때에만 대답할 수 있는 구조라거나, 기타 등등.

하지만 대답해주지 않는 것 역시 하나의 대답이다.

점수가 부족할 때의 매뉴얼도 준비되어 있다는 대답이 되니까.

"규칙에 깊이 관여할 생각인가."

"이미 그렇게 하고 있는 학생이 적지 않을 텐데요. 포인트를 모으고 있다고 소문이 난 이치노세도 그렇고, 프라이빗 포인트를 고집하는 류엔을 보면 명백해요."

하루하루 온갖 시행착오를 거듭하면서 자신의 반에 유리한 전략을 찾아내려고 하고 있다.

"알았다. 네 질문에 대답해주마. 네 말대로 이 학교의 구조를 공략하는 실마리는 프라이빗 포인트와 관련된 규칙의 실태 파악에 있어. 당연히 이 학교를 거쳐 간 네 선배들도 너처럼 다양한 관점에서 접근해왔지. 불량품 집단인 D반도 그건 예외가 아니었어. 느리고 빠른 차이는 있었지만 말이야. 그리고 학교는 몇천 개의 규칙을 세세하게 준비해서 학생의 의문에 대답해주게 되어 있어. 점수 매매, 폭력 은폐, 퇴학 처리 취소에 필요한 포인트 등도 규정되어 있다. 하지만 직접 교사에게 물어서 답해줄 수 있는 범위는 아주 좁아. 왜냐하면 대부분 대답을 허락하지 않는 것들이기 때문이야. 아니, 그러기는커녕 교사조차 파악하지 못한 영역도 다수 존재할 거다."

"그럼 제 질문에 대해서는 『대답해줄 수 없다』가 정답입니까?"

"그렇다."

이렇게 해서 한 가지 수수께끼가 풀렸다. 프라이빗 포인트의 특수한 용도에 관한 규칙 중에는 그걸 사용할 조건을 만족하지 않으면 대답해줄 수 없는 것이 다수 존재한다는 사실이다.

다음 중간고사에서 1점을 살 때의 가격은 정해져 있는데,

미리 가르쳐주면 대책을 세우는 것이 가능하다. 하지만 모르는 채로 있으면 무모한 짓을 저지를 수 없게 된다. 1점당 100만 포인트가 든다고 하면 거기서 이미 막혀버리고 마니까.

"……이 이야기가 이번 일과 관련이 있나?"

"아니요. 이건 어디까지나 잡담입니다. 그 이상도 그 이하도 아니에요. 물론 이번 일과도 전혀 상관없습니다."

차바시라 선생님은 내 진짜 의도 따위 읽어낼 수 없다.

"자…… 이제 슬슬 때가 된 것 같네요. 숨바꼭질은 이제 끝내도록 하죠."

휴대폰을 열어 시계를 확인하니 2시 40분을 가리키고 있었다.

나는 어떤 인물에게 문자를 보냈다.

당장 이곳으로 오라고 지시한 것이다.

"난 자세한 사정을 모르지만, 카루이자와가 C반에 심한 짓을 당하고 있다는 것 정도는 알아. 표면에 나설 생각이 없으면 다른 사람에게 도움을 청해야 하겠지."

"옥상에는 제가 갑니다."

그 말에 차바시라 선생님이 놀라움을 감추지 않았다.

"……제정신이야? 그렇게 하면 학교에 네 정체가 알려지게 될 텐데."

"지금까지의 책략. 그걸 제가 세웠다는 걸 류엔이 알아봐야 아무런 가치도 없어요. 아니, 오히려 다음에도 제가 관여할 거라고 멋대로 억측했다가 자멸할지도 모르죠."

"하지만 그렇게 되면 너는 단숨에 유명인이 될 거다. 평온한 학교생활을 잃게 되겠지."

아마도 차바시라 선생님의 머릿속에 어떤 생각이 맴돌았을 것이다.

내가 정체를 감추는 한 D반에 협력하게 할 수단이 있을 거라고.

그런데 어떤 형태가 되었든 내가 C반과 접촉하면 류엔 무리는 내가 X라고 확신하게 된다. 아니, 확신까지 가지 않아도 제1용의자가 되면 그것으로 끝이다.

지금까지 견제 없이 자유롭게 움직였던 내 존재가 모두 아는 사실이 되고 만다.

차바시라 선생님은 말로 내뱉지 못하고 시선을 피했다.

"내가 착각한 건지도 모르겠군."

"착각이요?"

"사카야나기 이사장이, 입학 직전에 너에 대한 이야기를 들려줬었지. 아주 특수한 학생이라고. 우수하다고. 그리고 반드시 지켜야만 하는 학생이라고. 사랑과는 동떨어진 환경에서 자랐다고. 모든 것을 고려한 결과, 이사장과 의논해서 한 가지 결론에 도달했지. 이 학교에 애착을 가져서 계속 있고 싶어 하게끔 해주고 싶다고. 그래서 나는 너에게 네 아버지 이야기를 해서, 퇴학시키고 싶어 한다는 이야기를 살짝 흘렸지. 물론 그건 사실이 아니었지만, 결국 현실이 되고 말았구나."

"그렇군요. 과연, 목표를 정하면 집착심이 생기기 쉬워진다는 생각은 틀리지 않았어요. 하지만 안타깝게도 저는 걱정하시는 그런 인간이 아닙니다. 제삼자가 무엇을 바라든 저는 이 학교에 계속 남는 선택을 했습니다. 적어도 그 남자에게 지금 돌아갈 생각은 전혀 없으니까요."

"내 실패는 너를 쉽사리 이용하려고 했다는 건가. D반이 A반을 목표로 하는 것. 그런 꿈같은 이야기를 좇고 말았던 게 잘못이었나."

차바시라 선생님은 체념한 듯 말을 토해냈다.

하지만 포기한다고 말하기에는 너무도 이르고 웃긴 이야기가 아닌가.

"꿈같은 이야기는 아니죠. 실제로 지금 D반은 C반으로 올라가려고 하고 있으니까요. 머지않아 호리키타는 우리 반을 잘 이끌 겁니다. 틀림없어요."

"그건 그래. 과거에 하지 못했던 걸 달성했으니까. 그것만으로도 가치가 있겠지. 그런데 진심으로 하는 말이니? 호리키타가 반을 잘 이끌 거라고?"

"담임 선생님이 할 말은 아닌 것 같은데요. 적어도 저는 호리키타가 D반을 통솔하기에 충분한 능력을 가지고 있다고 생각합니다."

차바시라 선생님의 입장에서 호리키타는 나를 이용하기 위한 수단에 불과했던 것 같지만.

"결과적으로 호리키타는 성장하기 시작했어요. 반 애들 다수도 그렇고요. 이제 선생님이 교사로서 잘 이끌어주기만 하면 C반을 유지…… 아니 어쩌면 한없이 A반에 가까워질지도 몰라요."

실제로 올라갈 수 있을지 없을지는 또 조금 다른 능력에 좌우되기도 하겠지만.

"넌 정말로 손 뗄 거냐?"

"지금은 그렇게 생각해요."

학생 개인의 감정을, 교사의 감정으로 왜곡시키는 것은 원래 허용되지 않는다.

그런 건 차바시라 선생님도 잘 알고 있을 것이다.

이 자리에 차바시라 선생님을 이끌고 온 건 단순히 보험 차원에서만이 아니다.

내가 확실하게 반 경쟁에서 이탈한다는 걸 보여주기 위해서이기도 했다.

"이야기를 다시 되돌리지. 당당히 모습을 드러내는 건 네 자유야. 하지만 그렇게 해서 해결될 문제인가?"

"절대라는 보장은 없어요. 어디까지나 류엔의 성격과 행동 패턴을 고려해서 대처하는 것뿐이니까요. 그럼, 같이 와주셔서 감사했습니다."

목적 인물이 모습을 드러냈기에, 나는 차바시라 선생님에게 감사 인사를 했다.

이제 언제 가든 아무 지장 없다.

"많이 기다렸나? 아야노코지."

그렇게 말을 건 전 학생회장, 호리키타 마나부를 본 차바
시라 선생님이 깜짝 놀랐다.

"이게 어, 어떻게 된 일이야……?"

"이번에 류엔과 결판을 낼 때 있어 줄 증인이에요. 상대는
수단과 방법을 가리지 않는 인물이니까요. 했다 당했다 하
는 입씨름만큼은 피하고 싶거든요."

교사 증인이 최강의 카드라는 건 알지만, 실질적인 이용
은 불가능하다.

그렇다면 그에 가까운 입장인 사람을 이용하는 것이 현명
한 선택이다.

"아까 내가 말한 방법으로, 호리키타에게 사태를 수습시
킬 생각인가?"

"전 학생회장이 그런 걸 해줄 사람으로 보입니까?"

차바시라 선생님은 호리키타의 오빠를 스윽 쳐다보자마
자 그건 아니라는 결론을 내렸다.

선생님과 마찬가지로 호리키타 마나부 역시 괜한 참견 따
위 할 리 없었다.

"옥상에서 일어난 일을 목격한 인간이 있다. 그 사실만 있
으면 돼."

그걸 위해 나는 호리키타의 오빠와 계약을 맺었다.

뭐, 지금 그건 상관없지만.

"내가 옥상에 올라가고 몇 분 후에, 옥상으로 이어진 계단

중간에 있어 줘. 옥상에서 내려오는 학생에게 말 걸 필요도 벌 줄 필요도 없어. 그냥 옥상에서 나오는 인간 모두 네 눈으로 보기만 하면 돼."

전 학생회장이 옥상을 출입하는 학생을 목격했다.

그것만으로도 류엔 무리에게는 아주 효과적이다.

"좋아. 하지만 아야노코지, 우리가 한 약속은 잊지 마라."

"물론이지. 어차피 약속을 깨면 이번 일도 기억에서 사라지고 말 테니까."

"알면 됐다. 빨리 끝내라."

호리키타 마나부의 눈 배웅을 받으며, 나는 옥상으로 향하는 복도로 걷기 시작했다.

"잠깐만, 아야노코지. 호리키타가 수락하지 않았을 경우에는 어쩔 셈이었지?"

"글쎄요, 그 경우에는 어떻게 됐을까요?"

그렇게 말하면서도 생각하긴 했다. 아마도 나에 대해 아는 사카야나기 무리를 이용하지 않았을까.

그게 안 된다면── 아니, 이미 필요 없어진 플랜을 생각해봐야 소용없다.

"10분 아니면 20분. 그쯤이면 돌아올 예정입니다."

3

계단을 오른다.

한 계단, 또 한 계단.

천천히 올라가자 눈앞에 나타난 검은 그림자. 옥상으로 가는 길을 지키는 문지기가 있었다.

떡하니 버티고 서서 조용히 나를 내려다보고 있다.

C반의 야마다 알베르트다. 아까부터 전혀 움직인 기색이 없다. 완벽한 보초 역할이군.

자세한 건 잘 모르지만, 이 남자애 역시 류엔의 수족이겠지.

"지나가도 될까?"

일본어가 통할지 모르겠지만, 일단 말을 걸어 보았다.

하지만 알베르트는 전혀 미동도 하지 않고 그저 나를 계속해서 관찰할 뿐이었다.

거절의 의미로 묵묵부답인 건지, 아니면 말이 통하지 않는 건지 몰라서 답답하군.

큼직한 손으로 재빨리 휴대폰을 꺼내 어딘가에 바로 전화를 걸려고 했다.

"Don't panic. I'm the one you are seeking for. (허둥댈 필요 없어. 너희가 찾고 있던 인물이 바로 나니까.)"

영어로 그렇게 전하자 알베르트가 움직임을 멈췄다.

하지만 대답은 돌아오지 않았다.

"Today, I'll solve the trouble by myself. and no one interferes. (오늘의 문제는 나 혼자 해결한다. 다른 사람은 일체 개입하지 않아)"

다시 영어로 설명하자 잠시 고민에 빠졌던 알베르트는 휴대폰을 도로 넣었다.

그리고 조용히 길을 열어주었다. 지나가라는 무언의 신호였다. 아무래도 인정받은 모양이군. 다만, 녀석이 계단에서 계속 머무르고 있으면 내 작전에도 지장이 생긴다.

"미안하지만 지금부터 류엔을 밟아버릴 거야. 네 협력 없이 녀석은 나를 절대 못 이겨."

일부러 일본어를 써서 도발하자 알베르트는 일단 계단 아래를 내려다보았다. 그리고 아무도 없다는 걸 확인한 후 자기 손으로 옥상 문을 열었다.

자신도 옥상으로 나가더니 문 옆에 서서 내 등을 감시했다.

잔뜩 흐린 구름은 금방이라도 비를 퍼부을 것만 같았다. 문과 멀리 떨어진 펜스 쪽. 그곳에 웅크리고 앉아 있는 카루이자와가 보였다. 그리고 문이 열렸다 닫히는 걸 알아차린 이시자키와 이부키, 그리고 류엔이 내 쪽으로 시선을 옮겼다. 나는 사방을 둘러보며 감시 카메라를 확인했다.

렌즈 부분이 검게 칠해져 있어서, 감시 카메라의 역할을 하지 못하고 있었다.

그렇군. 스프레이로 손쉽게 시야를 가렸나.

상황을 파악한 나는 곧바로 시선을 류엔 무리에게로 되돌렸다.

"아야노코지……?"

가장 먼저 목소리를 낸 건 이부키.

내 이름을 듣고 카루이자와도 내 존재를 알아차렸다.

하지만 목소리가 바로 나오지 않았다.

그저 눈빛으로, 여기 왜 왔느냐며 놀라고 있다는 것만은
알았다.

"늦어서 미안하다."

그렇게 말을 걸었다.

"왜…… 왜, 왔어……?"

갈라진 목소리를 쥐어짜내며 카루이자와가 나를 보았다.

"왜긴 왜야. 약속했잖아. 너한테 무슨 일이 생기면 반드
시 구해주겠다고."

"류, 류엔 씨. 아야노코지가 X인 겁니까?!"

"그럴 리 없잖아. 이 녀석은 절대 아니야."

이시자키가 당황했지만, 그 질문은 류엔보다 먼저 이부키
가 부정하고 나섰다.

"류엔. X는 아야노코지를 이용하고 있을 뿐이야. 속지
마. 아마 카루이자와한테도 다른 사람이 구하러 올 거라고
미리 말했을 게 틀림없──."

"입 다물어, 이부키."

류엔은 한바탕 웃은 후, 카루이자와에게서 떨어져 내게
다가왔다.

그래도 거리상으로 5미터 정도는 벌리고 걸음을 멈췄다.

그 시점에서 류엔이 나를 강하게 경계하고 있다는 사실을
알았다.

"이거 이거, 누가 왔나 했더니 항상 스즈네의 뒤꽁무니만

졸졸 따라다니는 아야노코지잖아? 겨울방학에 들어가서 사람도 없는 이 옥상까지 무슨 일이지?"

"카루이자와한테 연락받았어. 도와달라고."

두루뭉술하게, 그리고 일부러 류엔의 연락을 받았다고는 말하지 않았다. 왜냐하면 나는 멍청하게 류엔의 사냥터로 유인된, 헌터가 노리는 사냥감이니까.

"호오?"

"거짓말인 게 뻔해. 너한테 지시를 내린 거 맞지? 카루이자와를 구해 오라고."

입을 다물라는 소리를 들은 이부키였지만, 무슨 영문인지 내 존재를 강하게 부정하고 나섰다.

"왜 그래, 이부키. 넌 아야노코지가 X가 아니라고 생각하고 싶은 모양인데."

"생각하고 싶은 게 아니라, 정말로 아니라고 말하는 거야. 저 애는, 저 애는 그냥 바보 같고 어리숙한 애야. 아마 X라든가 카루이자와라든가, 이게 무슨 상황인지조차 모르고 있을걸?"

"어리숙하다고? 그렇게 생각하는 데에는 근거가 있겠지?"

류엔이 이부키에게 물었다.

"난 D반을 교란시키기 위해 무인도에서 카루이자와의 속옷을 남자애 가방에 감추었어. 누구나 당연히 C반인 내가 범인이라고 생각했지. 하지만 이 녀석은 의심조차 하지 않았어. 멍청하게도 내가 범인이라고 생각하지 않는다고 딱 잘라 말했다고."

"그게 기뻤냐?"

"농담하지 마. 애초에 범인은 내가 맞는데 기뻐할 리 없잖아? 그냥 누가 봐도 의심스러운 애한테도 의심조차 품지 않는 무능한 아이. 그렇게 인식했을 뿐이야."

그런 녀석이 D반을 뒤에서 조종할 거란 생각은 도저히 들지 않는다는 얘기다.

"류엔 씨는 믿어요? 그러니까, 아야노코지가 X라는 걸."

"아야노코지는 원래부터 수상했잖아. 그렇게나 유능하다고 입을 모아 떠들어대는 호리키타에게 늘 찰싹 달라붙어 있었으니까 말이야."

"하지만 너무 노골적이랄까…… 정체를 감추려고 한 것치고 너무 대놓고 다닌 것 아닌가요?"

"그것도 그렇지. 네가 하고 싶은 말이 뭔지 알아, 이시자키. 그래서 나도 신중하게 주변 문제부터 정리해갔어. 그리고 마나베 사건을 알게 된 후로 진지하게 다시 후보로 급부상했지. 카루이자와의 학교 폭력 문제에 대한 빠른 대응과 수단을 봐도 아야노코지나 히라타 둘 중 하나라고 말이야."

"폼 잡지 마. 넌 그 후로도 아야노코지나 히라타를 최우선 타깃으로 삼지 않았잖아."

C반 안에서도 의견이 엇갈렸다.

나는 인정했는데 오히려 이부키와 이시자키가 인정하지 않는 특이한 상황이 펼쳐졌다.

"제일 수상하니까 의도적으로 그렇게 보이게 한 거야. 아니면 호리키타를 이용하는 것 이외에 방법이 없었다거나."

"하지만——!"

나는 애매한, 두루뭉술하면서도 친절하게 파문을 일으키기로 했다.

"걱정하지 않아도, 너희가 찾아다닌 사람은 내가 맞아."

"핫. 역시 이상하잖아. 자기 입으로 저렇게 말한다고? 너무 이상해."

지금까지 줄곧 숨겨왔기 때문에 순순히 받아들이지 못하는 것도 당연한 반응이다.

"저도 이상하다고 생각해요. 미끼가 되어 나서라고 진짜 흑막이 시켰을지도……."

확신을 얻기 직전인 류엔에게 이부키와 이시자키가 제동을 걸었다.

"너도 X가 여기에 모습을 드러내지 않을 거라고 예상하지 않았어?"

"그랬지. 지금까지 호리키타를 방패막이로 내세웠던 녀석이 이렇게 뻔히 보이는 덫에 걸려들어 모습을 드러낸다니, 평범하게 생각하면 이상한 이야기니까."

그 점에 대해 의심하는 건 자연스러운 흐름인가.

"내가 보기에는 악수 같다, 아야노코지. 이번 일에서 네가 취했어야 할 유일한 최선책은 카루이자와 케이를 내버려두는 거였어. 무모하게 뛰어들어선 안 되었다는 거다. 얘들이 의심하는 것도 무리는 아닐지도 몰라. 네가 정말 X라면 이 궁지를 어떻게 극복할지 알려주라."

그게 유일한 최대의 증명이다. 그렇게 류엔이 덧붙였다.

"소박한 질문인데, 지금의 나는 궁지에 빠진 건가?"

내가 바보 같은 질문을 하자, 류엔과 나머지 아이들도 순간 흥이 깨진 듯한 모습이었다.

"나는 카루이자와를 구하러 여기 왔을 뿐이야. 시험도 뭣도 아닌 지금, 증명이고 뭐고 할 게 없잖아? X라는 증명을 원한다면 다음 시험 때까지 기다려라."

"그게 아니잖아. 넌 지금 우리한테 정체를 들켰어. 그것도 모자라 카루이자와의 비밀까지. 여기서 아무것도 하지 않고 돌아간다면 내일 큰일이 터질 거라는 것 정도는 알겠지."

"큰일?"

"이제 모르는 척 좀 그만해라. 자, 어서 어떻게 할 건지 보여주라고."

"어떻게 하긴, 난 그냥 가만히 있을 건데."

"아, 알겠어요, 류엔 씨. 근처에 스도를 대기시켜 놓은 것 아닐까요?"

이시자키가 반쯤 열린 문으로 시선을 보내며 말했다.

"그건 아닐 거다."

하지만 류엔이 부정했다.

"그, 그럴까요?"

"반 아이들 다수가 카루이자와의 진실을 알면 내가 굳이 소문을 퍼트릴 것도 없이 그것만으로 카루이자와의 지금 지위는 끝장나. 머리 좀 써서 생각해라."

그런 확증이 없다면 류엔이라고 해도 이런 무모한 행동을 일으키지 않았을 것이다.

"그, 그렇군요……."

"그나저나 시치미를 떼다니 대단하군."

"이제 그만해, 류엔. X가 당당히 혼자 올 리는 절대 없어."

이부키가 류엔에게 충고했다.

"아이고, 이거 곤란하게 됐군. 이부키와 이시자키는 너를 X라고 믿지 않는 것 같네."

류엔이 어깨를 으쓱하며, 이부키와 이시자키를 향해 어이없다는 표정을 지었다.

"아무 짓도 안 하겠다고 말했지, 아야노코지. 하지만 나로서는 진실인지 아닌지 확인할 필요가 있어. 그러기 위해서는 주위에 알려서 확인할 수밖에 없는데, 그래도 괜찮겠지?"

그렇게 말하고, 미소를 지으며 내가 어떻게 나올지 지켜보는 류엔.

"난 처음부터 인정했는데. 못 믿겠으면 정보를 조금 더 줄까. 이부키."

나는 의심하기를 그만둔 이부키를 불렀다.

"무인도 시험에서 넌 리더의 키 카드를 디지털카메라로 찍으라는 지시를 받았어. 하지만 무슨 영문인지 제일 중요한 카메라가 고장 나서 쓸 수 없었지. 안 그래?"

"그, 그걸 어떻게?!"

"네가 가방에 숨겨둔 디지털카메라를 내가 망가뜨렸거든. 겉으로 흔적이 안 남게 물을 썼지."

디지털카메라가 있다는 것을 아는 인물은 C반에서도 많지 않았을 것이다.

"참고로 말하자면 숲에서 너를 처음 만났을 때, 네 손가락 끝에 흙이 묻어 있었지. 또 네가 앉은 자리 부근의 흙에 한번 파헤쳐진 흔적이 남아 있었어. 밤중에 조사해보니 무전기가 묻혀 있더군. 그건 류엔과 연락을 주고받기 위한 것이었지?"

여기까지 말해버리면 싫어도 이해될 것이다.

그때 손이 더러워져 있었던 이부키를 본 건 나 아니면 야마우치 혹은 아이리밖에 없었다.

즉 거기까지 간파한 인물, 이라는 확실한 증거다.

"인정할 수밖에 없어, 이부키. 아야노코지가 X다."

"잠깐만, 잠깐 기다리라고. 머리가 좀 잘 돌아간다고 해서 그가 X와 동일인물이라고 단정 지어도 돼?"

"이것 이상 뭘 더 의심할 필요가 있지?"

류엔이 더욱 어이없다는 표정을 지었다.

"하지만 이상하잖아. 설령 아야노코지가 정말 뒤에서 조종한 X라고 해도, 왜 이렇게 순순히 나오는 거지?! 지금까지 해온 게 전부 수포로 돌아가는데?!"

"방책 정도는 준비했겠지. 우리가 상상조차 못 하는 미라

클한 것으로 말이야. 안 그러면…… 그때는 그냥 바보가 될 지도 모르지만."

"방책? 이런 상황에 쓸 수 있는 방법 따위 존재하지 않아. 너희는 카루이자와의 과거라는 큰 비밀을 쥐고 있어. 경솔하게 굴었다가 어떻게 될지 정도는 나도 알아. 애초에 쓸 방법이 없게 사전 작업을 벌인 결과가 지금 이 상황 아닌가?"

"푸핫. 그럼 뭐 어쩔 건데? 이렇게 해서 네 존재는 언제든 밝힐 수 있게 됐는걸? 네 정체를 거머쥔 이상, 카루이자와의 과거를 폭로하는 것의 의미도 옅어졌어. 우리가 입 다물고 있는 한 너희도 괜한 짓은 불가능하지. 완전히 벽에 부딪치게 되는 거다."

"여기서 카루이자와에게 한 짓을 학교에 보고하는 것도 불가능해 보이고 말이야."

시험 중과 달리 평소 학교생활 중에 일어나는 폭력은 즉시 퇴학처리 되는 것도 아니다.

가령 모든 것을 실제로 증명 가능하다고 해도 타격을 얼마나 입을지는 의심스러운 부분이다.

"만약 우리의 행동을 고자질하면 같이 죽자는 생각으로 카루이자와의 퇴로를 차단할 거다."

그렇다. 류엔 무리에게 페널티를 주면 이쪽은 카루이자와를 완전히 잃는다.

적에게 타격을 주었다고 생각했는데 아군이 더 큰 타격을 입고 마는 경우도 충분히 있을 수 있다.

카루이자와의 과거를 공격 수단으로 쓴 류엔은 여기서 방어로 전환했다.

"아무리 봐도 내가 압도적으로 리드한 거다."

"상황을 알았으니 이제 만족했겠지. 그럼 이만 카루이자와를 데리고 돌아갈게."

"김빠지는 소리 하지 마라. 모처럼 왔으니 좀 더 느긋하게 있다가 가라고."

류엔이 카루이자와의 팔을 잡더니 강제로 일으켜 세웠다.

"윽!"

"네가 아무 생각도 없이 정체를 드러냈을 리 없어. 분명 무슨 수를 생각하고 왔겠지. 자, 어서 보여줘."

도발하듯 나를 향해 손을 두세 번 까닥거렸다.

"미안하지만 류엔. 몇 번을 물어도 네 기대에 부응할 수는 없겠다."

"뭐……?"

"난 네 손바닥 위에서 놀아났어. 그게 전부야."

이 자리에 있는 모두 X가 그런 말을 할 줄은 생각지도 못했겠지.

카루이자와를 버려서라도 자신의 정체를 지키려고 하는 잔혹한 X. 혹은 정체를 지키면서 카루이자와도 구할 수 있는, 머리가 비상한 학생. 그 둘 중 하나라고 여겼을 테니까 말이다.

지금까지 줄곧 미소 짓고 있던 류엔도 마침내 표정이 어두워지기 시작했다.

"이렇게 허풍까지 떨면서 밝혀낸 X가 고작 이런 얼간이라니 낭패도 이런 낭패가 없어. 디지털카메라 건도 분명 우연일 거야."

같은 편이면서도 이부키는 항상 류엔에게 불신감을 안고 있었다.

연기가 아니라 정말 그렇게 생각했기 때문에 당당하게 의문을 던졌다.

나는 적당한 때를 봐서 다음 행동으로 옮겼다.

"난 보다시피 정체를 밝혔어. 하지만 그렇다고 곧바로 곤란해질 생각은 없어. 내가 D반 뒤에서 움직였다는 사실을 아는 사람은 호리키타와 카루이자와 뿐이야. 즉, 다른 반으로 이 정보가 새어나갔을 땐 여기 있는 너희 중 누가 소문냈다는 얘기가 되지."

"그게 뭐."

"내 존재를 주위에 알리면 그때 난 이 옥상에서 일어난 모든 일을 학교에 보고할 거다."

"그게 불가능하니까 네가 궁지에 몰렸다고 했잖아."

"아니, 가능해. 카루이자와를 희생하면 되니까."

"……뭐?"

"원래 넌 내가 카루이자와를 보고도 못 본 척할 거라고 생각했겠지. 그런데 내가 이 자리에 나타난 후로는 그게 아니라고 판단했어. 내 말이 틀린가?"

"그거야말로 말이 앞뒤가 안 맞는데. 처음부터 내버려뒀으면 정체를 들키지 않고 끝났을지도 모르잖아. 그게 불가능했으니까 온 거지. 날 속일 생각 마라."

"좋아……. 만약 키요타카에 대한 소문이 퍼진다면 내 이야기를 퍼트려도 좋아."

웅크려 있던 몸을 천천히 일으켜 세우며 카루이자와가 나를 쳐다보았다.

나는 곧바로 시선을 류엔에게 되돌렸다.

"그렇다는데? 믿을지 말지는 네 자유지만, 그때는 나와 철저하게 싸우게 될 거다."

"저기…… 일단 X의 정체를 안 것만으로 충분하지 않을까요?"

"나도 찬성. 정말로 물불 안 가리고 덤빌지도 모른다고."

애초에 X를 찾기 위해 시작한 일. 이시자키와 이부키는 더 이상 일이 커지길 원하지 않았다.

"……크큭."

갑자기 류엔이 머리를 감싸 쥐고 몸을 파르르 떨며 웃기 시작했다.

"하긴 한쪽이 비밀을 폭로하면 전쟁이 시작될지도 모르겠군. 그건 인정해주지."

얕고 깊은 차이는 있어도 양쪽 모두에게 상처가 남는다.

게다가 생각하기에 따라서는 카루이자와의 경우 치명상을 입을 수도 있다.

과거에 학교 폭력을 당했지만 혼자 힘으로 다시 일어선 소녀, 라는 그림도 제멋대로 생겨날 것이다.

　여기서 류엔이 종료를 선언하면 그것으로 끝나리라.

　하지만——.

　이 남자는 절대 그런 선택지를 고르지 않을 것이다.

　"솔직히, 지금 좀 김빠졌어. 정체를 완전히 거머쥔 다음에 상대에게 판단을 맡기는 방법이 아니면 몸을 지킬 수 없어. 하지만 그래도 나를 즐겁게 해준 X가 아야노코지라는 건 틀림없는 사실이지. 그러니 끝까지 즐기지 않으면 나한테 손해야. 안 그래? 이시자키."

　"아, 아, 네."

　"나한텐 모든 것이 게임이거든. A반에 올라가는 것만이 아니라 이치노세를 짓밟는 것, 스즈네를 짓밟는 것 역시 전부 놀이의 연장이야. D반을 무너뜨리는 것도 B반을 무너뜨리는 것도, 마지막으로 사카야나기를 해치우기 전까지의 심심풀이 놀이야."

　류엔은 웃으면서 카루이자와의 앞머리를 잡아 들어 올렸다. 카루이자와의 얼굴이 고통으로 일그러졌다.

　하지만 이제 그녀의 눈동자에는 공포의 빛이 담겨 있지 않았다.

　"크큭……. 그렇게 절망에 휩싸여 있었던 주제에 전혀 공포를 느끼지 않는군. 아야노코지가 X인지 아닌지 설전을 벌였던 게 너무도 바보 같아. 아야노코지를 무조건 믿는 절대적인 눈빛이야. 내가 아야노코지의 정체를 밝히면 자기가 나서서 폭행당했던 사실을 알리러 갈 것 같을 정도야. 안심해라. 이렇게 해서 네 역할은 분명히 끝났으니.”

이제 카루이자와에게 완전히 흥미를 잃었는지, 머리카락을 놓고 거칠게 어깨를 밀었다.

“넌 나를 즐겁게 해줬다, 아야노코지. 고작 D반 불량품인 주제에 몇 번이나 내 작전을 간파하고 의표를 찔렀어. 심지어 나와 방식이 비슷했지. 흥미를 가지지 않는 게 오히려 무리인 이야기잖아. 흑막을 끌어내는 것. 그것이 나의 즐거움으로 바뀌었다. 그다음 따위는 생각하지 않았어. 만난 다음에 생각하면 그만이니까.”

아주 유창하게, 그리고 유쾌하게 자신의 속마음을 이야기했다.

“그리고 결정했다.”

“……아야노코지를 어떻게 할 셈이야?”

“뭘 그리 초조해하는 거야, 이부키.”

이부키는 내게서 거리를 벌린 후 류엔을 상대로도 겁먹지 않고 눈앞까지 다가갔다.

“네가 여기서 더 나아가면 C반의 위기로 이어질 거란 말이야.”

“크큭. 한 마리 외로운 늑대인 척하면서 반에 협력하려고 들지 않는 너니까 이제 와서 C반의 위기 따위는 입에 담지 마라. 웃기기만 하니까."

"지금까지 널 따른 것도 네 무모함이 반을 위한 길이라고 생각했기 때문이야. 하지만 이건 그 범주를 벗어났어. 이제 아야노코지에게 쓸 수 있는 방법은 남아 있지 않아."

이부키는 쌓여 있던 울분을 토해내듯 계속해서 말을 이었다.

"그러니까 네가 지금부터 하려는 걸, 난 인정할 수 없어."

"내가 뭘 하려는지 네가 안다는 건가?"

"4월부터 줄곧 널 봐왔으니 잘 알지. 폭력으로 굴복시키려는 거잖아?"

이야기를 듣고 있던 이시자키의 몸이 살짝 굳었다.

"이시자키도 코미야도 콘도도. 알베르트까지 전부 넌 폭력으로 무너뜨려 왔어."

"힘의 차이를 보여주기에는 그게 가장 효과적이니까."

"이미 차이는 뚜렷하잖아."

"지금까지 아야노코지에게 몇 번이나 호되게 당한 건 사실이야. 그 빚을 갚아줘야지."

"그러니까, 네 그런 생각이 우리 반을 위기로 몰아넣는다고!"

찰싹, 하는 마른 소리가 울려 퍼졌다.

류엔이 이부키의 뺨을 때렸던 것이다.

순간 이부키가 입을 다물었다.

"난 내가 즐거우면 그걸로 그만이야. 폭력은 특히 알기 쉽지."

지금처럼 말이야. 그런 말이 들리는 것만 같았다.

역시 류엔이 내린 답은 그건가.

서로 속고 속이는 것이 가능한 무대가 준비되어 있지 않은 지금, 폭력밖에 남아 있지 않다는 건 필연적이다.

"잘 들어. 이번 일에서 가장 중요한 건 서로 얻은 정보를 어떻게 하고 싶은가야. 아야노코지는 자기 정체와 카루이자와의 일까지 포함해서, 여기서 일어난 일을 누구에게도 알리지 않고 끝내고 싶어 하지. 나 역시 카루이자와를 협박한 것, 차가운 물을 끼얹은 것은 사실이야. 만에 하나 학교에 이 이야기가 알려지면 꽤 무거운 벌을 받겠지. 바꿔 말하면, 이 자리에서 일어난 일은 서로 비밀로 계속 부치는 한, 무슨 일이 일어나든 외부에 유출되지 않을 거라는 거다."

지금까지의 흐름을 생각하면 그건 간단히 추리할 수 있다.

카루이자와의 과거와 내 정체를 방패로 삼으면, 여기서의 일은 절대 밖으로 누설되지 않는다. "무슨 일이 일어나든 서로 어쩔 수 없이 단념하는 수밖에 없다고."

그래도 여전히 싸우려고 드는 C반 녀석들.

"네가 뒤늦게 정체를 드러낸 이유를 조금 알 것 같다. 과연 이렇게 해서 서로 장외에서 싸우는 건 불가능해졌군. 문 닫아, 알베르트."

알베르트가 류엔의 지시를 받고 실내로 이어지는 문을 닫았다.

"하지만 결국 그게 악수였다는 건 달라지지 않아. 넌 여기서 끝낼 수 있다고 생각했을지도 모르겠지만, 그렇게는 안 되지."

앞으로 무슨 일이 일어날지, 이 자리에 있는 모두가 피부로 느낄 수 있었다.

류엔의 방침은 달라지지 않으리라.

"퇴로가 없어진 건가. 이제 네가 원하는 전개가 실컷 펼쳐지겠군."

"일단 그 점잔 떠는 얼굴을 공포로 바꿔주마. 대수롭지 않게 여기는 것 아니야? 내가 무모한 짓을 하진 않을 거라면서."

"정말 폭력에 호소할 생각인가?"

"싸움에는 꼭 두뇌전만 있는 게 아니니까 말이지. 강고한 진을 치는 군사(軍師)의 의표를 찔러서, 당사자를 쥐도 새도 모르게 죽이는 것 역시 훌륭한 전투법이야. 폭력은 이 세상에서 가장 강력한 힘이다. 아무리 잔꾀를 부리려고 해도 폭력 앞에서는 굴복할 수밖에 없어."

금방이라도 덤빌 듯한 상황이 되었을 때 나는 류엔, 이부키, 이시자키, 그리고 알베르트를 한 번씩 쳐다보았다.

"네 꼴사나운 모습을 눈에 새긴 다음 그걸로 끝내줄게. 3학기부터는 이치노세를 요리하기 시작해야 하니까."

"네 말대로 인간은 폭력 앞에서 굴복하지. 그 이유는 이해가 안 되는 것도 아니야. 다만 그 이론을 관철시키려면 항상 상대의 역량보다 높아야 할 필요가 있어. 그건 알고 하는 말인가?"

"뭐?"

"이 자리에 있는 네 사람만으로는 날 막을 수 없을 텐데."

"…………?"

이부키가 이해하지 못해 눈썹을 찡그렸다.

"크, 크크큭. 크크크크크큭."

너무 이상하게 들렸는지 류엔이 배를 움켜쥐고 웃었다.

"아야노코지는 이렇게 말하고 싶은 거야. 너희로는 폭력으로 자기를 지배하기가 불가능하다고. 그렇다면 보여줄래? 그 자신감의 정도를 말이야. 이시자키."

"괘, 괜찮을까요?"

공격 명령에 이시자키가 자기도 모르게 주춤했다.

스도처럼 싸움에 익숙한 상대라면 또 몰라도, 나는 평범한 학생.

지시를 받아도 저항감이 드는 건 무리도 아니다.

"개의치 말고 해."

"하지만……."

"우리가 아야노코지를 마구 때려눕혀도 아무 걱정할 필요 없어."

"잠깐만!"

내게 다가오려는 이시자키를 카루이자와가 소리치며 멈춰 세웠다.

"왜 이런 바보 같은 짓을 하는 거야?! 키요타카를 때린다고 해서 얻는 것도 없잖아?!"

"야, 갑자기 끼어들지 마라, 카루이자와. 너한테는 이제 볼일 다 봤으니까. 이 녀석이 희생양이 되어서 네 과거가 드러날 걱정이 사라졌잖아. 나한테 고마워만 하라고."

찬물을 끼얹듯 류엔이 다시 카루이자와의 머리카락을 잡아 올렸다.

"악!"

그리고 있는 힘껏 뒤로 밀쳤다.

"그러니까 가만히 찌그러져 있으라고."

그래도 카루이자와는 나를 위해 류엔에게 적의를 드러내려고 한다.

몸을 일으켜 류엔에게 덤비려고 하고 있다.

"걱정하지 마, 카루이자와."

나는 카루이자와를 말렸다.

"하, 하지만."

"아무것도 걱정할 필요 없어."

"그렇지. 넌 네 걱정이나 해라."

이시자키가 앞으로 나왔다.

"나쁘게 생각하지 마라, 아야노코지. 이것도 류엔 씨의 지시니까."

"상관없어."

이런 전개까지 전부 계산에 들어 있었다.

이시자키는 대수롭지 않게 주먹을 들어 올렸다. 저항할 수 없는 아기를 때리기라도 하듯.

초등학생이나 중학생도 충분히 피할 수 있을 만큼 단순한 동작.

크게 휘두르는 오른쪽 주먹을 나는 오른손으로 막았다.

"어……?"

"이시자키. 기왕 할 거면 진지하게 하는 편이 좋을 거다."

딱 한 번만 경고했다. 하지만 주먹을 막아도 이시자키는 감이 확 오지 않는 눈치였다.

막혀도 어쩔 수 없는 움직임. 막혀도 무리가 아닌 위력이어서 그러리라.

나는 막은 이시자키의 오른쪽 주먹을 왼손의 악력으로 꽉 움켜쥐었다.

"어? 아, 아, 으윽……?!"

이시자키의 표정이 점점 굳어지고 양 무릎이 떨리기 시작했다.

"이, 이시자키?"

누가 봐도 상태가 이상하다는 것을 깨닫고 이부키가 뒤돌아보았다.

"아, 악! 타임, 타임, 그만!"

몸을 지탱하지 못한 두 무릎이 무너져 내리며 차가운 옥상 바닥에 무릎을 꿇고 말았다. 견디기 힘들었는지 자신의 왼손으로 내 팔을 잡고 필사적으로 떼어내려 했지만 헛수고였다.

이중에서 가장 먼저 사태를 파악한 것은 이부키도, 그리고 류엔도 아니라 내 뒤에 서 있던 알베르트였다. 검은 그림자가 점점 다가왔다.

보스의 허락을 구하기도 전에, 알베르트가 그 전봇대같이 두꺼운 팔을 들어 올렸다가 힘껏 내리쳤다.

굳이 자유로운 내 왼손부터 공격한 것은 이시자키가 달아난 후에 내가 방어할 수 있도록 배려해서인지도 모른다.

하지만 괜한 오지랖이다. 그냥 적당히 받아넘기고 피해도 되었지만, 나는 일부러 다소의 타격을 각오하고 그 주먹을 왼쪽 손바닥으로 받았다.

퍼억 하는 높고 무거운 소리가 울렸다.

찌릿 하고 무릎에서 어깨까지 강렬한 위력이 관통했다.

"……아프긴 하군……."

선글라스 너머로 알베르트의 표정을 파악하기는 어려웠지만, 상황은 충분히 파악했겠지.

"말도 안 돼…… 자, 장난치지 마, 알베르트, 이시자키."

멀리서 지켜본 이부키의 눈에는 알베르트가 진지하게 덤벼든 것으로도, 그리고 이시자키가 정말 아파하는 것처럼도 보이지 않은 걸까.

아니면 믿기 싫은 광경이어서 그럴 뿐일까.

내 오른손의 악력에서 해방되자, 이시자키는 몸을 웅크리고 자신의 오른팔을 껴안았다.

"가랏, 알베르트!"

류엔의 지시가 날아들었다.

알베르트는 우락부락한 덩치로 돌진해 와서 그 호쾌한 팔을 휘둘렀다.

인체 구조상, 파괴력을 지닌 공격을 계속 받게 되면 대미지가 쌓인다.

한 번은 의도적으로 받았어도, 계속 받아줄 수는 없다.

나는 날아오는 그의 왼 주먹을 피한 다음 일단 정공법으로 공격에 나섰다.

카운터를 노리는 형태로 알베르트의 복부에 주먹을 꽂았다. 힘 조절을 할 수도 있었지만, 실력을 정확히 모르는 상대에게 대충할 수는 없다.

무표정이었던 알베르트의 얼굴에 미세한 변화가 일어났지만, 그것도 잠시였다.

직격한 내 주먹에 돌아오는 단단한 감촉으로 봐서도 그가 입은 타격은 그리 크지 않았다.

순수 일본인이 아니어서 타고난 몸인 데다가 상당히 단련했다는 것을 알 수 있었다.

그러니 그 강철 같은 몸에 타격을 주는 건 수고만 들 뿐이다.

인간에게는 약점이라고 부를 만한 부분이 무수히 존재한다.

이를테면 명치는 단련하기 불가능한 부위다.

물론 그렇다고 해서 일격필살 할 수 있는 부위라고 판단하는 건 경솔하다.

어디까지나 단련하기 어려운 부위일 뿐이지, 고통에 익숙해지거나 참는 건 얼마든지 가능하다.

알베르트 역시 본능적으로 내가 명치에 주먹을 꽂으려고 하는 것을 알아차렸는지, 거구를 재빨리 비틀어 피했다.

그럴 거라고 예상했던 나는 그의 목에 손날을 꽂았다.

"──윽!"

소리가 되지 못한 비명이 알베르트의 목구멍 사이로 새어 나왔다.

"아야노코지!"

내 뒤에서 소리치며 공격에 나서는 이시자키.

"……올 거면 소리 지르지 말든지…….."

굳이 적에게 도움을 주는 이시자키의 행동에 어이없어하면서, 나는 이시자키가 뻗은 왼쪽 무릎을 발로 찼다.

아무리 그래도 너무 정직하다.

내 등 뒤로 알베르트가 하반신부터 무너져 내리는 것을 확인한 나는 몸을 돌아 그 안면에 발차기를 날렸다. 그리고 곧바로 다시 왼손으로 이시자키의 뺨에 주먹을 꽂아 넣었다.

이시자키가 픽 쓰러졌고, 옥상은 정적에 휩싸였다.

그 믿기 힘든 광경을 류엔과 이부키, 카루이자와마저 그저 두 눈에 담을 수밖에 없었다.

"아무래도 우리가 생각한 그 이상인 것 같군. 그렇게까지 강하게 나왔던 것도 실력에 자신이 있어서였나. 그건 예상 못했다."

"우리가 준비한 무대가 아야노코지한테는 때마침 절호의 기회였다는 거야? 뭐야, 그게……."

"진심으로 하는 말인가? 이부키."

"엥……?"

"류엔이 폭력을 써서 상대를 지배하는 유형의 인간이라는 건 이미 옛날에 드러난 사실이야. 게다가 폭력을 휘둘러도 전혀 문제가 일어나지 않는 이런 상황인데, C반에 지나치게 유리하게 굴러갔다고 생각하지 않나?"

"뭐라고?"

이부키가 고개를 갸우뚱거리는 것과 동시에 류엔도 큰 의문을 가진 모양이었다.

"잠깐만, 아야노코지. 그 말은 나도 이해가 잘 안 되는데. 이 상황은 내가 만들어낸 거다."

"이렇게까지 친절하게 설명해 주는데도 상황이 안 보이나?"

나는 후우 하고 숨을 토한 후 내막을 전부 털어놓았다.

"나와 네가 이렇게 대면하는 건 예전부터 정해져 있었어. 그리고 피차 학교에 알릴 수 없는 상황 속에서, 류엔 카케루가 믿어 의심치 않는 폭력을 써서 결판내는 것까지 말이야."

류엔은 지금까지 자신이 계획을 세워서 예정대로 순조롭게 실행해 갔다고 생각했으리라.

하지만 그건 엄청난 착각이다.

"만약 내가 진지하게 정체를 감추려고 마음먹었다면 처음부터 마나베를 이용하는 짓은 안 했겠지. 스파이 짓을 시켜서 얻은 녹음 데이터를 너한테 보내면 범인 찾기가 시작될 거라는 건 불 보듯 뻔하잖아? 그리고 넌 독재자답게 마나베무리까지 도달했지. 그리고 들었겠지? 카루이자와에게 손댄 일로 약점이 잡혀서 어쩔 수 없이 시키는 대로 따랐다고 말이야."

여기까지는 류엔 측에 부정할 재료가 없다. 당연하다.

"넌 나와 카루이자와가 이어져 있다고 확신했어. 나머지는 어떻게 실행할 것인가. 그걸 위해 어떤 사전 작업을 해야 효과적일지 고민했지. 이시자키와 코미야 무리에게 D반 애들을 미행하게 하거나, 노골적인 행동으로 코엔지에게 접근한 건 X에게 위기감을 주기 위해서였어. 뭐, 너는 순수하게 즐겼거나, 나에게 생각할 시간을 주는 면도 있었는지 모르지만."

"크, 크큭. 재미있는 말을 늘어놓는군. 그러니까 일부러 내 손바닥 위에서 놀아준 거라고?"

"정확하게는 손바닥 위에서 노는 척하면서 네가 놀게 만들었지."

"사과하지, 아야노코지. 역시 넌 머리가 잘 돌아가는 놈이었어. 조금 전까지는 내가 우위였는데 언제 그랬냐는 듯이 순식간에 대위기를 맞았군. 어떻게 하냐, 이부키."

자초지종을 들은 류엔은 내 기량을 확인하고도 즐거운 듯이 웃었다.

"뭐야…… 너도, 아야노코지도……!"

이부키가 짜증 난다는 투로 내게 달려와 발차기를 날렸다.

속옷이 보이는 것 따위는 신경도 쓰지 않았다.

아니, 정확하게는 그런 걸 생각할 만큼 냉정하지 못했을지도 모른다.

나는 뒤로 물러나 차분하게 그 발차기를 피했다.

이부키도 다시 정신이 들었겠지.

곧바로 땅을 두세 번 밟는 것으로 거리를 좁히더니, 주로 빈틈이 적은 발차기를 써서 공격에 나섰다.

아주 좋은 움직임이다.

몸이 아팠다고는 하나 호리키타와 싸워 이길 정도의 기량은 있다.

"윽."

내가 아슬아슬하게 모든 발차기를 피하자 이부키는 공격을 일단 멈추고 짜증 난다는 듯 혀를 찼다.

"정말 너라고……?"

"이렇게까지 해도 못 믿겠어?"

"열 받아. 이유는 모르겠지만, 엄청 열 받아!"

이부키가 다시 도약하자, 나는 곧바로 거리를 좁혔다.

"앗?!"

재미 삼아 놀아줘도 되지만, 시간을 너무 오래 끄는 건 좋은 방법이 아니다.

나는 이부키가 피하거나 가드를 올릴 틈을 주지 않고 목덜미를 붙잡아, 그대로 등을 바닥에 내려쳤다. 눈을 커다랗게 뜬 이부키는 그 순간 기절해서 움직임을 멈췄다.

　머리를 때리면 더 확실하지만 서로 죽이려고 온 건 아니니까 말이지.

　"폭력은 류엔 무리의 전매특허가 절대 아니야."

　이부키, 이시자키, 그리고 알베르트.

　류엔의 오른팔이라고 할 수 있는 학생들이 다 무너진 지금, 남아 있는 것은 오직 한 사람.

　그 광경을 혼자 지켜본 카루이자와는 말조차 나오지 않는 것 같았다.

　"이 상황을 보고도 아직 냉정하다니 과연 대단하다고 해야 하나."

　"머리가 좋을 뿐 아니라 폭력까지 일급품이었다니 내가 미처 못 알아봤네."

　솔직하게 경의를 표하듯 박수를 치며, 류엔이 내 앞까지 걸어왔다.

　"그리고 내가 하고 싶은 말이 뭔지 알아? 아야노코지."

　"글쎄."

　궁지에 빠진 상황이라고 느끼지도 않고, 애써 냉정하게 분석하려 했다.

　여유로운 모습은 단순히 허세만은 아니겠지.

　류엔밖에 없는, 류엔만의 우수한 특질.

그것이 있기에 이렇게까지 당당할 수 있다.

"폭력의 승패를 결정짓는 건 완력만이 아니야. 마음이 얼마나 강한지와도 관련 있지."

류엔이 살짝 허리를 낮추고 왼쪽 주먹을 내밀었다.

목표물은 안면이 아닌 복부.

나는 뒤로 점프해 공격을 피했다.

류엔은 곧바로 추격하듯 거리를 좁혔고, 이번에는 잘 쓰는 오른쪽 주먹을 휘둘렀다.

"미안하지만 공격을 맞아줄 생각은 없어."

다시 한번 그것을 피한 후 이번에는 내가 공격에 나섰다.

류엔의 앞머리를 움켜쥐려고 뻗은 오른팔.

재빨리 반응을 보인 류엔이 왼손으로 내 팔을 뿌리쳤다.

——그 직후, 내 발차기가 류엔의 옆구리를 가격했다.

"윽?!"

내 오른팔에 정신이 팔린 순간, 즉시 공격을 감행한 것이다.

류엔은 연속 공격을 피하려고 일단 거리를 벌렸다.

"좀 하는데, 류엔."

종합적인 능력이 이시자키를 훨씬 앞선다는 건 굳이 말할 필요도 없지만 나는 솔직히 감탄했다.

꽤 강한 일격이 들어갔는데도 쓰러질 기색이 없었다.

"재밌네."

그렇게 말하며 웃었다.

하지만 알베르트를 이길 만큼의 실력은 아닌 듯했다.

"낙담하게 만들면서 그 사이에 만회하는 게 또, 참을 수가 없구나, 아야노코지."

지금까지보다 더 심하게 웃으며 일체의 양보 없는 공격이 거듭되었다.

무도를 배운 움직임이 아니다.

수많은 수라장을 헤쳐 나오며 스스로 몸에 익힌 전투 스타일.

모든 공격을 완벽하게 계속 피할 수 있는 것도 아니다.

반격하는 건 쉬웠지만, 나는 몇 번인가 가드를 올리면서 그 위력을 받았다.

네 번째 주먹을 막았을 때 류엔이 말했다.

"왜 정체를 드러내고 싸우지 않지? 너라면 당당히 싸울 수 있잖아."

"나한테도 여러 사정이 있어."

"그래? 그럼 내가 이겨서 그 대답을 들어보도록 할까?"

"이길 수 있을 거라고 생각해?"

"크큭. 넌 안 질 거라고 생각하냐?"

"……미안하군. 지는 건 상상도 안 가는데."

류엔에게는 보이고 내게는 안 보이는 것.

"지금은 네가 이기겠지. 하지만 내일은? 모레는 어떨까?"

"계속 하다 보면 언젠가는 이길 수 있다는 말인가?"

"오줌 싸고 있을 때는? 똥 누고 있을 때는? 때와 장소를 불문하고 노려주마."

"지는 게 무섭지 않나?"

"난 공포 따위 몰라. 단 한 번도 느껴본 적 없지."

"공포를 모른다, 라"

제법 재미있는 소리를 늘어놓는군.

아마도 그게 류엔이 가진 자신감의 근원이리라.

"너도 고통을 맛보면 알게 될 거다. 보통 사람들은 그게 장차 공포로 바뀌게 되지."

"그럼 그 고통이란 걸 알려 줄래?"

"원한다면 얼마든지!"

류엔은 내 양 어깨를 덥석 움켜쥐고는 빠르게 무릎을 복부에 꽂아 넣었다.

"키요타카——!"

걱정하며 비명을 지르는 카루이자와.

하지만 이미 예상하고 받은 일격이니 걱정할 건 하나도 없다.

"두 번, 세 번 맞으면 알게 되겠지! 엉?!"

똑같은 곳을 노리듯, 류엔이 정면으로 왼발을 내딛어 내 품으로 파고드는 동시에, 나는 왼손으로 얼굴을 가드.

류엔이 오른손을 내밀어 내 왼손을 잡아당기며 곧바로 오른쪽 무릎을 들이밀었다.

오늘 가장 혼신을 다한 일격.

나는 뒤로 비틀거리며, 온몸에 퍼지는 고통을 느꼈다.

"어때? 좀 알겠냐?"

"……미안하지만 전혀. 그냥 고통이 퍼질 뿐이야."

"너도 나처럼 공포를 느끼지 못한다고 말하려는 거냐?"

"그게 아니야, 류엔. 그런 게 아니라고."

나는 고통에 따른 공포가 뭔지 알고 있다.

패배자가 되는 일이 얼마나 비참하고 무시무시한 일인가를 잘 안다.

눈앞에서 몇 번이고 몇 번이고 무너져가는 존재를 봐왔다.

하지만 언제부터인가 그것은 공포가 아니게 되었다.

싸늘하게 식어가는 것을 느꼈다.

남이 아무리 고통을 겪고 절망해도, 나는 아프지 않다는 걸 깨달았기 때문이다.

자신을 지키는 기술만 익히면 그만이다. 자신만 무사하다면 승리자인 것이다.

"좀 더 놀아보자고!"

류엔이 소리치며 두 번 세 번 내 복부에 집중 포화를 쏟아 부었다.

내 무릎이 살짝 꺾였을 때, 류엔의 발이 내 머리 쪽을 향했다.

"쳇! 읽었나?"

나는 그 발차기를 여유롭게 피했다. 치명상이 될 공격은 맞아주지 않는다.

"지금 나랑 놀아주는 건가? 아야노코지. 피할 수 있는 공격을 굳이 피하지 않는 이유는 뭐지?"

"네가 말하는 그 공포라는 게 정말 일어나는지 시험해 보는 거야."

"이 자식이 날 얼마나 얕보는 거야."

힘의 차이를 느끼면서도 류엔은 기세를 잃지 않았다.

이것이 단순한 무모함이라면 이야기는 달라지지만, 자신의 싸움과 완력에 자신이 있으면 있을수록, 압도적인 차이를 느낀 순간 절망하는 법이다. 하지만 그럴 기색이 전혀 보이지 않는다.

나는 류엔보다 우위를 차지한 후 그의 계산을 망가뜨려, 모든 것을 뒤집어엎고 그가 좌절하게 만들려고 했다. 그런 의미에서는 내 계산에 살짝 오차가 생긴 셈이다.

물론 상한을 잘못 읽었을 뿐이지 그리 큰 문제는 아니다. 좌절하게 만들 때까지 필요한 과정 중 하나가 시간을 길게 끌었을 뿐. 그만큼 류엔은 고통을 더 느끼게 될 것이다.

"너, 그런 힘을 어디서 키웠어. 보통이 아닌데, 아야노코지……."

싸움을 거듭한다고 도달할 수 있는 영역이 아니라는 것만은 확실하다.

나는 대답하지 않고 한 걸음 한 걸음 류엔과의 거리를 좁혀갔다.

번뜩이는 눈에서 내게 한 방 먹이려는 의도가 다 보였다.

"그런 능력이 있으면서 그동안 잘도 숨어 있었군. 매일 하찮은 것들을 내려다보면서 지낸 그 기분은 어땠어? 사정할 만큼 기분이 끝내줬나?"

"내려다보고 말고, 하는 그런 생각은 해본 적도 없어. 남이 성공하든 실패하든 전부 나와는 직접적인 상관이 없었으니까."

그 대답이 마음에 들지 않았는지 류엔이 머리칼을 쓸어 넘기며 웃었다.

"그럴 리가 있냐? 인간이란 원래 욕망덩어리인데."

욕망이 없는 인간 따위는 존재하지 않는다며 내 생각을 강하게 부정했다.

물론 내게도 욕망이라고 부를 만한 것은 많이 있다.

다만 그건 또 다른 이야기.

더 이상 놀아봐야 아마 아무것도 바뀌지 않으리라.

나는 자세를 바로 잡았다.

"그럼 공포를 느낄 때까지 몇 번이고 때려주마!"

이제 그만하자, 류엔.

무릎으로 얼굴을 가격하려고 목표를 변경한 류엔의 왼팔을 잡은 나는 강제로 그의 몸을 끌어당긴 다음 안면에 오른쪽 팔꿈치를 있는 힘껏 꽂았다.

"크헉——?!"

의식이 날아갈 만큼 강한 충격을 받은 류엔의 몸이 붕 날았다.

하지만 한 번의 공격으로 기절하게 놔둘 수는 없다.

기절하기 직전까지로 힘을 조절했다.

허리부터 콘크리트에 떨어진 류엔의 위에 올라탄 나는 두 주먹을 마구 내리쳤다.

"넌 공포를 느낀 적이 없다고 말했지, 류엔."

"하아, 하아…… 크큭, 그래. 난 공포를 몰라. 한 번도 느 낀 적 없어."

눈두덩이가 반쯤 부풀어 오르고 망가져도 류엔은 아래에 서 반격해왔다.

하지만 위력을 잃어 어이없게도 헛손질만 해댈 뿐이었다.

반면 나는 위에서 적확하고도 강렬한 일격으로 되갚아주 었다.

류엔의 표정이 점점 험악해졌다.

"크, 풋……! 난 싸움에 자신 있지만, 진 적이 없는 건 아 니야. 아니, 남들보다 몇 배로 당했기 때문에 알 수 있다 고……."

말하기가 좀 괴로워 보인다. 입 안이 터졌는지 땅에 피를 퉤 뱉어냈다.

나는 다시 주먹을 내리꽂았다.

"으헉! ……아, 젠장, 또 말하기 어려워졌네."

양손 공격을 조금씩 잘게 반복했다.

하지만 그래도 류엔은 정말로 두려워하지 않았다.

"폭력이란 건 인간의 본심을 보여주지. 때리는 놈도, 맞 는 놈도."

류엔은 눈을 감고 웃었다.

원하는 만큼 때리라며 도발했다.

"하아, 하아…… 크, 크큭…… 참 즐겁지 않아? 아야노코지. 힘이 강하면 태도도 강해지지. 뭐든 하고 싶은 대로 할 수 있어. 그러니까 보여주라, 아야노코지……."

류엔이 눈을 떴다.

그런 류엔의 얼굴을 향해 다시 주먹을 내리꽂았다.

얼굴은 이미 퉁퉁 부어올랐고, 피가 흘렀고, 내출혈도 심각한 수준일 것이다.

그래도 류엔은 두려워하지 않았다.

인간이라면 본래 가지고 있을 감정 중 하나.

그게 제대로 기능하지 않았다.

"이제 그만하면 된 것 같은데, 류엔."

내가 그렇게 제안했지만 류엔은 당연히 받아들일 리도 없었다.

"크, 크큭. 뭐야, 아야노코지. 난 아직 끄떡없어. 내 숨통을 멈추게 해보라고."

자신의 목숨을 걸고 도발하는 류엔에게 나는 다시 한번 주먹을 먹였다.

고통에 표정이 일그러졌지만 그것도 한순간.

"아파, 아프다고…… 하지만, 그것뿐이야."

나를 보는 눈은 처음 만난 그때와 똑같다.

눈앞의 패배가 아니라 최후에 찾아올 승리를 믿어 의심치 않는 듯하다.

"지금 여기서 네가 날 이겨도, 난 몇 번이고 덤빌 거다. 학교의 어디든 간에 빈틈을 발견하는 즉시 공격해줄게. 그렇게 해서 마지막에 이기는 쪽은 내가 될 거야."

지금까지 그런 식으로 역전하며 살아남았겠지. 아무리 강한 상대라도, 항상 무적인 건 아니다. 그 틈을 놓치지 않고 공략했기에 가질 수 있는 자부심.

폭력으로 상대에게 공포를 심어주고 지배한다.

이 녀석을 적으로 돌리는 순간, 언제 습격을 받아 크게 다칠지 모른다는 공포.

"지금 한순간에 불과한 유열을 맛봐라. 자, 승리가 코앞까지 왔다, 아야노코지!"

반격할 힘을 잃었으면서도 류엔은 끝까지 웃었다.

"인간은 약자를 대했을 때, 재미있게도 감정을 드러내지. 그 감정 뒤에야말로 공포가 숨어 있어."

감정 뒤에 공포가 숨어 있다고?

"이기고 싶냐? 지고 싶지 않냐? 넌 어떤 감정을 가지고 있지? 아야노코지."

이기고 싶어?

지고 싶지 않아?

"지금…… 나를 지배해서 웃음이 나오나? 화가 났나? 아니면 흥분되고 기쁘나? 그것도 아니면 짜증이 났나? 나한테 알려 달라고!"

이 녀석이 아까부터 도대체 무슨 소리를 하는 거지.

미안하지만 나는 내 얼굴을, 표정을 볼 수 없다.

하지만 한 가지 확신할 수 있는 것도 있다.

이런 시답잖은 일에는 마음이 흔들리지 않는다. 그것뿐.

감정을 내비치는 일 따위, 있을 턱이 없다.

나는 벌써 몇번 째인지도 잊어버린 주먹을 류엔의 얼굴을 향해 날렸다.

"윽!"

더는 멈추지 않는다.

왼쪽, 오른쪽, 그저 똑같은 위력의 주먹을 번갈아가며 꽂는다.

류엔의 얼굴이 굳는다.

아아, 그거다, 류엔.

너도 이제 알았겠지?

공포라는 감정은 자신의 마음속에 확실히 존재한다는 사실을.

나는 지금까지보다 더욱 거센 일격을 류엔에게 퍼부었다.

마지막은 의식이 달아나는 한방.

너는 내 마음을 컨트롤할 생각이었을지도 모르겠지만, 미안하게도 조종당할 마음이란 내게 없어.

나는 천천히 류엔의 위에서 일어났다.

더 이상 이 추운 날씨 속에 카루이자와를 내버려둘 수 없다.

"미안하다. 힘들 텐데 계속 기다리게 했네. 어디 다친 데는 없어?"

"그건…… 괜찮아. 너무 추워서 감각은 사라졌지만……."

주저앉아 모든 장면을 지켜본 카루이자와에게 손을 내밀었다.

붙잡은 그녀의 손은 마치 언 것처럼 차가웠다.

"나한테 환멸을 느꼈어?"

"당연, 하잖아……. 처음부터 배신한 거니까."

"그렇지. 그런데 왜 류엔에게 내 이름을 말하지 않았지?"

"……나를 위해서. 단지, 그것뿐이야."

그렇게 말한 카루이자와는 내 가슴으로 쓰러지며 몸을 떨었다.

"무서웠어…… 정말 무서웠다고……!"

"지금은 아무것도 생각하지 마. 오늘 당한 일도, 지금 여기서 일어난 일도. 모두 나중에 생각해도 돼. 다만 한 가지 확실한 사실은 지금 이 순간, 네가 걸린 저주가 풀렸다는 거다. 앞으로는 마나베…… 아니, 다른 그 누구도 네 과거를 파헤치지 못해. 이제는 지금까지 해왔듯, 평소대로 행동하면 돼."

버티고 설 힘도 남아 있지 않은지, 몸을 완전히 내게 맡기는 카루이자와.

카루이자와의 입장에서 보면 정말 재난 속의 몇 개월이었으리라.

우발적으로 일어난 마나베 무리의 괴롭힘, 표적이 되었다는 사실을 안 후로의 괴롭힘.

류엔이 과거의 상처를 파헤쳤고, 그 모든 게 나 때문이라는 사실을 안 것.

정신이 불안하고 너덜너덜하겠지.

"넌 가혹한 과거를 극복하고 지금의 널 만들어냈어. 그걸 내일부터 재개하면 돼."

하지만 카루이자와라면 문제없다.

옥상에서 재회했을 때 그렇게 확신했다.

"널 다치게 한 건 나야. 용서해달라고는 안 할게. 단지 하나만 기억해줬으면 좋겠다. 오늘처럼, 너에게 무슨 일이 있으면 내가 널 구하러 온다고."

"키요, 타카……."

이렇게까지 험한 꼴을 당했어도 카루이자와는 나라는 숙주에서 떨어지지 못했다.

카루이자와는 나라는 존재 없이는 이 학교에 있지 못할 지경까지 이르렀다.

앞으로 내가 존재하는 한 무슨 일이 있어도 마음이 다칠 일은 없을 것이다.

만약 내가 좀 더 일찍 카루이자와를 구했다면 어땠을까.

내가 약속을 곧바로 지켰다면 분명 카루이자와는 앞으로 날 더욱 강하게 의존하게 될 것이다. 대신 만약 다음에 똑같은 일을 당해서 버려진다면, 카루이자와가 겪을 낙담은 지금보다 훨씬 크겠지.

하지만 처음부터 여기까지 끌고 왔으니, 이제 카루이자와는 무슨 일이 있어도 나를 마지막까지 믿어 의심치 않는 강한 의지가 생겼을 것이다. 또한, 이번 일로 나는 카루이자와가 쉽게 배신할 인간이 아니라는 사실도 파악할 수 있었다.

만약, 내 이름을 실토했다고 해도 그건 그것대로 '죄책감'에 시달려 이후에도 내게 유리하게 굴러갔을 건 생각할 필요도 없다.

모처럼 손에 넣은 카루이자와라는 장기 말을 놓아버리는 건 아까우니까 말이지.

필요성의 문제를 떠나, 카드 패를 쥐고 있어서 나쁠 건 없다는 것이다.

"여기서 조금만 내려가면 학생회장이랑…… 아, 지금은 전 학생회장이지만, 그리고 아마도 차바시라 선생님이 기다리고 있을 거야. 어느 정도 사정을 알 테니 젖은 교복까지 포함해서 네 문제를 잘 수습해줄 거다."

"아, 알았어…… 키요타카는?"

"난 마무리 할 게 남아서. 그리고 우리가 같이 있는 모습을 보이면 일이 좀 성가셔질 것 같아. 너 먼저 돌아가는 편이 좋겠어."

그렇게 말하고 가볍게 등을 밀어 카루이자와를 돌려보냈다.

"자, 그럼……."

C반의 네 사람을 옥상에 그냥 내버려두고 돌아갈 수는 없

는 노릇이다.

차바시라 선생님이라면 모를까, 다른 교사의 눈에 띄면 문제를 피할 수 없게 되니까.

나는 이시자키부터 순서대로, 뺨을 가볍게 때려서 의식이 돌아오게 했다.

그리고 마지막으로 류엔도.

"윽……."

"정신이 드냐?"

"이 문제가…… 이걸로 끝났다고 생각하나? 아야노코지."

"다 끝났어. 설마 지금부터 다시 시작하자고 말하려는 건 아니겠지."

누가 봐도 이번 승부가 결판났다는 건 명백하다.

"난 무슨 수단이든 가리지 않아. 이기기 위해서라면 말이야."

그렇게 말한 류엔은 천천히 상반신을 일으켰다.

"필요하면 전쟁이라도 할 거다."

"나한테 맞았다고 호소하기라도 하려고?"

"……크큭. 아무래도 그건 내 꼴이 말이 아니겠지. 하지만 이기기 위해서라면 그것도 선택지 중 하나에 넣을 거다."

아무리 하기 힘든 일이라도 날 이기기 위해서라면 검토할 작정인가 보다.

"뭣하면 네가 강제로 계획한 일이라고 할까?"

"일단 조언은 해주겠는데, 그건 썩 추천할 수 없어. 여기를 내려가면 전 학생회장이 기다리고 있거든. 자세한 내용까지는 몰라도 문제행동이 있었다는 건 바로 알아차릴 거다. 먼저 수작 부린 쪽이 너라는 건 옥상의 감시 카메라를 망가뜨린 시점을 봐도 확실하지. 나는 그 시간대에 케야키몰에 있었거든. 마음만 먹으면 알리바이를 얼마든지 증명할 수 있지."

몇 겹이나 보험을 들어두는 건 당연하니까 말이다.

"……처음부터 외부인을 목격자로 만들 수도 있었는데 안 한 건가?"

"한번쯤은 널 손봐주지 않으면 공격을 멈추지 않을 테니까 말이지."

"내가 이 패배로 납득하기라도 할 거라고 생각하냐?"

"적어도 난 그렇게 생각해. 네가 진 이유는 딱 하나다, 류엔. 공략하는 순서가 틀렸어. 그것뿐이야. 먼저 이치노세와 싸우고 그다음에 카츠라기, 사카야나기와 싸워서 경험을 충분히 쌓은 후였다면 나와 좀 더 가까운 위치에서 싸워볼 수도 있었을 텐데. 호기심으로 지나치게 움직였어."

숨김없이 말하자 류엔이 씁쓸하게 웃었다.

"아주 확실하게 말하네……."

"리벤지 매치는 언제든 응해줄 수 있다고 말하고 싶지만…… 난 앞으로는 눈에 띄는 행동을 할 생각이 없거든. 그러니까 가능하면 다른 사람을 알아봐라."

곧바로 류엔다운 대답이 돌아올 줄 알았는데, 무슨 영문인지 침묵한 채 생각에 잠겼다.

"일부러 목격자가 거리를 두게 했다는 걸 깊이 생각하면, 내가 앞으로도 널 집요하게 노렸을 경우 네 정체와 카루이자와의 과거를 노출시켜서라도 나를 위기로 내몰 계획이라는 건가?"

"최대한 피하고 싶지만, 그렇게 할 수밖에 없겠지."

"그리고 나뿐만 아니라 이 자리에 있던 이시자키, 이부키, 알베르트까지 함께?"

처분의 정도는 모르지만, 상당히 무거운 처벌을 피할 수 없으리라.

"내 정체와 카루이자와의 과거가 절대적인 무기라고 과신한 것도 실패였지. 미연에 막으려면 좀 더 크게 일을 벌였던가, 아니면 감시를 더 많이 세웠어야 했어."

이 학교라는 공간 안에서는 아무래도 류엔의 방식은 난이도가 높다.

"그러니까 내가 계속 존재하는 한, C반이 계속 다칠 거라는 말인가."

"딱히 우리 쪽에 무모한 짓을 하지 않는다면 이번 일을 도구로 쓸 생각은 없어."

"그런 구두 약속을 믿을 만큼 난 안일하지 않아. 만약 C반 때문에 네가 궁지에 내몰린다면 오늘 일을 학교 측에 알리겠지. 내 말이 틀려?"

"그럴지도."

하긴 절대라고 약속하지는 못하겠다.

항상 머리를 눌린 상태에서는 C반이 제대로 기능하지 않으려나.

"하지만 그래서 뭐? 이미 일어난 사실은 되돌릴 수 없어, 류엔."

"시끄러워. 너와의 승부는 끝났다. 그리고 나 자신의 싸움도 말이야."

류엔은 이부키 무리를 둘러보더니 휴대폰을 꺼내 뭔가를 입력했다.

그리고 옥상 바닥 위, 이부키의 발 쪽으로 휴대폰을 밀었다.

"왜 이래……."

아무 말 없이 나와 류엔의 대화를 듣고 있던 이부키가 쏘아보았다. 나를 향해서도.

"책임은 전부 내가 진다. 그 전에 내 포인트를 전부 너한테 옮겨라."

"뭐……? 류엔, 너, 지금 무슨 소리를 하는 거야……? 정신 나갔니?"

"그, 그래요, 류엔 씨! 여기서 일어난 일은 절대 밖으로 새어나가지 않을 테니, 책임 따위 질 필요가 없다고요!"

이번 일은 서로 공언할 수 없다. 그런 표면상의 평등. 하지만 실제로는 D반이 압도적 우위에 섰다는 것을 류엔은 알아차렸다. 그것을 소멸시킬 방법은 단 하나밖에 없다.

"아야노코지. 이번 일은 전부 나 혼자 벌인 일이다. 그러니까 학교는 나만 그만두면 되겠지."

"아주 성실하군. 저지른 짓에 대한 책임을 지겠다니."

시시해, 하고 류엔이 말을 토하더니 동시에 입에 머금고 있던 피도 내뱉었다.

"폭군이 존재할 수 있는 건 그 권력이 의미 있을 때까지다. 이렇게까지 지면 따르는 인간도 없어지게 되지."

지금까지 취했던 난폭한 태도도, 행동도, 전부 결과가 동반되었기에 가능했던 일.

다른 반을 휘말리게 한 X 찾기는 그만큼 많은 파문을 만들었다.

이렇게까지 강제적인 수법을 쓰고도 진 자신에게 그런 자격이 없다는 걸 깨달았을까.

생각보다 훨씬 이해력이 좋은 듯하다.

"장난치지 마. 왜 나한테 맡기는 건데……."

"넌 나를 싫어하니까. 그게 이유야. 남은 프라이빗 포인트를 다함께 나눠 가져라. 내가 학교를 그만두면 카츠라기와 사카야나기가 계약 무효라고 주장할 텐데, 그건 아무래도 방법이 없다."

계약자 본인이 학교에서 사라지면 하긴 그럴 가능성이 높다.

"류엔 씨, 진심으로 하는 말이에요?!"

이시자키도 일어서서 슬픈 목소리로 소리쳤다.

"시끄러워. 소리 안 질러도 다 들린다고."

희미하게 웃는 류엔.

"나머지는 너희끼리 해라."

정말 학교를 그만두기로 결심했겠지. 휴대폰에 눈길도 주지 않고 일어섰다.

"그럼 난 간다."

그 말을 남기고 옥상을 떠나려고 하는 류엔.

그 뒷모습에는 이부키의 말도, 이시자키의 말도 닿지 않았다.

"괜찮겠어? 정말 학교를 그만둬도? 후회할 텐데."

내가 류엔을 불러 세웠다.

"네놈이 왜 그런 걸 신경 쓰는 거야."

"여기서 진 의미가 뭔지 모르고 떠난다면, 네 성장은 거기서 멈추게 될 거다."

"뭐?"

"나한테 왜 졌는지. 그걸 모르고 있어도 괜찮냐?"

"……어이가 없네. 애초에 나를 돕는 의미가 어디 있는데? 너에 대해서도 카루이자와에 대해서도 아는 나를 남겨둬서 득 될 것도 없잖아. 언제 이 사실을 퍼트릴지 모르는데."

"그렇지……. 굳이 이유를 찾자면 네가 사카야나기와 이치노세를 쓰러트려 주면 D반이 나 없이도 편하게 싸울 수 있으니까. 게다가 카츠라기와 맺은 계약이 그대로 유효하면 A반은 조금씩 타격을 입게 돼. 그리고 무엇보다도 갑자기 학교를 그만두면 사카야나기와 이치노세는 류엔이 X에게 당했다고 생각할 거 아냐. 그럼 나중에 귀찮아져."

요컨대 타산적인 이야기야, 라고 덧붙였다.

"만약 이번 일이 예상치 못한 형태로 우리의 생각을 뛰어넘는다고 해도, 다행히 나는 겉으로 드러난 상처는 없어. 누가 보더라도 너희 사이에 내분이 있었다고 생각하지 않을까?"

"……그럼 대충 이렇게 말을 맞추자. 나는 자꾸 눈에 거슬리는 너희 셋에게 제재를 가하려고 했지만, 오히려 내가 당했고 그 결과 내가 일선에서 물러나기로 했다. 그렇게 둘러대라."

그렇게 하면 내게도 피해가 가지 않는다고 말하는 건가.

"너…… 정말 그걸로 괜찮겠어?"

"여기 있는 모두가 아야노코지 한 사람에게 무참히 당했어. 이제 와서 내가 허세고 나발이고 부리겠냐. 그리고 나 혼자 사라지는 게 훨씬 타격이 적어."

"하나만 추가로 말해도 될까. 자퇴는 자기 자유이고 의심하는 것 역시 자유지만, 나는 이번 일을 아무에게도 말할 생각이 없어. 밑에서 대기하고 있는 전 학생회장한테도, 여기서 일어난 일은 전부 묻을 거다. 그러니까 퇴학에 준하는 일은 아무것도 일어나지 않았던 거다. 그런데도 그만둘 거라면 말리지 않겠지만……."

"그럼 말리지 마라. 난 남을 쉽게 믿지 않으니까."

류엔은 그 말을 남기고 옥상에서 사라졌다.

뒤에 남겨진 이시자키는 물론이고 이부키도 류엔의 행동이 이해되지 않는 모습이었다.

고도 육성 고등학교
1학년 A반 담임 총평

12/1시점 담임 총평
874

여름 방학 전

두 리더를 선출해 서로에게 자극을 주면서 A반의 명성에 부끄럽지 않은 스타트를 끊었다고 생각합니다. 높은 수준을 유지하면서 방심하지 않고 하루하루를 보냈습니다.

무인도 시험

C반과 협력관계를 맺어서 무인도 시험에서는 과거 최고 기록인 반 포인트 유지에 성공했습니다. 결과는 안타깝게 끝났지만, 다시금 A반의 높은 잠재력을 실감했습니다.

선상 시험

반을 대표하는 사카야나기 아리스가 없는 가운데에서도 성실하게 시험에 임했습니다.

체육대회

운동에 약한 학생도 있지만, 운동을 잘하는 학생이 솔선하여 반을 하나로 똘똘 뭉치게 했습니다. 또 일시적으로 협력관계가 되었던 D반과도 특별한 문제없이 경기를 진행한 것으로 기억합니다.

페이퍼 셔플

기본에 충실하게, 헛수고 없이 원활하게 시험을 치렀습니다.

○류엔이 얻은 것과 잃은 것

그날 밤, 나는 어릴 적 꿈을 꾸었다.

내가 죽인 한 마리의 뱀을.

어쩌면 그때, 그 뱀을 죽이기 전에 물려서 공포를 배웠더라면.

나는 똑같은 선택을 했을까.

"……시시하다."

그런 생각에 무슨 의미가 있을까.

인간은 되돌리는 것이 불가능한 단 한 번의 인생을 산다.

그리고 그 하루하루 속에서 승패는 늘 일어나고 있고, 이기는 날도 있는가 하면 지는 날도 있다.

어제는 어쩌다가 그런 날이었을 뿐.

내가 진 횟수는 다 합해서 세 자리 수는 족히 넘으리라.

아야노코지만 해도, 어제 처음으로 진 게 아니다.

그런데도 왜 이렇게까지 다른 것일까.

아침 8시, 학교에 가려고 기숙사를 나왔다.

겨울방학 첫날이지만, 학교는 동아리 활동 때문에 문제없이 개방되어 있었다.

교내에 들어갈 때는 교복 차림이 원칙이지만, 이제는 지킬 필요도 없다.

동아리를 하는 아이들의 아침 훈련은 대체로 7시 전후에 시작된다. 케야키 몰은 10시에 문을 열기 때문에, 이 시간 학교로 향하는 학생은 나밖에 없으리라.

"······으으."

학교로 나 있는 가로수길 중간에, 한 학생이 추위에 떨고 있었다.

무시하고 걸었는데, 옆을 스칠 때 그가 말을 걸었다.

"드디어 왔네."

나는 그 목소리를 한 귀로 흘리고 계속 걸었다.

"좀 기다리라고."

그는 허둥지둥 쫓아와 내 어깨를 붙잡았다.

"뭐하는 거야, 너. 막 함부로 만지지 마라."

"나라고 만지고 싶은 거 아니거든. 휴대폰을 나한테 떠넘겼잖아. 그걸 돌려주고 싶을 뿐이야."

그렇게 말하며, 코가 빨개진 이부키가 휴대폰을 내게 내밀었다.

"대충 처리하면 되잖아. 언제부터 기다렸어?"

"글쎄······?"

기억에 없다는 건 그만큼 오래 기다린 거겠지.

이 녀석은 왜 이렇게 쓸데없는 부분에서 섬세한가.

휴대폰을 받지 않고 지나치려 하자 이번에는 팔을 잡았다.

"너 진짜 그만둘 거야?"

"휴대폰을 돌려주는 용건만 있는 것 아니었나?"

짧게 대답하니 이부키가 화난 듯 노려보았다.

"입학 초기에 이시자키와 알베르트랑 싸웠을 때 네가 그 랬지? 몇 번을 져도 마지막에 이기는 녀석이 가장 강하다 고. 실제로 너는 알베르트한테도 그렇게 했어."

"그래서 뭐."

"아야노코지한테 한 번 졌다고 해서 그걸로 끝낼 셈이야?"

"내가 수를 잘못 읽어서 선수 치지 못했어. 게다가 이제는 어쩔 방법이 없고."

"뭐야 그게. 진짜 못났어."

이제 아무래도 상관없다.

그렇게 생각하게 만들었다는 의미에서는 정말 대단한 녀 석이군.

"그럴지도."

그래서 이부키의 질문에도 아무렇지 않게 대답했다.

"그럴지도, 가 아니잖아."

이부키는 내 팔을 쥔 손을 놓지 않았다.

"내가 그만두길 너도 원했잖아. 그러니 잘된 거 아닌가?"

"A반으로 올라가게 해준다고 해서 나도 협력했어. 그런 데 이게 뭐야?"

평소 적당히 스트레스를 해소하려고 하면 이부키 녀석이 금세 다시 쌓이게 한다.

아직도 할 말이 남아 있는지 말을 멈출 기색은 없었다.

"지금까지 네 난폭한 태도도, 행동도, 전부 못 본 척했어. 마지막 목표만은 똑같았으니까 참았어. 저번에 C반이 페널티를 받았을 때도, 우리한테 어떤 자세한 설명도 해주지 않았지. 그래도 주위에서 불만이 나오지 않았던 건, 결국에는 A반으로 올라갈 수 있다고 믿었기 때문이야. 그런데 네가 여기서 그만둔다고? 너무 못났어."

그리고 숨을 한 번 고른 다음 이렇게 덧붙였다.

"이렇게 한심한 이야기가 어디 있니?"

"언제까지고 좋을 대로 해석하지 마라, 이부키."

나는 걸음을 멈췄다.

온몸이 쑤시니 괜한 짓은 하고 싶지 않다.

"물론 나는 너희 같은 조무래기들에게 말했지. 날 따르면 편하게 A반으로 올라가게 해주겠다고. 폭력으로 지배해서 공포를 심어주면서 먹이를 던져줬을 뿐이야. 내가 맺은 A반과의 계약은 너도 알고 있잖아? 그걸 너희에게 환원할 생각은 전혀 없었어."

"혼자 A반에 올라갈 계획이었다는 거야?"

"마지막에는 그렇게 할 계획이었지. 내가 진짜로 반 애들까지 챙길 리 없잖아."

이렇게 말하면 이부키도 받아들일 수밖에 없다.

"이제 됐지? 그럼 이만."

"8억 포인트."

"……뭐?"

"어제 휴대폰을 받고 나서 진짜 순간적으로 포인트를 옮길까 고민했어. 그래서 기왕 이렇게 된 거, 하는 생각에 네 휴대폰을 좀 봤지."

내 휴대폰을 켜서 화면을 내 쪽으로 들이댔다.

그건 내가 세운 3년간의 작전과 포인트 추이였다.

"한 사람이 혼자 이길 거면 2000만 포인트만으로 충분해. 그런데 왜 이런 계획을 세운 거야? 8억이면 C반 전원이 A반으로 가기 위해 필요한 포인트잖아. 뭐, 도저히 모을 수 있는 숫자는 아니라고 생각하지만."

"꿈 깨라. 그냥 재미삼아 쓴 메모니까."

이부키에게서 휴대폰을 강제로 뺏었다.

"앞으로는 히요리와 카네다가 이끌겠지. 아야노코지가 움직이지 않으면 아직 가능성은 있어."

"그런 말을 할 때가 아니야."

이부키 녀석, 프라이빗 포인트를 전혀 옮기려고 하지 않는군.

완전히 죽은 돈이다.

귀찮아.

"아까부터 하고 싶은 말이 뭐야."

"만약 정말 그만둘 거라면 그 전에 나와도 승부를 겨루자."

또 얼토당토않은 제안을 하다니.

바보는 이용해먹기 쉽지만, 이따금 이런 식으로 이상하게 폭주한단 말이지.

"어제 다친 상처에다가 추위 때문에 몸도 제대로 못 움직이면서."

내 소매를 쥔 팔에도 힘이 제대로 들어가 있지 않다는 걸 금방 알았다.

억지로 걸음을 떼며 소매를 쥔 손을 뿌리친 다음 순간 나는 맞아서 나동그라졌다.

돌바닥에 몸이 부딪쳤다.

"……아야. 낙법도 제대로 안 되네."

아야노코지 놈이 철저하게 내 몸을 망가뜨려 놓았다.

"아…… 이걸로 속이 후련해졌어. 그만두려면 빨리 그만둬."

이부키가 기숙사 쪽으로 걷기 시작했다.

도대체 몇 시간을 여기서 기다렸단 말인가.

1

"사카가미. 할 얘기가 있어. 용건은 어제 말했지?"

학교에 혼자 찾아온 나는 담임을 찾았다.

미리 기숙사 고정전화를 이용해 이 시간을 정해두었던 것이다.

일부러 하루의 틈을 둔 건 소동이 일어난 직후에 학교를 그만두면 왠지 성가신 일이 뒤에 남을 것 같아서였다.

감시 카메라에 손댄 것도 걸고넘어지면 문제가 된다.

전 학생회장이 이 사태를 알고 있으니 더욱 그렇다.

그것을 차단하려는 목적이다.

"그래, 안다. 여기서 서서 말하는 건 피하고 싶은데. 진로 상담실까지 따라와."

"응."

"그런데 그전에 문제가 하나 있어."

"문제?"

"나와라."

사카가미가 교무실 안에 있는 학생을 불러냈다.

"류엔 씨……."

"엥?"

이시자키와 알베르트였다.

왜 바보 같은 이부키에 이어서 이 두 사람까지 여기 있는 거지.

"네가 올까 싶어서 아침부터 계속 기다렸어. 직접 연락하라고 말해도 듣지 않아서 곤란하던 참이야. 일단 이 두 사람부터 어떻게 좀 해라."

"뭐하는 거야, 너희. 얼른 꺼지라고. 죽여 버린다."

"우리는——."

쓸데없는 말을 하려는 이시자키와 알베르트를 무섭게 노려보아 뒤로 물러나게 했다.

"윽……."

그런 내 위협을 듣고 있던 사카가미가 안경을 만지며 말했다.

"어제 감시 카메라가 망가진 일이 있었는데. 너희와 관련 있나?"

"그건 나 혼자 한 일이야. 빨리 가."

여기서 괜히 그 일에 대해 다뤘다가는 이 녀석들의 목만 조르게 될 뿐이다.

나는 그들을 뿌리치고 사카가미를 무시한 채 먼저 진로 지도실로 걷기 시작했다.

사카가미는 이시자키와 알베르트를 수상쩍게 쳐다보면서도 돌아가라고 말하고 내 뒤를 따랐다.

"네 전화로 설명을 듣고 대략 이해는 됐는데, 하나씩 해결해보자고, 류엔. 먼저 감시 카메라에 스프레이를 뿌려 못 쓰게 만든 건 인정하나?"

"맞아. 나 혼자 한 일이야."

"그리고 또 하나. 이시자키와 알베르트, 이부키와 싸운 사실은?"

"인정해. 전부 내 책임이야. 내가 일방적으로 때리려고 했어. 결과적으로는 오히려 내가 된통 당했지만."

이런 지는 싸움에 녀석들을 얽히게 할 필요는 없다.

"다 이해했으면 이야기가 빠르겠군."

"기다려요, 류엔 씨! 우리도 상관이——."

돌아가지 않고 다가오는 이시자키를 향해 정면으로 발차기를 날렸다.

이제 와서 한두 번쯤 더 폭력을 휘두른다고 해도 어차피 그만둘 인간은 상관없는 일이다.

"무슨 짓이야, 류엔!"

"몇 번이나 말하게 할 셈이야. 어제 나한테 맞은 걸로는 아직 부족하냐?"

아파하며 몸을 웅크리는 이시자키로부터 시선을 뗐다.

"방금 것도 페널티에 추가해라."

"……무슨 사정이든 또 문제를 일으키면 너만으로 끝나지 않아."

"시끄러워. 어차피 이걸로 다 끝났으니까."

진로 상담실 안으로 들어간 나는 곧바로 본론을 꺼냈다.

"빨리 하라고, 사카가미! 퇴학 처리를 해줘."

"아무래도 착각하고 있는 것 같으니 말을 정정하마."

사카가미가 천천히 입을 움직였다.

"네 발언에서 모순이 확인되었어."

"뭐? 잠깐만. 모순이라니?"

"내가 파악하기로는 D반과의 사이에 문제가 있었던 것 같은데?"

설마 아야노코지가 마지막까지 저지른 건가.

내 제안을 무시하고 카루이자와의 일을 포함해 학교에 알렸다면 나뿐 아니라 이부키와 이시자키도 무거운 벌을 받게 된다.

프라이빗 포인트를 잃는 선에서 끝나지 않으리라.

"누가 우리를 고발하기라도 했나?"

"고발? 내가 들은 이야기로는 감시 카메라 파손은 너뿐 아니라 D반의 한 학생도 했다고 하던데."

"뭐라고……?"

순간 그 말의 의미가 이해되지 않아 혼란스러웠다.

"D반측에는 이미 수리비로 프라이빗 포인트를 내게 했어. 내가 확인하고 싶은 건 과실의 비율이 균등해서 다행인지 아닌지, 그 부분이야."

"무슨 말도 안 되는……."

그런 짓을 해서 내가 그만두지 않으리라고 생각했다면 엄청난 착각이다, 아야노코지.

"난 학교를 그만둘 거야."

"……아무 문제도 없어. 그래도 말인가?"

사카가미도 바보가 아니다.

어제 옥상에서 성가신 일이 일어났다는 것 정도는 상황을 통해 눈치챘을 것이다.

"그래. 이 학교에 남아 있을 의미를 더는 못 찾겠거든."

학생 개인의 주장을 존중해야 할 것이다.

"그런가. 네 의지가 확고하다면 말릴 수는 없겠지."

그렇게 말한 사카가미는 서랍에서 종이를 꺼냈다.

"여기에 이름, 학적번호, 퇴학 사유를 쓰도록."

"잠시만 기다려."

내가 펜을 쥐었을 때 사카가미가 종이 두 장을 더 꺼냈다.

"네 퇴학 처리가 끝나면 이 두 장을 이시자키와 야마다에게도 전하마."

"……뭐라고? 그 녀석들은 아무 상관도 없는데."

"물론 그렇겠지. 하지만 두 사람은 그걸 바라지 않았어.

만약 류엔이 학교를 그만둔다면 자신들도 그만두겠다고 말
하면서 고집을 부렸으니까."

아야노코지 녀석……. 그 바보 놈들한테 쓸데없이 잔꾀를
알려줬군.

이시자키와 알베르트를 인질로 삼아 내 자퇴를 막으려고
했다.

내가 여기서 그만두는 선택을 하면 다함께 망하므로, 내
가 학교를 그만두는 의미가 없어진다. 본말전도다.

"제기랄……."

"내 입장에서도 반에 퇴학자가 나오는 건 아쉬워. 그렇게
생각하고 있다."

사카가미는 내가 들고 있는 퇴학서로 시선을 떨어트렸다.

"지금이라면 단순 기물파손만으로 끝낼 수 있어. 처음이
자 마지막 기회겠지."

"내가 남는 것에 무슨 메리트가 있다고."

더는 사카야나기 무리와 싸울 생각이 없다는 것 정도는
잘 알고 있으리라.

"그만두지 않겠어."

나는 종이와 펜을 돌려준 후 자리에서 일어났다.

2

얼마 후 1학년 사이에서 이상한 소문이 퍼졌다.

류엔 카케루가 C반의 리더 역할을 내팽개쳤다고.

이시자키 패거리를 데리고 돌아다니는 것도 그만두고, 누구와도 대화하지 않게 되었다고.

마치 입학 초기의 나처럼 말이다.

혼자 고독한 시간을 보내기 시작한 류엔.

앞으로 뭔가를 발견할 날이 찾아올 것인가.

잘 모르겠다.

다만 확실한 사실은⋯⋯ 녀석과 나는 닮았다는 것.

그리고 아직 이용 가치가 있다, 라는 것.

작가 후기

5개월 만에 인사드립니다. 키누가사 쇼고입니다.

올여름에 애니메이션이 방영되었는데, 재미있게 봐주셨나요?

애니메이션에서만 전할 수 있는 '실지주'의 세계관에 저역시 시청자의 한 사람으로서 감동받았습니다.

제 이야기가 영상이 되어 나오다니 정말 감개무량하더군요.

참고로 최근 근황을 밝히자면, 10년째 등에 달고 다니던 (지름 7센티 정도) '아테로마'를 수술로 제거했습니다. 등에서 쭉쭉 짜여 나오는 감촉……. 그 바람에 일주일 정도 등받이에 기댈 수 없어서 고생했습니다만, 이제는 깨끗한 등으로 돌아왔습니다.

이번 7권의 발매 시기가 평소보다 늦어지게 된 경위에 대해서 말씀드리자면, 애니메이션 방영 시기와 그 내용을 가미한 결과 류엔을 비롯한 C반과의 직접 대결 이야기가 되기도 해서, 차라리 방영이 끝난 다음에 내는 편이 좋겠다고 판단했기 때문입니다.

최근 몇 달 사이에 『어서 오세요 실력지상주의 교실에』를 알게 된 분들이 많아진 것 같아 정말 감사하는 마음입니다.

물론 애니메이션이 나오기 이전부터 사랑해주신 독자 분

들께는 그 이상의 감사를! 여러분의 성원에 힘입어 이렇게 계속해서 발행을 이어가고 있습니다. 감사드립니다.

이번 7권에서는 일단 류엔과의 대결이 마무리되는 형태가 되었습니다만, 그렇다고 C반의 활약이 끝난 것은 아닙니다.

새롭게 대두하는 존재, 본무대에서 내려온 류엔의 행동 등등. 그리고 3학기부터는 새로운 스테이지가 펼쳐지면서, 학생회뿐 아니라 2학년과 3학년이 얽히기도 하고 A반, B반과의 대결도 시작될 것으로 봅니다.

곧바로 모든 것을 보여드릴 수는 없지만, 조만간 이치노세의 이야기나 사카야나기의 이야기, 히라타와 카츠라기 등(등장인물이 너무 많아서 여기서는 다 쓸 수도 없네요)도 점점 많이 나올 것입니다. 적이 될지 아군이 될지, 그 부분에도 주목해 주세요.

빈 기간이 있었던 만큼, 다음 권 제작도 차근차근 진행되고 있습니다. 그리하여 다음에는 겨울방학 이야기를 담은 7.5권 단편집. 크리스마스에 생긴 일을 중심으로 한 이야기를 전해드릴 예정입니다. 겨울방학의 메인 스토리는 다음 권 표지가 될 여학생, 그리고 그 주변에서 일어나는 연애 사정이 중심으로 펼쳐집니다.

참고로 말씀드리면 단편집이라는 표현도 맞지만, 4.5권과 7.5권 등의 형태는 지금까지도 그랬고 앞으로도 기본적으로 전부 '봄방학', '여름방학', '겨울방학'에 일어난 이야기를 담게 되며, 원작과 내용이 이어집니다. 그 점을 미리 알아주시길 당부 말씀 드립니다. 그럼 다음 권도 모쪼록 많은 사랑 부탁드려요!

(끝)

YOUKOSO JITSURYOKUSIJYOUSYUGI NO KYOUSITSU E 7
©Syougo Kinugasa 2017
First published in Japan in 2017 by KADOKAWA CORPORATION, Tokyo.
Korean translation rights arranged with KADOKAWA CORPORATION, Tokyo.

어서 오세요 실력지상주의 교실에 7

2018년 2월 1일 1판 1쇄 발행
2022년 9월 15일 1판 8쇄 발행

저   자 키누가사 쇼고
일 러 스 트 토모세 슌사쿠
옮 긴 이 조민정
발 행 인 유재옥
본 부 장 조병권
편 집 1 팀 김준균 김혜연 박소연
편 집 2 팀 박치우 정영길 정지원 조찬희
편 집 3 팀 곽혜민 오준영 이해빈
라이츠담당 맹미영 이윤서 이승희
디 지 털 김지연 박상섭 최서윤
미   술 김보라 박민솔
발 행 처 ㈜소미미디어
인쇄제작처 ㈜코리아피엔피
등   록 제2015-000008호
주   소 서울시 마포구 토정로222, 403호 (신수동, 한국출판콘텐츠센터)
판   매 ㈜소미미디어
마 케 팅 박종욱
영   업 최원석 최정연 한민지
물   류 백철기 허석용
전   화 (02)567-3388, Fax (02)322-7665

ISBN 979-11-6190-348-4 04830
ISBN 979-11-5710-286-0 (세트)